宗昊
社会纪实
小说集

男人
34

宗昊 著

中国青年出版社

目录

一

妈妈死了

医院，太平间。

李新民足足站了半个小时，还没有清醒过来。直到现在，他还是不能相信，自己的妈已经死了。从夜里昏迷、凌晨抢救，到早上宣布死亡，李新民觉得是自己死了一场。他努力回想，在这段时间里，自己究竟在干什么？怎么能就眼睁睁地看着自己的妈受尽折磨、撒手人寰？他在想，医生宣布抢救无效的那个时候他在哪儿？不是在医院里吗？不是在妈妈身边吗？

不是！他是在医院里，可是他在走廊里，他在忙着给老婆发短信，解释为什么自己这么晚还不能回家，为什么他那个时候不能离开医院。等他发完短信回到病房，病床上的妈已经露出了极度痛苦的表情。他是学药的，基本上是半个医生。一看见自己妈的这个状态，他的第一反应就是翻眼皮，这时，老人的瞳孔已经散了。他叫大夫叫护士，声音震得夜里的楼道嗡嗡作响。

等他缓过神来，护士已经开始往他母亲脸上蒙白布了。抢救医生一头的汗水，顾不得擦就冲他吼："你怎么陪床的？早一分钟都没发现吗？还是别的病人按的铃，你干吗去了？……"

他木讷地站在病床前，看着白布单子下面已经没有了呼吸的母亲，听着旁边的病友说："你妈刚才不行了，叫你，你不在……"

护士习惯性地扫了他一眼，连说都懒得说。这场面，人家见多了，儿女不孝，久卧病床，早死早托生。可是李新民有无尽的委屈，他没料到老婆会在这个时候来短信催他回家，没料到自己怎么解释她都不听，没料到自己就去发了个短信妈就没了。

护士开始搬尸体，送往太平间。没人跟他说一句安慰的话。他目送遗体出门，竟然忘了自己应该跟着。他一屁股坐在地上，开始哭，很大声地哭。他手里调成了振动的手机还在嗡嗡震动，老婆仍然在孜孜不倦地发短信骂他："猪头！你还不回来？不想过了吧！"

二

离婚了

　　姚逸，凌晨两点还在办公室发呆。桌子上，摆着她为自己起草的离婚协议。做律师四年，打了三年的离婚官司，姚逸见过各种各样的离婚方式，也见过各种背景、各种职业的怨妇。几乎所有女人在离婚协议上签字的时候都是目光呆滞、满脸哀怨。姚逸要做的就是帮助她们得到更多的本应该属于她们的利益。但是，即便是男人已经净身出户，女人的哀怨也是抵挡不住的。就算得到了孩子和财产，离婚的女人也永远是失败者。

　　每当起草好一份协议，每当看到两人签字，姚逸就克制不住地想自己的家，她在那一刹那都有跑回家的冲动。她想牢牢守护它，守护自己的爱情和亲情，她从来没有想过有朝一日要为自己的权益而争斗，更没想过这一辈子最难起草的是自己的离婚协议书。

　　姚逸想再看一遍协议，看一看还有没有什么遗漏。但是她看不清楚，她的眼眶里盈满了泪水。她本以为自己已经枯竭了，哭不出来了，可是她的眼泪还是滑落了。她急匆匆地用手背抹去泪珠,避免泪水把协议书打湿了。她想找人说点什么,可是半夜三更,她能找谁倾诉呢?婚姻走到这个地步,家里父母还被蒙在鼓里,女儿又太小,不能让他们知道。从出事到现在,姚逸都在一个人扛着。今天,看到自己写的白纸黑字,她终于扛不住了。她想大哭一场,她想找人说话,她想起了李新民。她拿起手机,给那个并不在通讯录里的号码发去了一条短信:"你睡了吗?"

大约沉寂了一分钟吧,姚逸的手机响了,电话那头,是李新民痛彻心扉的哭声:"姚逸!我妈没了!她死了!她死了!……"

姚逸像被焦雷打了,痴呆呆地愣在座位上。她的手机滑落在离婚协议上,她控制不住地哭出来。电话那边,李新民坐在太平间门外的地上,整个头埋在双臂和膝盖里,哭声从胸腔传达到那个密闭的空间,再一点点地释放出来,显得异常凄厉。

三

为什么?

　　李新民在葬礼的第二天见到了姚逸。两个人都很憔悴,但是姚逸还是给了李新民一个笑容。李新民顿时觉得心里好过了一点。

　　两个人在星巴克的角落里找了个座位。李新民坐下的时候习惯性地看看玻璃窗外。姚逸笑笑,说:"你怎么还这么胆小?!"

　　李新民也苦笑。没办法,被老婆管怕了。自从和老婆谈恋爱以来,李新民就被剥夺了和异性说话的权利。尤其是在老婆不在场的情况下,这种事情一旦发生,一旦被老婆知道,后果可是相当严重的。回家要睡地板不说,老妈在的时候,老婆还会跑到老妈老爸那里一顿哭闹。管老公管了一辈子的老妈也没见过这个阵仗,有了几次以后,老妈干脆就给儿子下了死命令:不许跟异性来往。

　　李新民很怕,怕老妈也怕老婆,所以,他身边的女性朋友很自然地就销声匿迹了。他和姚逸相识十几年,虽然鲜有联络,可是两个人心里仿佛已经有了默契似的,就算不见面,也稔熟。

　　李新民心虚地考察完了地形,基本上排除了老婆看到他们的可能性，才一点一点地开始诉说自己老妈生病、故去的一连串事情。

姚逸听着，李新民慢慢地、哽咽地讲着："其实我妈得的就是肾病，本来没什么事。住院之前，她自己还每周一次骑自行车去医院复查呢。可是……可是两周以前，她突然就给我打电话，让我回家。我回去一看，她躺在床上，脸色可差了，她跟我说'儿子，我觉得我不行了'。我当时还说她胡思乱想，说她尽瞎折腾。我太浑蛋了！"

姚逸问："为什么突然觉得不行了呢？"

李新民耷拉着脑袋，说："我一直觉得她心理负担太重了。每周一查，查出来的值稍微高点她就长吁短叹、胡思乱想。而且每次去检查还都骑自行车，你说都那样了，她还骑车！我让她打车去，其实就十五块钱，可她就不肯，非要省钱给我买房！说我老住着媳妇家的房子不硬气……现在好了，再也省不了了。"

姚逸觉得不那么简单，她又问："阿姨得肾病多久了？"

李新民说："两年。"

姚逸说："这两年里她各项指标都稳定吗？还是说突然恶化了？"

李新民觉得姚逸的问题有点怪，就抬起头来看着姚逸，问她："你觉得有什么问题吗？"

姚逸说："可能我有律师职业病。我就是觉得这两年不都是骑着自行车去检查吗？怎么会突然就不行了呢？从跟你说到人没了，就两周时间。如果是这样，那每周一次的检查怎么没起到作用呢？还是阿姨自己有了濒死感？我觉得，这里面有点奇怪！"

李新民听着姚逸的解释，也开始想这件事。从妈妈生病这两年来到两周前突然发生的一系列怪现象，李新民也觉察到了什么。可是，他越想就越自责，这个时候才发现，自己对妈妈的关注太少了，很多细节他根本不知道。他甚至在妈妈打电话让他回家、告诉他自己快不行的时候，都没想到去看一下检查结果，更没有陪妈妈再去一次医院。

李新民越想越悔，最后几乎要哭出来。姚逸轻轻拍着他的后背，说："我知道，让你去想这件事太残忍了，不愿意就别想了。后事都办完了吗？有什么需要我帮你的？"

李新民摇摇头，哽咽地说："没有。都办完了。就是我爸，一心认为是我把我妈害死的，现在说什么也不肯让我进家门。"

姚逸说："为什么？你干什么了？"

李新民的眼泪又下来了，姚逸把手边的纸巾递过去。李新民狠狠地揉着眼睛，发狠似的对姚逸说："我妈走的那晚，我就在医院陪床。就是你给我发短信的那天。可是……可是我老婆老催我回家。我看我妈那个样子实在走不开，就给她打电话。当时都深更半夜了，病房里全是人，我刚拨通了电话她就跟我嚷嚷，我怕吵着别人就到楼道里跟她说。怎么说都不行，骂我、让我回家，我把电话挂了，她又发短信过来。我们俩来来回回这么折腾了一个小时，回去我妈就……"

姚逸强忍着自己的火气，问李新民："你老婆不知道你妈生病了吗？"

李新民说："知道！可她说不知道有这么严重，她说她没想到。"

姚逸生气地说："你又不是出去野去了，你是去医院陪床，看护自己的妈，她哪来那么大意见！你爸知道吗？"

李新民摇摇头，说："没敢让我爸知道。他就知道我当时不在，我妈难受的时候我不在！我没给她找医生啊！"

李新民再也控制不住，趴在姚逸的膝盖上放声大哭。周围的人都向他们投来异样的目光。姚逸毫不在意，揽住李新民的头，潸然泪下。

与姚逸分手后，李新民回了一趟家。老爸一个人无法面对这间屋子，去大爷家住了。李新民走进屋子，看着四面白墙，听着墙上石英钟滴答滴答地走动，耳朵里充满了那天老妈在床上的呻吟："儿子，我不行了……"

李新民的眼泪像断线的珠子，他听了三十多年的唠叨、斥责现在一下子都没有了，但是他的耳朵里并不清静，反倒更加热闹了。妈妈的斥责没有了；爸爸的、自己的都还在，而且愈演愈烈，所有的指责都是一个内容：是自己害死了妈妈。

李新民面对着空屋，愣了很久，才想起来回家的目的。他在卧室的床头柜里翻了一下，没费劲就找到了妈妈的所有检查单据、收费单据。老爸老妈是干净人，所有的东西都收拾得规矩整齐。检查单据是根据日期排列的，拿在手里厚厚一沓。李新民强忍着悲痛，一张一张地仔细看着。老妈自从生病这两年来，所有的指标都基本稳定在一个高值上，她自己也很注意，除了舍不得打车去做检查，在别的方面，饮食啊、运动啊、休息啊，都是一直遵医嘱的。

但是，李新民很快就发现了问题，就在妈妈给他打电话前三天的化验单上，有两项指标已经明显高出来了。李新民算了一下时间，妈妈每次检查都是周一去，周三出结果。但是周三妈妈是不用去医院的，而是等到下周一的时候，再去拿检查结果直接找医生看。妈妈的主治医生是相对固定的，这半年来，都是一个刘姓医生在负责诊疗。

李新民知道了，在妈妈检查后的第三天，她已经明显感觉到了死亡的威胁，可这个时候，她还没有看到自己的报告。也就是说，妈妈是在短时间里突然发病的。李新民顾不上难过了，他在医学院念了五年，虽然是学药的，但是基本的医学常识他还是比一般人了解得多。他感觉到了蹊跷，可是问题出在哪儿，他不知道。

李新民拿着一大堆的资料给姚逸打电话，告诉姚逸他的发现和不解。姚逸沉吟了一下，指导李新民："你能不能把阿姨这一年多来服用的药物和处方都搜集起来，找个这方面的专家给看看，看有没有什么问题。"

李新民迅速地想了一下，妈妈吃的药一直是固定的，如果出了问题，怎么会就在这几天？姚逸说："我也不知道。我只是觉得应该收集最基础的证据。我们都希望这件事是意外，最好不要有任何人承担责任，但是，我觉得这些工作还是应该做。"

李新民又开始哽咽了，说："姚逸，只有我应该承担责任。是我没看好我妈……"

姚逸在电话里叹了口气，说："你别再自责了！这件事你有遗憾，但是责任不都在你！"

李新民听从了姚逸的建议，把妈妈生前一直服用的各种药物、药瓶和处方都搜罗在一起。他要回大学一趟。

四

就是个"B"

李新民一度认为自己活着就是个错误。三十多年前母亲生他的时候，一起呱呱坠地的本来是两个婴儿。李新民只是其中的"B"。那个"A"，也就是李新民的孪生哥哥，在出世一小时后被宣告死亡。据说是因为生的时候羊水进入了他的气管，生下来就不会哭，医生救了几下，放弃了。

李新民的妈是那个时代的女强人，怀胎九月了还坚持工作在岗位上。李新民的爸从结婚那天开始，就把自己一股脑儿地交给了老婆。老婆说什么自己干什么，指哪打哪绝不含糊。面对老婆肚子里自己的骨肉，看着老婆仍然是一副英勇就义的工作状态，他并不敢多说什么，只能尽量早回家，多做家务。

那个时候的人都那样，要是哪个妇女刚大了肚子就休息，在家吃闲饭，会招人耻笑。李新民的妈骨子里就要强，坚持一切如常，上班干活洗衣服扛大米，在众人的赞许和老公的提心吊胆中等来了预产期。

李新民无法想象，自己的妈怀着两个孩子竟全然不知。怀胎十月，老妈没有照过一次 B 超，没有验过一次血，甚至连起码的叶酸都没吃过。后来每逢父母想起那个没有哭过一声就没了的儿子的时候，李新民就说："幸亏没了，不然活着也是个傻子！"

有一阵子，李新民还庆幸，如果生活中多了那个兄弟，自己的日子一定会受到影响，也许就不是今天这个过法。按照自己父母的实力，保不齐，哥俩只能供一个上大学，那自己会成什么样？不敢想。

可是后来，成人了、长大了，李新民对生活的真实和无情感受得越来越深刻的时候，他又在想，为什么死的不是他呢？为什么那个 "A" 非要抢在他前面挤出去，去呛那口羊水呢？

李新民家里关于 "A 和 B" 的秘密始终没有外传过。一家三口都小心翼翼地保守着这段历史，确切地说，是李新民和他爸小心翼翼地注意着不在他妈面前提起。因为往事不能随风，自从进入了四十岁，李新民的妈就仿佛一直处在了更年期。狂躁，点火就着，看家里的两个男人都不顺眼，老的窝囊，小的没出息，永远无法跟谁家那个小谁相比。

每每看着两个人运气，老太太就总能在适当的时间适当的地点想起那个已经记不清模样的婴儿。婴儿死得太突然，两口子还没来得及给他取名字，这在日后的描述上形成了障碍。但是只要老太太一说 "我的儿啊"，李新民就知道，老妈叫的绝不是自己。

全世界，除了李新民家里人，第一个知道这个秘密的人是姚逸。姚逸是李新民的中学同学，确切地说是师妹，低李新民两级。他上初三的时候她上初一。两个人在同一所学校里读书，可是班级在不同的楼层，拥有不同的老师和同学，生活轨迹本没有交集。可是在一个周一的早晨，李新民认识了姚逸。

每周一是李新民最头疼的时候。初三了，虽然身在重点校，但是自己的成绩在班里也就排在中间靠前的位置。这个位置实在是尴尬。如果排在中间靠后，或者干脆就是后几名，学生和家长也就踏实了。中考前麻利地选个中专职高，也就省心了。要是在前几名，也好办，只要不出意外，考本校乃至更好的名校都可以。凡是好学生都不用着急，一模前，老师自然就会透口风给你，报个什么志愿，或者干脆就保送本校了。

　　可惜李新民不行。功课在中间，座位在中间，性格内向，言语不多。男生热爱的足球他不玩，女生眼里的白马王子也没他。别人或者高调地学习或者高调地恋爱，两拨人互相瞧不起，可两拨人里都没他。李新民家里三代没有上过大学的，他这一辈只有他一个人上了重点中学，算是和大学沾了边。这是让李新民的爸妈在家族中颇有面子的一件事。也正是因为这个，李新民的妈才更关心儿子的学习。

　　初三了，李新民课本上那些物理化学几何英语，对于爹妈来说无疑就是天书。自己辅导肯定没戏，找家教又舍不得。李新民的妈能做的就是每周去一次学校，追在老师屁股后面问情况。问了班主任还不行，还要把六门主课的老师都问一遍。可惜，老师们总是不能给出新民妈期待听到的答复。所有的老师对这个中间档次、貌不出众的男生都印象不深，问多了，也只能挤出一个"还行吧"、"还得努力"什么的。

　　临到中考了，再给这样的答复，李新民的妈显然是不能满意了，对老师没办法，只能逼自己的儿子，把名次提到前五名去。只有这样，李新民才能引起老师的注意。

　　每周一早上，李新民都会消化不良。在家里吃的这顿早饭是什么，他基本上记不住，但是老妈的叨唠却能绕梁三日，有时候甚至到了课堂上，耳朵里还塞满了老妈不满意的斥责。

这个周一，李新民照例装了一脑袋批评和鼓励走到了校门口，可是还没进校门就被拦住了。

李新民抬头看了看，初一的值周生们照例分为两列站在校门口检查。可是他却没有照例佩戴校徽。校徽这东西对于重点学校的中学生来说，相当于小学生的红领巾，是上学上课的必需品。尤其是周一，因为有升旗和训导主任训话的仪式，规定学生们是一定要穿校服戴校徽的。李新民别的好处没有，可遵纪守法是一等一的。别的同学都是把校徽放在文具盒里或者别在书包上、帽子上，遇到检查的时候象征性地戴一下。可是李新民通常是把校徽规矩地戴在胸前，而且一戴就是一周。

可是，就在这个早晨，李新民偏偏疏忽了。拦住他的初一小男生还没有开始发育，个头小小，一脸"可逮着大鱼了"的兴奋，笑容控制不住地洋溢在脸上。他指着李新民光秃秃的前胸说："同学，你的校徽呢？"

李新民看着眼前这几个小嘎嘣豆，忽然有了几分学长的底气。他故作平静地说："忘家里了。"

"忘家里了？"小男生歪歪头，想摆出一副派头训训他，可能短时间内又没想好词，只好反问李新民，"那你说怎么办？"

李新民知道，自己可以不屑一顾地大步流星地走进去，但是，小嘎嘣豆就会盯住他进了哪个班，然后在他的值周记录上狠狠记上一笔。然后，他所在的班级就会出现在当天的广播当中。如果李新民是班里别的男生，他们会毫不在意。记吧！怕你呀！

可李新民真怕！他在那一瞬间想了很多可能出现的后果，比如，老师会按图索骥地找到他，会在班里点名批评他，会在他妈再次来学校打探情报的时候告诉她，会……李新民不能再想了，再想，老妈的那些叨唠就又要出现在自己耳朵里了。

李新民跟小学弟商量："先让我进去吧。中午我回家取，行不行？"

小嘎嘣豆听李新民这样说，本来自己还有点底气不足，在这个学校里，他才是新兵蛋子，谁都比初一的学生牛。可是既然李新民先认识到错误了，小学弟免不了要卖弄一下手里的临时权力了。

"你干吗不现在回去拿？"小男生坏笑着问。

李新民有点火了。现在回去？还赶得上第一节课吗？为了拿个破校徽迟到，这不是丢西瓜捡芝麻吗？自己有病啊！

李新民很严肃地说："这不行。我会迟到的。你可以把我的名字记下来，中午我取回来找你销账。行不行？"

小男生说："那我也可以现在就给你记下来。不用名字，你哪班的？"

李新民真生气了，提高了声音说："你成心是吧！"

小男生没想到李新民会发火，不留神地退了一步。李新民的声音也确实是足够大，边上其他的值周生也被他喊过来了。一个个子不高、梳着马尾辫的小女生走过来，看着李新民，又看了看小男生，问李新民："是不是没戴校徽？"

李新民气鼓鼓说："是。但是我得进校，我要迟到了。"

小女生把小男生拉到一边，低语了几句，然后走来问李新民："你是初三的吧？"

李新民反问："你怎么知道？"

小女生忽闪着大眼睛，说："上周五我去你们班查卫生，见过你。我知道你是哪个班的。你不说我们也能登记。"

李新民很奇怪。上周五，的确有值周生来查过卫生，当时他正在用湿抹布擦黑板。他用余光扫见了这群小嘎嘣豆，但是他可不知道，人群里就有今天这个小女生。他更奇怪的是，自己长了一张平淡无奇的脸，眼睛小，个子中等，脸色也不白净，还适时地长着几粒青春痘，留着个最普通的板寸。很多人面对面地见过自己之后都不记得了，这个女生却偏偏能在看了一眼侧身后还能认出自己！

见他不说话，小女生接着说："知道你是初三的，时间紧任务重，今天就不用回去取了。"小女生把手伸进自己的上衣兜，掏出一个东西来递给李新民，"给！我这里还有一个，你先戴上吧。不然课间升旗的时候还要查，你们班还得被扣分。"

李新民这才看见小女生手里拿着一枚校徽。他有点感激，接过来，对女孩道谢。女孩笑笑，转身招呼同伴回班，快上早自习了。李新民看见女孩子的笑容很好看，很可爱，右边的小脸下方有个浅浅的酒窝，不仔细看还真看不出来。酒窝都是长一对的，小女孩却只长了一个，还那样浅，好像是故意不想让人发现似的。可是女孩的眼睛好大啊，在大眼睛的衬托下，觉得她的鼻子嘴巴都是那样的小巧，小鼻头还挺挺的。李新民有点呆住了。要不是早自习的铃声响起，李新民还发呆呢。

初一的值周生们一起往班里跑了，别人叫小女生的时候，李新民的耳朵都竖起来了。她叫"姚逸"！

五

我妈说……

　　从认识姚逸的第一时间起，李新民开始自发地、努力地冲刺。他在心里打了个小小算盘：姚逸今年初一，自己初三，如果自己能够努力考上本校的高中，就能再和姚逸同校两年。如果姚逸也能留在本校，那自己上大学之前的青葱岁月，就可以缤纷度过了。

　　李新民控制不了姚逸的学习，但是能控制自己的。初三的男生，又是重点校里底子不差的男生，通常努力前后的差距是很明显的。上中学这三年，李新民天天都坐在课堂上，风雨无阻，不迟到不早退，可就是提不起对课堂的热爱来。他也不偏科，也没有特别厌烦哪一门，就是觉得上课所学的一切都和自己无关。反正也是给妈学的，学好学坏又有什么关系？

　　头两年，李新民从来没有给自己规划过未来，也没想过自己今后要干点什么。但是认识了姚逸，确切地说自打见到了姚逸第一面起，他提醒自己得为人生的第一个目标而奋斗了：中考分数上线，争取留在本校。

于是，在仅剩的一个多学期里，李新民的老师们开始重新认识这个已经教了三年的学生。不能说一鸣惊人，但也是竹子开花。在初三一年的大小考试里，李新民的成绩从不为人知到了基本可喜的局面。这样的结果直接让新民妈脸上有了光，并且把这一切归功于自己和学校之间的密切联系。李新民的性格依然没有变化，本来就不太合群，再加上心里又存了秘密，李新民在公众的眼睛里，就更沉默了。

可是姚逸并不知道自己是什么时候成了李新民的动力之源的。她甚至在初一那年都不认识这个人。那枚校徽，姚逸给出去就忘掉了。后来李新民一直也没有还给她，不是因为李新民有什么企图，而是不敢。他从来没有去别的年级别的班找过女生。这对他来说是不可能完成的任务。有一次，他甚至已经从自己年级所在的三楼走到了姚逸所在的一楼，但是他刚刚站在姚逸所在的3班的门口，就看见教导主任从办公室里出来。他立刻转身就走，好像是干了什么见不得人的事情，直到一溜烟跑到自己班里自己的座位上，心还在狂跳不止。

他也试图蹲守在校门口等姚逸，可是这样的机会并不多。因为他是毕业生，要中考，他们的放学时间一定会比初一晚。等他到校门口的时候，学校里唯一没走的只可能是高三的学生了。

他还试过周一早一点到校门口，可是当他第一次站到大门口的时候他就感觉到了不自在。学校大门敞开，教导主任、教学主任通常会在门口迎接学生。他站在门口外面，却不进去，这本身就很奇怪。站在里面，又不回班，就更奇怪。李新民还尝试着站在校园对面的街心花园里，手里攥着那枚校徽，可是来来往往的人都用一种异样的眼光看他。他站了一会儿就明白了。这花园里老的老小的小，老太太们在这儿哄孙子、遛狗、择菜，他一个半大小子站在那里，不伦不类。

直到一年以后，李新民才正式认识了姚逸。他如愿考上了本校，读初二的姚逸因为当选了学生会干部，要常常找高中部的学长开展活动。李新民抱着说不清楚的目的也主动接近学生会的干部们，慢慢就认识了姚逸。但是，两个人谁也没有提起过那枚校徽，姚逸忘了，李新民不敢。

高三那年，李新民和姚逸已经很熟了。姚逸心胸透明，在学校里有很多男生朋友，可是从没有过绯闻。这时候李新民的胆子也有所增长，敢到姚逸的班门口去找她了——反正天天都有别的年级的男生去找姚逸，每个人都说有事，自己有什么不能去的？

李新民这一年找姚逸就找得很频繁。因为他发现姚逸很有主见，所有问题似乎都能自己打理。中考的志愿，姚逸是自己选择的，自己报的；不像他，中考前全家开会，新民妈主讲，新民爸、大爷、堂姐、大姑，都自发自愿地来旁听，每个人都给出了两个主意，最后全家都乱了，还是听从了老师的意见。

李新民现在又要面对这个问题了，而且比中考更麻烦。要报高考志愿了。当年李新民参加高考的时候还是先报后考，这需要对自己的综合实力做出正确的评估，还要参考各个高校往年的录取分数线。这是一门复杂的学问。

如果对别人来说，肯定是这样一个程序：先确定自己喜欢的专业，再按照专业和自己的成绩去找合适的学校。但是这个程序到李新民家就走不下去了。因为没人问过李新民想学什么，全家直系的旁系的热心的亲属们都只想一个问题：李新民能考上哪儿！对这个三代都没有一个大学生的大家庭来说，这个至关重要。学什么，不要紧；关键是要考上。

李新民觉得自己应该给自己拿个主意了，这时候不拿还等什么时候拿呀？可是他没主意。他脑子里全是他妈的主意，这恐怕不行。李新民就去找姚逸了，他想问问姚逸的意见。可是姚逸劈头问他的第一句话就是："你自己想学什么？"

李新民愣了。班里同学想报金融经济的居多，也有想学医的，有要报工大的、理工的，还有医学院的。李新民高中的成绩并不差，班主任给他预估的高考分数是 550 分左右，按说这个成绩能选择的高校和专业有很多，可是李新民偏偏就没想过自己喜欢什么。

姚逸说："你自己喜欢什么就考虑什么呗！这个还用问我的意见吗？"

李新民想了想，说："我从来没想过，我也不知道！"

姚逸被他呆傻的表情逗乐了，说："那就现在想想。想想小时候有什么梦想？想想什么职业你最喜欢？"

李新民想了想，问姚逸："你觉得我干什么合适？"

姚逸有点哭笑不得了，说："拜托！是你考还是我考啊？要是我考我现在就告诉你，我要学法律。初二我就下定决心了，这辈子一定要当律师！因为我喜欢！"

李新民笑笑，说："没准到高三你的志愿就变了。再说，你爸妈同意吗？"

姚逸有点生气了，说："我爸妈从来不干涉我想学什么。这是我的人生，只能由我来规划。他们愿意的话会提供参考意见。到现在，他们只说过支持，还没有反对过我什么！"

李新民苦笑，说："我妈要能像你妈你爸这样就好了。"

姚逸说："你妈你爸之所以大包大揽就是因为你没主意。你要是打定了主意学什么，他们怎么会反对呢？就算给你提意见，也一定是供你参考的那种。"

李新民就开始努力地想，使劲地想。经济类肯定不行，自己一想起当会计就烦。自己的妈就是会计，每天唠唠叨叨的，烦死了。金融类，八成考不上。计算机？可以，而且有兴趣，就是到目前为止家里还不肯为自己买电脑。要是上了计算机系，就可以在大学里使劲上机了。

李新民说："计算机？你觉得呢？"

姚逸说："那就计算机呗！北航、理工、科技大不都可以吗！你要是有雄心，就干脆报清华！"

李新民吐了吐舌头，说："清华！我都没想过！我考不上！"

姚逸说："还没考呢就先说自己考不上！有你这样的吗？自己灭自己威风，不能这么谦虚吧！我要是你我就报，不蒸馒头争口气！又不是成绩差，怎么就不行呢？"

李新民叹口气说："就算我敢报，我妈也不会让的。他们讨论的那些方案里，根本就没清华。最高也就是个工大。"

姚逸说："你怎么这么没出息呢！你就不能第一志愿报清华，第二志愿上工大吗！你这成绩还怕工大托不了底？再说了，工大本来就可以二批录取，本来就收第二志愿！"

李新民说："我妈说，还是报第一志愿稳妥，要不到时候第一批志愿没录上，再回来，人家工大也招满了，不就没学上了吗？"

姚逸泄气了，说："我不管了。要是这样你就听你妈的吧！你还找我干吗！"

六

妈定吧

　　李新民在姚逸那里碰了钉子。但是回家以后他还是抑制不住地仔细去想姚逸说的话。工大？清华？计算机？工业管理？他该怎么才能说服自己的妈呢？

　　没等他行动，新民妈就已经改主意了。头几天讨论出来的工大不作数了，她去单位以后又咨询了很多同事。看门的大爷、修车的小工都问过了，在他们那个效益不太好、挣钱不太多、职工年龄平均五十岁以上的老单位里，大伙众口一词地劝新民妈："让儿子学医呀！等你老了，有个头疼脑热的不省得给医院送钱了吗！"

　　新民妈联想到这一段时间，单位里连医药费都报不出来，自己又一贯多灾多病的，就立刻打定了主意，让李新民考医学院。

　　回来新民妈就找李新民谈话。听了老妈的一番理论，李新民知道自己这回又只有听的份了。但是学医，实在是李新民没想过的，关键是他也不喜欢啊。生性内向的人，怎么可能会愿意每天去跟成百上千的病人打交道！再说了，学医，学什么专业呢？临床是要做手术的；中医还得背方子；儿科绝对不行，自己烦死了小孩子。总不能学妇产科吧，那还不让人笑掉大牙？

李新民很快就发现自己是瞎操心。他妈已经给他想好了："学药！都是医学院，可是药学专业和医学专业的录取分数线还是有差距的。药学保险。再说了，学了药也得分进医院吧！去药房也不错啊，也能认识医生，也能安排看病，关键是开药还便宜，赶上那些自费药，闹不好还能隔三岔五地往家拿点儿。这多好啊！"

新民爸也欢欣鼓舞，夸老伴简直是太聪明了，人中之龙啊。李新民耷拉着脑袋，对自己说："挺好。老妈都给安排好了，省得自己操心了。"

志愿报上去了，高考考完了。从考场出来，别人的脸上都是解脱的笑容，李新民的脸上却布满了恐惧和焦虑。不是没考好，而是考得太好了。李新民直到这一刻才懂得了姚逸的话，没错，自己一向都是自灭威风，因为自己从来就没认识过自己。自己不认识，老妈更不认识，他们都认为他李新民是个成不了大气候的人，学习一般成绩一般性格一般，但是今天他知道了，他能考上清华。可惜，晚了。

高考后等分的那几天李新民一直沉默。新民爸有点惶恐，自己猜测是儿子没考好。新民妈有点生气，可是又的确不能问。只有李新民自己知道是怎么回事。他想去找姚逸，可是觉得没什么意思，跟姚逸说什么呢？说后悔我为什么没听你的？那几天，李新民只有一个心愿，自己要是能考差点就好了。

分数如期出来了，李新民考了 610 分。这个分数，在北京上清华是足够了，而且李新民也看见了，清华计算机系在北京的录取分是 602 分。李新民在心里埋怨自己的妈，就算要学药学，你给我报个北京医科大、华西医科大啥的也行啊，可为什么就偏偏是首都医科大呢。可怜我这个分数啊！

李新民拿着成绩在校园里垂头丧气，不知不觉就出现在了姚逸班的门口。姚逸已经上高一了，结束了期末考试之后她正在学校里接受培训，要参加一个和香港中学生交流的夏令营。姚逸看见李新民手里的成绩单，扑哧一下笑了："我说什么来着？你就是老看轻自己。怎么样，这个分数不够上清华？"

李新民苦笑，说："分够了。可我妈没给我报，报的是首医。"

姚逸先是瞪了一下眼睛，马上就反应过来了，咯咯地笑了，说："你妈给你报！你可真行！你多大了？是你妈要上学还是你要上啊？你们俩谁去考的大学呀？这种事你干吗不自己拿主意！要我说就是活该！"

李新民被姚逸骂了一顿，不但没生气，还有醍醐灌顶的感觉。他觉得自己需要姚逸骂一骂，要是这顿骂能早点来，他也许就真能鼓起勇气报清华。那样，他就能畅想另一种人生了。

这个暑假，李新民彻底失去了清华计算机系的梦想，不得不去接受那个他一无所知且毫无兴趣的药学专业。不过，东边太阳西边雨，这个暑假，李新民也收获了姚逸的友情。他在心理上，开始依赖这个女孩。他说不清这种感觉是什么，高考结束了，他可以大张旗鼓地去谈恋爱，但是他觉得和姚逸还不行。姚逸还在读高中，而且最重要的原因是，他从来不敢去跟姚逸表达什么，他不知道姚逸对他的态度。尤其是在志愿事件过后，他有点担心自己在姚逸眼中的形象，不会是个胆小鬼吧！一个对自己妈唯唯诺诺没有一点主见的胆小鬼。

好在姚逸并没有这么想。姚逸就是觉得李新民太有喜感了。他的思维、他的做法在姚逸看来都很好笑。包括他沮丧时的神情，他的叹气，他低着头的样子……姚逸想起来就想笑，所以，只要和李新民在一起，姚逸的大部分表情都是在笑。姚逸想，这不是我故意的，实在是你太好笑了。

拿到大学的录取通知书，新民爸妈的兴奋自豪无以言表。新民爸就差把通知书用绫子裱起来挂墙上通知亲朋好友来瞻仰了。新民妈更是作出了大胆决定，要邀请全家老少到饭馆聚餐，给儿子庆功。李新民蔫头耷脑地服从着这一切，家里人，连他的大爷姑姑们都兴奋异常，只有他，毫无快感。

新民爸和新民妈紧锣密鼓地筹办着庆功宴。对在哪里吃吃什么，两个人之间发生了小小的分歧。新民爸主张：高考啊，一辈子只有一回，儿子又考得这么好，一定得找一家贵点的、气派点的饭庄。新民妈在决定吃饭的时候器宇轩昂，可到了要做实质性决定的时候又怯了。她去周围的饭店打探了一下，要请十个二十个人的怎么也得两桌。一桌再便宜也要五百元，太少了，就没什么菜了。这还不算酒水什么的。要是自带酒水呢？人家饭店不乐意，不过也能凑合答应，但是即便这样，也得一千元啊！

新民妈还想过，干脆请个厨子在家里摆桌。自己去早市买好菜肉，这能省好些呢！可是新民爸说："咱家……地儿不够啊！"

新民妈环顾自己这一室一厅，思忖再三，这屋里怎么摆也装不下二十个人，忍痛作罢。

新民妈有一个好处，在自己有主意的时候一定想不到民主，但是在自己没主意的时候，总能适时地发动群众。新民妈指示李新民："你去问问你们同学，他们家里都是怎么办的。"

李新民心里的那股怨气始终没有消散，这个时候就冲口而出了："没怎么办！人家都不办！谁跟咱们家似的这么没见过世面！"

这是有生以来，李新民第一次如此大胆又直接地顶撞了自己的妈。新民爸在一旁听着都没反应过来，新民妈可是被戳到了痛处，立刻爆发了："我没见过世面！有你这么跟你妈说话的吗？你现在翅膀硬了是吧！你还没上大学就这样，上了大学还不得翻天啊！我没见过世面！我没见过世面我能抓你的学习！我能给你报志愿让你考上重点大学……"

新民爸一个劲地拉着声嘶力竭的新民妈，又一个劲地数叨儿子："你赶紧！赶紧给你妈认错！这大热天的，我们是为了谁呀！我们省吃俭用、舍不得花一分钱不都是给你攒着上大学用吗！白养活你了！你认错！快点！"

李新民在话一出口的时候就后悔了。他没胆量再去跟他爸妈争辩什么、发泄什么了。他本可以说，他的父母因为无知和对他的不信任毁了他的清华梦，可是他又想起姚逸的话："这怨不了别人，只能赖你自己。书是自己念的，高考是自己考的，你自己不做主，赖谁？"

李新民再一次蔫头耷脑地过来给他妈道歉，说："对不起，妈，我错了。"又任凭自己妈用报纸卷在自己肩膀头子上狠抽了若干下，解了气。新民爸把老伴拉进屋里，又细劝了半天，这场风波才算过去。

之后的两天里，李新民没看见老妈的一个好脸。不过他也窃喜，如果这个情绪一直能延续下去，这场庆功宴就可以不了了之了。可惜，老妈脸上一套心里一套，该办的事一件不少。不仅办了，还办得让李新民哭笑不得。

七

庆功宴

　　李新民不知道自己的爸妈是怎么找到这个饭馆的。他们家住在四九城里，二环内，这个吃饭的地方居然在丰台和大兴的交界处。

　　吃饭的头一天，李新民的爸从楼下的小卖部搬了两箱燕京啤酒和四大桶可口可乐。这是新民妈跟人家套了半天近乎，用批发价买来的。吃饭当天一大早，三个人就赶紧起来。新民妈指挥老公和儿子，把两箱啤酒五花大绑在两辆自行车上，她自己的自行车车筐里塞着那四桶可口可乐。

　　李新民在楼下机械地听从老妈的安排，啤酒瓶子在装车的过程中不断相互碰撞，李新民觉得自己的头都要裂开了。

　　装完了车，三个人开始了漫长的骑行。七月份的太阳啊，毒辣得没有任何情面。李新民驮着这一箱啤酒，费力地蹬着自行车，还没出二环，T恤衫就已经湿透了。他不敢有什么怨言，因为他知道，自己的老爸老妈也都是一头一身的汗水。他知道今天所发生的一切都是为了自己，自己是这个世界上最没有资格抱怨的人。在汗水流进眼睛、杀疼了自己的那一瞬间，他想到了姚逸。她在干吗呢？应该已经到香港了吧！以姚逸的伶俐口齿，教香港中学生说普通话，那应该是绰绰有余的！

李新民的头脑在遐想着姚逸的香港生活，身体在机械地蹬车。他们出发的时候是八点钟，到了那个地处城乡交界处的饭店，已经是十点四十分了。到了店里，新民妈指挥两个壮劳力卸车，自己就瘫坐在饭店门口的马路牙子上。饭店的服务员一看就认出了新民妈，热情地过来打招呼，还主动帮忙把啤酒抬进店里。

十一点钟的时候，新民妈示意服务员时间快到了，亲自指挥他们上凉菜。李新民在饭店拐弯抹角的地方寻觅到了洗手间。门虚掩着，李新民仔细辨别了一下门口，没有任何性别标志。他有点含糊，敲敲门，没动静；他问了一句"有人吗"，没人应。他站在门口，不知道应该进还是不应该进。过了五六分钟，一个大师傅模样的人，穿着油渍麻花的白大褂——如果那也算白的话，抽着烟慢悠悠地走过来。看见李新民在门口迷茫，他很诧异："你要上厕所？你去吧！"

李新民解释说自己不知道这是不是男厕所。大师傅乐了："我们这儿不分男女。你踹踹门，没人应就进去！"

李新民犹犹豫豫地照做了，没人应，他进去了。门一推开，脚底下就漾着一地污水，李新民踮着脚走进去，回身关门，发现连个插销都没有。他赶紧又把门打开，问还没走远的大师傅："这门怎么锁啊？"

大师傅回头说："你一个男的还怕看啊！不用锁！来人了会踹门的！"

李新民经历了一生中最战战兢兢的一次如厕。这个地点这个时间，让他觉得还不如找个没人的树坑，那都能让自己舒服点。

如厕完了，李新民很自然地要冲水。水箱是坏的，头顶上有根绳，拉了两下没感觉也没动静。李新民又找洗手池，还是没有，连个水龙头都没有。李新民都快绝望了，总不能这样就回去吃饭吧！

他蹚出这个貌似洗手间的地方，几乎是跑着回到了大堂。这时候，亲朋好友们已经陆续到了。每个人都是顶着毒辣的太阳，从东西城的四面八方赶来的。每个人都坐了快三个小时的公交车，每人一身汗。女性亲戚们擦汗的手绢都能拧出水来，男性亲戚们的上衣无一例外地都塌在了身上。他们看见李新民，都喜笑颜开，是那种从内心深处激发出来的笑容。二叔和三姑还把自己尚在读初中的儿子、闺女也带来了，为的就是好好感受一下榜样的力量，几年后也能让自己摆上这么一桌宴席。

长辈们汗津津的手拍在李新民的肩膀上。李新民觉得自己好不容易干透了的衣服又被糊上了几个湿手印。他刚刚上过厕所的手被人左拉右拽，他都替他们恶心。他看见堂弟堂妹们看他的眼神，有羡慕也有嫉妒。大爷家的两个儿子都没来，因为他们都没上大学，一个中专一个职高，这也让大爷今天的脸色有点尴尬。

李新民的爸妈可不管这些，捧着录取通知书给所有人看了一遍。李新民想想分数下来的时候，班主任替他惋惜的眼神，想想班上那几个上了清华北大的同学，他的心里就不是个滋味。

十一点半，饭局正式开始。李新民一看见端上来的饭菜，就知道自己爸妈为什么"不远万里"来订这家饭馆了。菜量挺大，也咸得可以。黑糊糊的一盘里盛着几个黑糊糊的大球，李新民用筷子捅了捅，硬的，服务员说是四喜丸子。在板栗烧白菜里，李新民的堂妹翻了一溜遍也没见着一粒板栗，胳膊上还被姑姑掐了好几下，外加几个白眼。

李新民实在没有动筷子的欲望，尽管已经被晒得又渴又饿。

他只好一口一口地喝可乐。可乐也被晒了将近三个小时，和李新民一样蔫头耷脑，连气都不足了。李新民倒到第二杯的时候，新民妈在桌子底下踢了他一脚，很小声地说："少喝点，就带了四桶。"

李新民彻底无语了。在十人一桌的大堂里，李新民只剩下看着的份了。新民爸和大爷、姑父们谈兴正浓、斗酒正欢。喝到高兴处，招呼李新民也来两口。这是李新民头一次被获准在家庭聚会中饮酒。小时候李新民看见老爸吃饭时候抿二锅头，总是很神往，几次偷尝未遂，都被老妈呵斥。现在，老爸笑盈盈地冲他端起了酒杯，二大爷在边上也大着舌头说："民子，你今天得来一口。大人了，可以喝了。以后上了大学，能喝酒还能谈对象呢！你可得找一个门当户对的，就咱这条件，可不能委屈了自个儿！"

李新民端过来老爸给的一杯啤酒，仰脖子一饮而尽。乌涂涂的啤酒一点没有凉意，倒在胃里并不舒服。李新民有点报复地想，干脆喝醉了算了，不省人事最好。可是他不能，桌子底下，老妈又在踢老爸了，那两箱啤酒已经见了底。

宴会乱哄哄地一直到中午一点多才结束。李新民断断续续地喝了几杯，耳朵根已经开始隐隐发烧。他环顾了一圈，大堂里除了他们这两桌以外，鲜有食客。偶尔进来两三个人，也都是民工打扮，半敞着衣服，露着汗津津的脖子，坐下来就是一瓶啤酒一盘子花生米的那种。

酒席过后，李新民的爸妈还有他，站在饭店门口，与客人一一作别。送着送着老妈突然不见了，李新民也没有多想，自顾自地对自己说是结账去了。待到客人走光，他扶着已经有点闹酒的老爸往回走，看见老妈正在一个一个地捡酒瓶子。啤酒瓶子被整齐划一地重新摆放回箱子里，连启开的瓶子盖都被又重新捡回来、盖上，从远处看几乎和没有动过的完整啤酒箱一样。

李新民不明白老妈的用意，新民爸可是心领神会。别看走路已经趔趄了，可一看见老伴这个举动，新民爸立刻上前帮忙。两个人三下两下就把啤酒瓶都装好了。看着还在发愣的李新民，新民爸说："发什么呆啊！儿子赶快！把瓶子绑车上！"

　　李新民这才意识到这两箱啤酒瓶子还得由他和他爸驮回去。想想来的时候的狼狈样，李新民真的发憷了，他几乎是哀求着问他妈："不要了行不行？"

　　新民妈立刻明断："那哪行！人家小卖部能给咱批发价，就为了咱们得把瓶子还给人家。这里面人家都没挣钱！"

　　新民爸一副任劳任怨的样子，啥也不说，已经开始装车了。李新民别无选择。他在心里咒骂自己，早知道这样，考大学干吗？这不是活受罪吗！

　　一路上，三个人组成的车队停了三次。原因是新民爸喝高了，再伴着伏天的大太阳骑自行车驮整箱的啤酒瓶子，一下子顶不住，时不时地要停下车来呕吐。李新民给他爸拍着背，想去路边小店里买瓶冰矿泉水让老爸漱漱口。新民妈拦着儿子说："不用不用，咱们这还有没喝完的可乐呢！"

　　两口被晒得已经沸腾了的可乐灌下去，新民爸吐得更欢了。李新民忍受着难闻的味道，恶作剧地想："还是吐出来比较好，那饭店里的东西，烂在肚子里才是祸害！"

　　回到家里的时候，三个人都已筋疲力尽。李新民几乎是背着他爸上的楼。新民妈在挣扎着给小卖部交还了啤酒瓶子后，也一头栽倒在了床上。新民爸是彻底醉了，肠胃已经吐了个干净，瘫软在了沙发上。新民妈一肚子的数落却没力气说出来，她中暑了。李新民强忍着自己的难受，找出来两盒藿香正气水，给他爸他妈一人灌了一瓶。李新民在洗手间里干呕，肚子里空空如也。早饭就没吃，因为他妈说留着点肚子去饭店吃中饭。中饭就更没吃，因为实在没得吃。除了两杯可乐和几杯啤酒，李新民的胃里空无一物。他强忍着藿香正气水刺鼻的味道也喝了一瓶，还安慰自己说，以后什么药味都得闻了。谁让自己是学药的呢！

天黑了，三个人才清醒。李新民挣扎着上厕所，看见爸妈的房门关着。在这一室一厅里，李新民住的是小小的客厅，有一张床、一张书桌和一把椅子，还有两个安在墙上的隔板，那上面是李新民的书。不管谁来，只要一开门，李新民所有的一切，自身活动、所有物品都一目了然。李新民自小就不知道啥是"隐私"。在这一刻，看着爸妈紧闭的房门，李新民忽然有了偷听的念头，他是想报复性地窃听点别人的隐私。

他趴在门口，听见老妈虚弱的声音很得意地在说："我算了一下，这一顿饭，连酒水，咱们才花了不到四百块钱。两桌！二十个人！你说，多便宜啊！"

新民爸含混地答应着，表示了对老婆的赞赏。

新民妈接着说："等以后儿子结婚，咱们也在那儿办！经济实惠。你说呢？"

李新民垂头丧气地回到了自己的床上。

八

初恋

　　九月份，李新民几乎是逃离到了大学。不管这是什么学校，自己将要学些什么，他都认了。只要能离开家，只要能过上相对独立的生活，他就高兴。

　　大学的第一个学期，李新民是在混乱和思念中度过的。混乱是因为自己学习和面对的是一门完全没有兴趣的学科，实在是提不起精神。思念是因为姚逸。每每遇到困难，李新民就假想要是姚逸在就好了，或许能给自己提供什么意见。但是李新民并没有把这种思念再延续下去，他甚至没有给姚逸写过一封信、打过一个电话。自从上了大学以后，他的自信并没有增长多少，但是骄傲却一点一点从骨子里冒出来。他固执地认为，第一封信，应该是姚逸写给他的。虽然他也找不出这其中的理由，但是他就是想，一定要姚逸先给他写信，他才能去找姚逸。

　　一个学期都过去了，李新民也没等来这第一封信。寒假的时候，他们中学同学聚会，李新民参加过聚会之后，就决定把姚逸忘掉。

因为聚会上，他们班同学几乎都认识姚逸，而且还有人无意中透露，姚逸现在在学校顺风顺水，当了学生会主席不说，还是各种奖项的获得者。有人还透露小道消息，说高中部老师说了，姚逸是重点培养对象，也许会有保送上大学的机会！

李新民刚刚建立了一个学期的自信心在听到这些消息的时候又坍塌了。李新民低头喝着啤酒，想着自己和姚逸已经渐行渐远了。照着这个势头，自己也许一辈子也追不上姚逸的脚步了。自己是一个男人，骨子里可不能像老爸那样，找一个女人做自己一辈子的主。李新民想挣脱了。

二十岁的男人，想忘掉一个女孩子是很容易的事。大二的第一个月，李新民就恋爱了。医学院的一个女孩，梁丽，非常漂亮，家是外地的，不过这又有什么关系？女孩子在北京无亲无故，李新民就是她的全部。李新民太享受这种感觉了。

但是处着处着李新民就觉出不方便来了。二十岁的青年男女，血气方刚、干柴烈火，总不能老在晚自习以后钻小树林吧。就算钻了，除了亲亲摸摸，就不敢再深入了。

这个时候梁丽就会适时地娇嗔："你也是北京的，我们宿舍刘冉的男朋友也是北京的，人家都住在一起了，你怎么连个地方都找不到呢？"

李新民想起自己家的巴掌地儿，只能"嘿嘿"笑两声。

梁丽还提议过去学校的招待所，李新民一听就紧张。俩学生去招待所开房，这也太张扬了吧。

李新民只有沉默。

如此这般，两个人在如火—胶着—丧气的轨道里行进了 N 次之后，梁丽的热情终于被泼灭了。热情灭了，脾气就长了，梁丽明确告诉李新民，自己已经厌倦了这种钻小树林的日子。天气越来越冷，自己没理由陪着李新民一起受冻。李新民不得已开始打其他主意。

自己家肯定是不行的。周末自己爸妈没地方可去，最大的乐趣就是给一周回来一次的李新民做饭洗衣服。其他的日子也不行，李新民的妈已经内退，不定时地会待在家里；新民爸的厂子也是半死不活，三天两头在家休假。两个人又是没有一点外出的情趣，知道出了门就要花钱，所以很甘于蹲家。

自己家不行，李新民也想像同宿舍的老六一样，动辄就去开个房什么的。可是一宿两百多的价钱实在不是自己所能支付的，不现实、不现实啊！

最后李新民只好打自己宿舍的主意了。大学的宿舍，女生楼男生进不去，男生楼女生随便进。李新民读书的时代，宿舍楼里的监控系统还不发达，没人追究哪个女生进了男生宿舍一宿没出来。只要别的男生没意见，没人举报，就不会有事。

李新民用了最简单的方法。同屋六个人，除了李新民都是烟鬼。李新民咬了咬牙，瞅准机会给每个兄弟塞了一盒烟，说在周四晚上六点钟，自己要来个朋友"谈事"。老大接了烟有点诧异，从没见过抠搜的李新民给人送过东西。老二的眼睛翻了翻，笑呵呵地接了。老六说了一声"噢——"，别有用心地拖了一个长腔儿，还生怕李新民不放心，紧着说："没问题，给你腾地儿！"

李新民终于在忐忑中迎来了这个周四。梁丽大大方方地挽着李新民的手臂进楼，李新民却觉得自己的胸腔快要爆炸了。他的内心一半是海水一半是火焰，既有对这个夜晚的自得，也有说不清楚的一种紧张。

同宿舍的兄弟们果然帮忙，都知趣地出去了，留给两个人的是一个黑暗的屋子。梁丽进门以后，顾不上男生宿舍里弥漫的臭气，就开始像糖稀一样紧紧地黏在李新民的身上。今晚的李新民不再需要引导了,上了两年的医学专业课,对女性的身体早就了然于心。经过了一个学期的试探,他相信今晚到了瓜熟蒂落的时候了。

就在两个人已经倒在了李新民的床铺上的时候,梁丽气喘吁吁地说了一句:"戴上吧!"

李新民被说蒙了,可是情绪依然在亢奋中,喃喃地说:"什么?什么?"

梁丽更加娇喘:"套啊!快戴上,我想要……"

李新民骤然停止了摸索,"忽"地坐起来。横躺在床上的梁丽被吓了一跳,黑暗中看着李新民的脑袋又耷拉下来。梁丽明白了,气呼呼地也坐起来,说:"你白活了!不知道要戴套吗?没套你搞什么搞?"

李新民用自己都快听不见的声音说:"那,我出去买……"

梁丽气得一把拽下了李新民床铺上的蚊帐,竹竿哗啦啦地倒了,积攒了两年的灰尘都飘飘扬扬地落下来。李新民在蚊帐的缝隙里,看见黑暗中的梁丽摔门而去。

李新民叹了口气,自顾自地倒在了床上,闻着蚊帐上的土腥味,昏沉沉地睡去。第二天早上醒来,李新民安慰自己说,大不了这个女朋友就吹了呗。可是就在他在水房洗脸的时候,对门宿舍的男生突然对着他诡异地笑,他不明所以,也笑了一下以示友好。另一个男生过来,看了李新民一眼,对这个男生说:"没肥皂啊!那洗什么洗!"结果,这个男生捏着嗓子说了一句:"我出去买……"

李新民在男生们的哄堂大笑中离开了水房。跑得之匆忙,以至于连自己的洗漱用具都丢在那里了。一连一个星期,李新民都成了走读生,他实在无法面对那些嘲笑过他的脸。宿舍里的老大知道了这件事以后,曾经愤愤地要拉着其他兄弟去打群架,被李新民弱弱地拦住了。老六拍着他的肩膀，很是同情地说："你还是……那个……哈！"

李新民当然知道"那个"是什么，他以为屋里的所有人都应该是"那个"。可是就在他老实地点头之后，另外五个人都把无限同情的目光送了过来。老大很不相信地问："你在高中的时候没女朋友啊？"

在这一瞬间，李新民想起了姚逸。李新民苦笑了一下，除了姚逸，自己连能持续说上五句话的异性朋友都没有。可是姚逸哪是自己的女朋友呢？连想都没想过。

李新民为了自己残存的自尊回了一句："你们倒是有，不也都吹了吗？"

老四笑笑，凑过来说："我在北京，她在江苏，肯定得吹。可我们把成人礼搞完了啊！而且我们俩当时都是第一次。兄弟，你以为你那梁丽还冰清玉洁，守身如玉啊！"

别人都笑了。

李新民想起那么多迷幻激情的夜晚，在小树林，梁丽像老师一样拉着自己的手在她身上寻觅。还有，在宿舍的那个晚上，梁丽的愤怒——因为他不知道还要准备安全套的愤怒。李新民吸了一口气，在这一瞬间突然庆幸那天晚上自己并没有做什么，否则，他会很懊悔。也许，在骨子里他并不那么重视初夜的问题，可是因为自己是第一次，他当然希望对方也是。况且，他真的爱梁丽，不想逢场作戏。

这件事的直接后果是梁丽两周没和李新民说话。李新民自顾自地认为这段恋情可以告吹了。想到这儿的时候，李新民的内心五味杂陈，有对小树林那一幕一幕的万分不舍，也有压抑的释放——再也不用买烟求兄弟们给腾地儿了，也不用再听梁丽唠叨自己没本事找地方了。

　　但是这只是李新民自己的一厢情愿。梁丽的火气在两周之后烟消云散了，又喜滋滋地出现在了李新民的宿舍门口。宿舍里其他的兄弟看见这一幕，都识趣地走掉了。李新民看见梁丽手里拿着饭盒，刚买的午饭从缝隙里冒出了热气，李新民在这一刹那很是感动，但是很快又紧张起来。他迅速地扫了一下梁丽身后的门，兄弟们出去的时候是轻轻把门带上的。李新民没顾上和梁丽说一句话，条件反射似的一个箭步冲到梁丽身后，狠狠把门锁上了——他一直认为那天他们俩一定是没关好门，不然两个人的对话怎么可能被对门的人听到？他甚至认定十有八九是自己太激动了，忘了关门。看来以后只要是和别人说话，就要关门。这个结论比和梁丽分手还让李新民懊恼。

　　梁丽不知道李新民这一系列复杂的心理活动。她笑盈盈地、自信满满地来找李新民，满以为等待的是满口的"对不起"，没想到李新民一句话没说就冲上来锁门。梁丽顿时会意了，是顿时会错了意。她像演电影一样，"砰"一声把饭盒扔在地上，做失手状。李新民被这个声音吓了一跳，他低头看见了半条黄花鱼躺在他们宿舍肮脏的地面上，心疼的表情还没来得及展现，胸口就被重重撞了一下。他再抬头，梁丽已经像炮弹一样压在了自己身上，带着他的身体准确地向最近的床倒下去。梁丽气喘吁吁地呢喃，李新民已经听不清楚了。一分钟之前他的全部注意力还在黄花鱼上，现在，他无法再去想鱼了。梁丽已经迅速脱去了外套，他曾经在黑暗的小树林中摸索过很多次的胴体就这样突如其来地展示在自己面前。李新民彻底蒙掉了。

　　他只听到了梁丽的明确指令："给，戴上！"

九

见公婆

　　若干年后，当李新民第一次和自己的准老婆相拥上床的时候，他的脑海里再次呈现了那天的场景。李新民一边熟练地侍候着老婆，一边对自己说："那天，就是想关门。"

　　但是在和梁丽交往的时候，李新民可不敢这么说。说出来，不是自己得了便宜还卖乖吗！人家女孩子实实在在地把身体交到自己手上，自己可不能随随便便就辜负了人家。到大四的时候，李新民甚至已经坚定了信念，梁丽就应该是自己的老婆了，毕业之后就可以结婚。

　　李新民满心欢喜地将自己的想法告诉梁丽，也期待梁丽同样地满心欢喜，可是梁丽并不感冒。医学院的学生要念五年，到第三年的时候就要经常去医院临床实践了。梁丽家不在北京，成绩一般，眼看着在实习的医院工作无望，正急得心头起火。听到李新民胆大包天地畅想未来，梁丽很不屑地说："我工作还没着落呢，结什么婚！"

李新民好脾气地说："不是还有一年吗？咱们可以再找。"

梁丽更气了："一年？人家家里有关系的，一天就搞定了。我们班那两个北京同学，刚去实习了一个学期，就被内定留下了。我们这种外地的就是没人要。"

李新民嬉皮笑脸地揽着梁丽，说："怎么没人要？我要，我要！"

梁丽一把推开李新民，说："你拿什么要？你也是北京的，你让你父母活动活动，想办法把我给留下。你看人家刘冉的男朋友多贴心，上周都把刘冉带回去见家长了。婚还没结，公公婆婆就拍胸脯了，肯定能把刘冉弄到大医院。你再瞧你！咱俩这么长时间了，你什么时候说过能帮我的话！"

李新民像被板砖砸了一下，顿时蔫了。

梁丽给李新民接着上课："你知道追我的男生有多少吗？医学院的女生赛珍珠，你又不是不知道！我为什么选了你？因为选你更实际。我找个广东的新疆的，毕业之后各奔东西，谁也顾不了谁，我这五年不是瞎耽误工夫吗？瞧你是个北京的，皇城里的人，怎么也能想方设法帮我一下吧？我告诉你，工作的事搞不定，什么事都免谈。我留不下，你结个屁婚！"

李新民吭哧了半天，说了一句："那……那你自己多试试，不行还可以干别的……"

这句话点燃了火药桶，梁丽顿时火冒三丈："你说得好听！干别的？我辛辛苦苦学了五年医你让我干别的？我干什么？你能让我干什么？你有本事把我办进卫生部，我就改坐办公室去！你有这本事吗？"

李新民哪有！

梁丽又气哼哼地说："咱俩谈两年了吧？眼看你就毕业了，你把我当你女朋友了吗？两年了，你爸你妈知道有我这个人吗？

你心里到底怎么想的？口口声声说结婚，你总得让你爸你妈把我留在北京再结吧！"

李新民脑子里蹦出了家里那间筒子楼，那个连一居室都算不上的房子。他不是不想把梁丽带回家，而是带回去了，除了床边，连个坐的地方都没有。

梁丽自顾自地接着说："这周末，我跟你上你们家！我就不信，你父母知道儿子谈恋爱了，能对他女朋友不闻不问！"

李新民心里说："当然不能。可是'闻'了'问'了又能怎么样呢？"突然间，李新民想到了自己的就业。梁丽说的情况句句属实，班里有门路的这会儿都差不多找到地方了，最后一年，都可以在确定的医院半读半工了。可是自己虽然也有实习的医院，但是他心里清楚，自己一不认识院长二不认识主任，想留下，是不可能的。

梁丽下完指令就回宿舍了，留下李新民一个人在教学楼下发呆。几分钟以后，李新民醒了醒神儿，乖乖地找了个电话亭给老妈打电话。他遵照梁丽的意思，吞吞吐吐地告诉老妈，自己交了一个女朋友，想周末带回家看看。老妈很是激动，先是絮絮叨叨地数落李新民为什么不早点说，然后又开始自顾自地念叨吃什么。最后又问李新民女孩长得怎么样、家庭环境怎么样……李新民说梁丽不是北京的，家在外地，老妈的态度顿时冷却了，立马就说："儿子，你怎么找了个外地的？以后结了婚，春节你是在北京还是去外地啊？大冷天坐着火车休探亲假，你瘾症啊！长得再好看，以后也是问题啊！再说这马上毕业了，她留得了北京吗？你们周末回来我可得问问清楚，工作找得怎么样了。要是能留在北京，咱就接着谈；要是没谱啊，还是趁早断了……"

李新民挂上电话就吸了一口凉气。

不用想，这个周末李新民一定是世界上过得最难受的人之一。

李新民自认为做好了充分的思想准备，但是现实的暴风雨来得还是比他预想的要猛烈。

李新民和梁丽两个人从一出校门就开始别扭。李新民像每周回家一样，拉着梁丽就往公交车站走。梁丽走了两步就不走了，站在马路边上虎着脸。李新民莫名其妙地看着她，梁丽气鼓鼓地说："不走了！连个车都不肯打。你看看我今天穿的，能走长路吗？"

李新民这才从头到脚地打量了一下梁丽。大冬天的，梁丽居然光腿穿着丝袜，虽然脚上蹬着过膝的大皮靴，可还是冷得慌；小皮短裙，将将盖住了屁股；上身虽然穿着棉服，可也是小短款，探个身都会把半截腰露出来。这身装扮要是搁在平常，一定能把李新民看得心里痒痒的，可现在是要去见未来的公公婆婆，梁丽穿成这样就不合适了。

李新民只好哄梁丽，说："打车打车。"赶紧伸手拦下一辆车，顾不上心疼，把梁丽搡了进去。一路上，李新民不说话，梁丽也懒得说话。车都快到了，梁丽才冒出一句："你跟你爸妈说了帮我找工作了吗？"

李新民不知道应该怎样回答，含混地"嗯"了一下，又低下了头。交往两年多，梁丽已经读懂了李新民的身体语言，现在，梁丽已经越来越看不了李新民蔫头耷脑时候的窝囊样。她狠狠白了一眼这个男朋友，又不再说话了。

车到了居民区门口，梁丽的脸色顿时变得更加不好看了。两栋老旧的破楼孤零零地竖在平房区里，楼外表的墙皮都剥落了。门口是脏兮兮的露天垃圾堆，一堆破自行车茬在一块儿。梁丽被李新民拉着，深一脚浅一脚地从结着冰碴的污水地上踩过来，进了楼门迎面又遭遇了自行车的拥堵。一辆一辆自行车斜放在楼梯上，一条链子锁，一边锁着车轱辘一边锁着楼梯的铁栏杆。上楼的时候，因为楼道太窄，梁丽的网眼丝袜被横在那里的脚蹬子不客气地剐了一下，顿时露了肉。梁丽气得张口就骂，李新民赶紧捂着她的嘴往楼上跑。都是街里街坊的，哪辆车是谁的李新民都认得，梁丽一开嗓，邻居们都能听见，这以后还怎么相处啊！更何况，自己家的自行车也是这么锁着的，谁也别怨谁了。

梁丽憋着一肚子怒火，气喘吁吁地爬到了五层楼顶。李新民敲门，喊"妈"。门开了，老妈一看门外的两个人，脸上的表情居然是诧异："就你们俩？你爸呢？"

李新民很奇怪："什么我爸？我没看见啊！"

新民妈说："你爸上车站接你们去了！你没看见？走了得有快一个小时了！"

李新民赶紧问："哪个车站？"

新民妈说："315啊！你不就是坐那趟车回家的吗？"

梁丽适时地接了一句话茬儿："阿姨，我们是打车来的。"

李新民想拉一下梁丽都来不及了，梁丽的话已经说了出去，重要的是，新民妈听见了，还听得真真儿的。新民妈的脸子顿时拉了下来，数叨李新民："有月票不使，打什么车！还没结婚呢就这么不会过日子！"

梁丽再傻也知道这两句话是说给谁听的，想发作，但是忍了。

李新民说："我这就去叫我爸！"

新民妈一把把李新民给拉进来，嗔道："行行行！不用你，你待着吧！"

李新民只好任由老妈换上鞋下楼，自己拉着梁丽有点尴尬地进家。梁丽看着新民妈下了楼，转身对李新民怒道："初次见面就摆臭脸！你妈有病啊！不就是打个车吗？至于吗？"

李新民又赶紧关门。有了上次的教训，李新民深知大多数建筑都是不太隔音的，什么动静都能被旁人听到；尤其是梁丽的嗓音本身就具有穿透力，关上门都不一定拦得住。

但是马上，梁丽就不作声了。她仔细地打量着眼前的这间屋子，她对自己说，早就应该有心理准备的。外面环境破成那样，里面能有什么好房子？可是，李新民家之简陋还是让她惊着了。

进门就是一张单人床，空间比学校的六人宿舍还局促；床边的墙上钉了好几层木板，上面码着几层书。不用问，这就是李新民的地盘了。

床对面就是厕所。梁丽拉开门，里面黑洞洞的，李新民以为她要用，就探身进去拽了一下灯绳，一个十五瓦的白炽灯泡给了梁丽一点萤火虫大的光亮儿。梁丽看了看里面的蹲坑，差点叫出来，慌慌张张地关上了门。李新民说："不上啊？那赶紧把灯关上。"

梁丽的心都凉了。

李新民推开自己父母的房门，说："这是他们的房间，外面是我的。你要不……坐这歇会儿吧！"

梁丽强打着精神看了看里面这间"主卧"，一共也就十平方米。一张双人床，一个八十年代的双开门大衣柜，还有一台电视机。外面带了一个小阳台，梁丽看了看，居然给改建成厨房了。梁丽诧异地说："你们家厨房挨着卧室？"

李新民说："是啊！我爸把厨房拆了，要不然客厅太小了，摆不下一张床。"

梁丽颓然坐在李新民的床上，心里骂自己，这两年都干吗去了！为了这样一个人、这样一个家，白白损失两年的青春。满以为找个北京人，就能工作有靠山、户口有着落，现在看看，这样一个家能不拖累自己就得烧高香了，哪还指望得上呢！

李新民自顾自地换鞋，又从里屋大床底下掏出一双拖鞋递给梁丽，说："我妈的，换上吧。"

梁丽低头看了一眼水泥地面，冷笑了一下，说："这种地，也要换鞋吗？"

李新民没听出梁丽的话外音，执拗地说："当然得换。我妈早上刚拖干净的，你看，犄角那儿还有水印儿呢！你今天第一天上门，得给我妈留个好印象。我妈有洁癖的。"

梁丽简直要笑死了。在这个卧室对着灶台，床挨着厕所的地方，还谈"洁癖"，真是笑话。

梁丽的损话还没说出口，门就开了，李新民的爸妈一前一后地进来了。李新民赶紧拽着梁丽站起来，开口叫"爸"。新民爸一边答应着，一边打量着梁丽，嘿嘿冲李新民笑着："坐、坐吧！屋里冷不冷？"

新民妈依然耷拉着脸，一把拽过新民爸，说："换衣服去！"两人迫不及待地进屋交换意见，门虽然关着，梁丽却不用费劲就听到了新民妈的牢骚："就冲打车这一样，就不能要！什么呀？年纪轻轻就好吃懒做的。"

新民爸说："姑娘长得还不错，看样子挺好的。"

新民妈说："好什么呀！裙子那么短，还露着肉。你儿子跟你一样，就喜欢这个……"

梁丽听见了，李新民也听见了，脸上红一阵白一阵的。他不敢看梁丽，梁丽冷冷地看着他。在那一瞬间，梁丽脑海里闪过一幕，就像琼瑶剧里演的那样，某个富家公子面对刁难的父母一把搂过心爱的姑娘，冲着他们喊："我就是爱她！你们谁也不能阻止！"

梁丽忽然想，如果此时此刻李新民也能那样冲进去对他父母说上这么一句，然后拉着自己摔门而去，那自己也可以死心塌地地跟着他。可惜，李新民只在父母的声音渐弱下来之后对着自己说了一句："我妈就是不喜欢你穿的这身儿……"

十

打开天窗说亮话

　　梁丽没有任何奢望了。她控制着自己的情绪，不让自己爆发；她同时劝说自己，要抱着恶作剧的心态坐下来——既来之则吃之。凭什么这两年里尽是自己给李新民买饭？现在想想，自己也是在跟一个北京人谈恋爱，可他除了请自己在食堂吃过饭以外，什么钱都没为自己花过。本来想忍两年，靠着他留在北京再说；这么看，他自己找工作都成问题，还帮自己呢！梁丽心说："千不怪万不怪，就怪自己瞎了眼！"

　　磨叽了半天，老两口从里屋出来了。新民妈不太情愿地支上了桌子，新民爸还能保持着微笑，对李新民说："来来，新民，叫姑娘吃饭。你妈一早就做好了带鱼，就等你们来吃呢！"

　　李新民挤出笑容，对梁丽说："我妈做的带鱼可好吃了。来吧。"

　　梁丽也不说话，从床边上起身，步行两步就是折叠饭桌，然后再坐下。新民爸端上一瓶小二，新民妈把四个盘子从简易厨房里端上来。梁丽看了一眼盘子中的带鱼，窄得可怜，赶得上自己的手指头了；再看那三个盘子，一盘白菜豆腐，一盘豆制品，一盘韭黄炒鸡蛋。新民爸想活跃活跃气氛，端着酒杯对梁丽说："姑娘啊，你一来，我们爷俩也跟着改善。来来，喝一口。"

梁丽面无表情地说："谢谢您，我不喝。"

新民爸被回绝了，冷了一下场，马上说："不喝好不喝好。姑娘你……"

李新民赶紧接茬："爸，她叫梁丽。"

新民爸说："啊！小梁，你跟新民是同学，在一个班吧？"

梁丽耐着性子说："我们不是一个班的。我是医学院的，学医。"

李新民看见老妈的眼睛亮了一下，脸色突然好转了一些，而且迅速插话："学医的？那你是什么专业呀？中医？内科？"

梁丽说："我是学临床的。"

李新民适时地接话："梁丽以后是外科医生。"

新民爸妈相互对视了一下，眼睛里全是惊喜。新民妈又接着问："那工作找好了吗？这专业好啊，能进三甲医院吧？当初我怕新民考不上，都没敢给他报。"

梁丽抬头看着老两口，放下筷子，说："我今天来就是想问问，你们有没有什么关系？因为我家是外地的，在北京没什么门路，你们是北京人，认识医院系统的人吗？最好是三甲医院，二甲也凑合了，主要是能解决户口。"

李新民没想到梁丽说得这么直白，新民爸妈更没想到。新民妈刚刚缓和下来的脸色一下又回到了解放前。新民爸有点无知地问了一句："外科大夫，还不管分配啊？现在多缺大夫啊！"

梁丽有点挑衅地接了一句："缺大夫，可不缺我。"

因为是在自己家里，新民妈实在不好发作，可是铁青的脸已经说明了问题。饭桌上的空气顿时凝固了，新民爸端着的酒杯停在了半空中，父子俩谁都不知道说什么。

新民妈打破沉默，质问似的说："你跟新民谈朋友，就是为了留北京吧？你把新民当什么了？"

新民爸也赶紧说："是啊是啊，年轻人嘛，工作慢慢找，别老想着有人帮。咱们得自食其力。"

梁丽"腾"的一下站起来，说："你们可以问问李新民，我怎么不自食其力了？我们同学，一样是找北京男孩子，一样是见了家长，人家工作也给安排了，房子也给预备了。你们呢？是你们儿子跟我求的婚，他口口声声说要毕了业就结婚！拿什么结？怎么结？要结婚我就得留北京吧！如果你们有门路，我能留下，当天我就可以登记去。我没跟李新民要房要车，我没花过他一分钱。你们可以问问他，谈恋爱两年多，他请我吃过饭吗？给我买过衣服吗？平时都是谁给谁买饭？谁给谁买衣服？他吃我的、穿我的，连避孕套都是用我的。你们现在跟我说自食其力，你们还是跟你们儿子说吧！"

梁丽拿起包，三步就走到门口，摔门去了。

屋里剩下的三个人都愣住了，大约过了十秒钟，李新民的脸上挨了重重一巴掌。李新民捂着火辣辣的脸，抬头看见了老妈变得狰狞了的面孔，还听到了一声怒吼："我打死你这个不争气的东西！在哪儿找的这个骚货！"

李新民的初恋在老妈的巴掌下结束了。不仅结束了，李新民还被剥夺了自由恋爱的权利。新民妈坚持认为，以李新民目前的状态，根本就分不清好人坏人，完全不具备谈恋爱的能力。新民妈明确提出："李新民，你给我记住，从现在开始，不许再交女朋友。我跟你说了多少遍，外地的不能要！不知根不知底儿你就敢往家带，你看见了吧！什么好东西！"

新民爸也适时插话："就是！一个大姑娘，还没怎么着呢就满嘴'套、套'的，成什么样子！"

这句话提醒了新民妈："你们……是不是……还那个了？"

李新民脸都红了。对李新民来说，在宿舍的床上和梁丽宽衣解带已经很自如了，可是面对老妈他却腼腆得不行，实在不知道应该怎样回答，吭哧了半天，"嗯"了一下，马上就赶紧低头。他预感后面的暴风雨还会来得更猛烈。

可是出乎李新民意料，空气凝重了一会儿，先是新民爸"扑哧"乐了一下，紧接着李新民的肩膀头上又被拍了两下。这个举动、这个力度和李新民刚考上大学时候亲友们祝贺的"拍肩"动作很一样。李新民赶紧抬头，看见老妈的脸居然已经转晴，笑容都露出来了。

新民爸说："好小子！没看出来你还真有两下子。"

新民妈更是得意地说："呸！她还跑了。都跟我儿子睡过了，我看谁还要她！一辈子也别想嫁出去！"

李新民很是惊讶地看着自己的爸妈，二十二年来，这是第一次听到父母说这样的话。这和他们以往坚持的原则是那样的南辕北辙。在这一刻李新民体会到了，只要是自己占了便宜，即使自己做了违背道德的事，父母都会同意甚至是赞赏的。可是，自己是占到便宜了吗？凭借四年积累的医学知识，李新民现在可以百分百地认定，自己绝不是梁丽的第一个男人，是不是第二个都很难说。如果自己再把这个真相告诉父母，他们的血压一定受不了。在这么短的时间里雷雨转晴再转暴风雨，不崩盘才怪。

二十二岁的李新民就这样失恋了，可是他的恋爱问题被父母当做重要工作提上了日程。新民妈意识到自己的儿子长大了，无论是生理还是心理上都需要女朋友了。新民妈告诫儿子不许谈恋爱，是不许他自己去找女人，这个工作被当母亲的承担下来了。

李新民是独子，新民妈认定自己的后半生将毫无保留地交给儿子，当然，也要全心全意地指望这个儿子。未来的儿媳妇当然要跟自己一起过，不然，儿子结了婚不就成了离家出走了吗？自己辛辛苦苦培养出来的家族大学生，还没享受到果实就被别的女人抢跑了，这还了得！

还有一个原因，就是梁丽彻底地刺激到了新民妈。多年生活在这座城市的中下层，收入少，房子小，但是在李家的家族中，自己的日子还是比上不足、比下有余的。怎么说，自己的儿子是大学生，还是有指望的。而且，全家毕竟没睡在马路上嘛！虽说过日子要斤斤计较，可是自己一没外债二没贷款，也乐得自在。

但是，梁丽的几句话深深刺痛了新民妈脆弱的自尊。的确，自己没有能力给儿子预备房子，更没能力给儿子看上的女人弄个北京户口，就连儿子自己的工作老两口都帮不上任何忙。本来，这个社会鼓励的是"自力更生、自食其力"，"啃老"是应该被鄙视的。可是如今，家里条件好的孩子就是要比别人顺利得多，机会也多。新民妈知道，面对梁丽的指责，自己的愤怒更多的是因为做不到，确切地说，是在骨子里必须承认，梁丽的要求没有错。

所以，新民妈决定要自己给儿子找对象。儿子的心思她知道，无非是看见漂亮的就动心。可是过日子这种事还得强调个门当户对。新民妈不相信有条件好的女孩能看上李新民，就算看上了，一进自己这家门也得跑。必须得找个小门小户的北京女孩，都是大杂院长大的，家家条件差不多，谁也别嫌弃谁；而且，这些姑娘也不能这么随便，说上床就上床，这成什么了！

十一

中学校庆见到了她

李新民接到通知，回中学母校参加校庆，班里的同学们要一起去看看老师。李新民这才意识到，周末是母校四十周年校庆，报纸上已经刊登了一周的消息了，欢迎校友们回家看看。中学时候的班长找李新民也找得比较辛苦，别的同学多数都有手机了，逊色点的也都有呼机。只有李新民，毕业之后就杳无音信，和中学时代的同学都断了联系。幸好上医科大学的还有别人，不是李新民的中学同班，但是也认识他。这么着，拐了几道弯才找到他。李新民在公用电话里联系上了班长，痛快地答应了校庆之约。

周末，李新民骑着花六百块钱买的捷安特，心情不错地往中学骑。这车是崭新瓦亮的，今天是第一次轮胎踩地。为了这辆车，李新民节衣缩食了很久，有半年都是吃梁丽的饭票。为了这辆车，李新民还真刻苦学习了两个学期，为的就是那几百块钱奖学金。好容易钱攒够了，还要说服老妈同意让他买辆自行车。他的借口就是宿舍离教学楼和食堂都特远，没有车很容易迟到、吃不上饭。

老妈一咬牙让他买了，不过李新民还是聪明了一回，他跟老妈说这车一百五。

李新民第一次骑着六百块钱的自行车，嘴角不自觉地咧开了。一双脚蹬在脚蹬子上，那感觉跟踩着二八破车就是不一样。就连脸被风吹的幅度都不一样，怎么那么细腻呢，怎么那么舒服呢。

快到学校的时候，马路两边就出现了指示牌和灯旗，还有两个交通协管员帮着给指挥交通。李新民没有减速，他要一直把车骑进校园，停到曾经的车棚里。中学六年，都是这样做的，不同的是，那个时候他只能骑着老爸淘汰的那辆二八破车，不锁都没人偷。

可是李新民骑到路口就被拦下了。协管员用手里的小红旗指着他，嘴里喊着："靠边靠边，自行车别往里去了，有活动。"

李新民停下车，左脚踩着脚蹬子，右脚蹬地，看着协管员说："我就是来参加活动的。"

协管员上下打量他一下，半晌后说："里面都是停车场，只停汽车。您这自行车没地方停。"

李新民有点不高兴了："那我停哪儿？"

协管员冲着旁边的小区一努嘴："停那里面吧。也有骑自行车来的，我们都给分流到那儿了。里面真没地方，今天汽车太多了。"

李新民不情愿地扭头看了一眼小区，这个小区李新民是很熟悉的，中学六年，每天上下学都要从这个小区门口经过，当时班里谈恋爱的男女同学也大都在这里约会。想到这儿，李新民又不由自主地想到了梁丽，想到了大学校园里的那片小树林。

他正要拐把往小区里去，一辆切诺基"嘎"地一下停在他旁边，吓了他一跳。从车里迅速跳下一个人，冲着他喊："李新民！"

李新民瞪眼一看，原来是初中时候一直坐在他后面的郝宁。

李新民有点惊讶地看着他："郝宁！中考以后就没见过你！"

郝宁有点得意地笑笑，似乎很不经意地弹了一下自己的上衣。李新民定睛看了下，郝宁身上穿的是一件褐色的皮衣。李新民不认识衣服牌子，但是有件皮夹克一直是他的梦想。大学里很多家境不错的男生在这个季节都穿皮衣，看见他们一个个酷酷的样子，李新民就打心眼里腻歪自己身上那件羽绒服，肿得跟个熊似的，还时不时地往外滋毛。

郝宁把李新民艳羡的眼神全看在眼里了。他笑着说："我跟你们比不了，你们是好学生，一个一个都考上大学了；我凑合就上了职高，都工作好几年了。"说完，郝宁又似无意地把胳膊架在了车上。

李新民明白了，不由自主地说了一句："都买车了！大款啊！"

郝宁笑得更开心了，说："什么大款啊！就是做做二手车生意，家里我舅舅就是干这个的，跟着瞎干呗。找什么工作不都得看人家眼色吗？还挣不了多少钱！这车是我刚收的，卖不出去的时候我就先开着。这活没别的好，就是什么车我都能开。"

李新民看看自己的捷安特，不知道说什么好了。

郝宁自得地开着车进校庆停车场了，李新民只能乖乖地把自行车停在小区里。临出门的时候老妈生怕宝贝车丢了，特意让李新民多带了一条链子锁。这链子锁真是派上了用场。在小区里找了一圈，李新民也没找着一个安全的地方，干脆，他还是把车搬进了楼道，用链子锁把车轱辘锁在了楼道的栏杆上。

从小区到校门口，李新民像是逛了一回车展。奥迪、宝马、路虎、奔驰，居然还有一辆迈巴赫。李新民看着看着，眼神都乱了，懵懵地随着人群进了校园。站在学校新铺的塑胶跑道上，李新民在人群里一眼就看见了姚逸。不能说李新民心有所想，而是姚逸实在太明显了。初春季节，姚逸穿着在李新民看来几乎是华服的长裙，飘逸地在主席台上来回走动。李新民的眼睛瞪大了，心跳也不由自主地加速了。身边乱哄哄的一团他全然不在意，旁边有人议论着什么他也没听见。直到仪式开始，李新民才知道，姚逸是作为年轻校友的代表前来为母校主持庆典的，现在的姚逸已经是名校法律系的大学生了。

李新民眼睁睁地看着姚逸，比在中学的时候出落得更漂亮了。高中的时候是短发，李新民回忆起来全是姚逸灵动的模样；现在是长发披肩，清秀的眼眉之间又多了书卷气。可是，那股书卷气并不呆板，只是让姚逸更平添了几分自信和沉静。李新民想着想着突然觉得，如果把姚逸领进家门，自己爸妈是绝对不会挑出毛病的。

可是，李新民顿时就警醒了。他看看自己的位置，在流动的人群中，踮着脚，使劲挤出自己的一个立足点；而姚逸，已经脱离了他这样的平民大众，站在了前方的高处。也许，离姚逸的实际距离并没有那么高那么远，但是在李新民看来，她和自己之间的确已经有了那么高那么远的差距。

在仪式结束后，姚逸也发现了李新民。她惊喜的表情溢于言表，在人群渐渐散去的时候，姚逸居然冲李新民跑过来，灵动且有些调皮的神情又出现在她脸上。李新民也笑了，他很高兴姚逸还愿意和他说话，姚逸跑过来拍了他一下："嗨！你胖了！"

李新民不好意思地笑笑。

姚逸接着说："你后来上哪里了呀？怎么音讯全无的？是去医学院了吗？还是去了……"

李新民无奈地笑笑："要不我还能去哪儿？"

姚逸说："那你没有申请转系吗？我记得你说你妈给你报的是药学专业，你考得那么高，应该可以转系的吧！"

李新民傻了。上了四年大学，都快毕业了，他怎么就没想起来转系呢！李新民的入学成绩是班里北京生源中的第一名，第一年，学医学药的基础课都是一样的，为什么自己就没动过这个脑子呢？活生生浪费了四年时间，学了一个既不喜欢也不好分配的专业。苍天啊！

李新民的脑子全乱了。他后悔自己上大一时候的可怜自尊，不知为了什么，就是不肯主动跟姚逸联系。他不给姚逸写信，姚逸怎么可能找得到他呢？既不知道什么系什么班，也不知道哪间宿舍。如果自己第一时间跟姚逸联系了，也许姚逸已经给他出了主意，也许这个时候他已经是临床系的大四生了，也许已经找到了心仪的医院……

李新民控制不住地想哭。姚逸看见他的脸色越来越不好看，以为自己说错了什么，赶紧对李新民说："是不是我问题太多了？你不舒服吗？"

李新民突然攥住了姚逸的手，说："给我你的地址吧，我想以后常联系。"

姚逸痛快地在纸上写了一串字，有手机号，还有通信地址。姚逸对李新民说："白天要上课，手机肯定是不开的。中午、晚上都可以打。咱们两个学校离得有点远，不然可以来找我吃饭。我们学校的食堂巨多，饭还不错。"

李新民点点头，挤出一点笑容，同时攥紧了那张纸条。

庆典仪式结束后，不同届的老师同学还有不同的聚会。李新民远远看见郝宁站在初中那堆同学里眉飞色舞地说话，高中班的同学堆里，班主任正拉着赵雯亲切地问这问那。李新民想了想，高考赵雯跟自己的成绩差不多，可人家上的是北大国际经济，现在马上就要出国读硕士了。都是大学生，自己怎么就这么灰头土脸的呢?

想到这儿,李新民实在没有再聚下去的兴致了。他逆着人群,独自走出了校门。操场上有那么多人,走他一个一点都不明显。他低着头,几乎是看着自己的鞋尖走出来的。耳朵里的噪声一点点地退却,再塞进来的就是汽车的鸣笛和自行车的铃声。他走得越来越快,最后几乎是小跑着进了小区。

还没走近他锁车的单元,门口的几个老太太就迎着他过来了。其中一个对另一个说:"是他吧?"另一个狠狠地看了李新民两眼,说:"我就看了个背影,看着像。"

李新民不明所以,狐疑地走进楼道,正要开锁,那两个老太太小跑着跟了进来。一个老太太说:"就是他!我说小伙子,我们这可是文明小区,你看看,楼道里哪有自行车?你不住这吧?"

李新民说:"嗯。"

另一个老太太,胳膊上还戴着红箍,留着短发可还戴着个大发卡,也冲上来对李新民嚷:"那你怎么进来的?你找谁呀?"

李新民只好说:"我不找谁。我是来参加中学活动的,是协管员让我把车停在这儿的。"

第一个老太太试图好言好语:"小伙子我跟你说,我们这小区是封闭式的,不是居民不能随便进;你要就为了存车,你可以找存车处啊!"

戴发卡的老太太接着嚷:"你还把车锁楼道里,怎么那么没公德啊!我一眼没看见你就溜进来了,正赶上我值班,你这不是给我添堵吗?这车是你的吗?是吗?"

李新民没有任何办法,说也说不清,只能以最快的速度开锁,冲出两个老太太的包围,骑车跑掉。

十二

进了社区医院

　　再见到姚逸，已经是一年以后了。

　　李新民那一年求职到处碰壁，在绕了八道弯以后才发现家里的一个远房叔叔在一个街道当主任。新民妈像抓住了救命稻草一般，火速拉着新民爸、李新民的大爷、二姑和这位远房的叔叔建立了联系。登门三次，全家咬牙买了一台一千多块钱的DVD给送去了之后，这才敢跟人家提出要求。远房叔叔一听就明白了，新民爸妈这不是来拜自己呢，是拜医院来了。在自己管辖的街道范围内，有一个三甲医院，这一千多元的DVD担的是远房大侄子的前程。

　　远房叔叔客气地推让了一下，但是发现新民爸妈两个人一下子就很紧张；远房叔叔接着又谦让了一下，说自己的能力其实有限，老两口的汗就下来了。远房叔叔有心把这上门的麻烦给推了，可实在又感于老两口的苦心。帮吧，可心里实在忍不住笑了一下，你儿子的前程就值一个DVD呀！就算你觉得值，我这中间托人说话，我这张脸也不止这个价呀！

在新民妈第三次登门的十分钟里，远房叔叔迅速做出了一个折中的方案："老嫂子，您看这样行不行，三甲医院呢，虽然在我们街道，可是我们跟人家没有业务来往，顶多了逢年过节相互问候问候。要是咱们家里找人看病，那我倒是能给疏通疏通；进人这么大的事，您弟弟我还真是力不从心。"

远房叔叔一边说，一边观察新民妈的表情。新民妈还努力平和着，可眼睛里的焦急、额头的细汗全都露在脸上了。

远房叔叔没留接口，接着说："嫂子，我们社区呢还有自己的医院。刚刚建成，虽说规模小点，可也是有建制的，而且国家明令要求我们必须招聘医科院校毕业的正规大学生。本来呢，这个名额都招满了，春天我们就开始上各大医科院校招去了，这都夏天了。但是您既然张了这嘴，又是咱们自己家的事，我给您努把力。就是您回去得跟大侄子说一声，看行不行。我知道现在的年轻人，都心气儿高着呢，不知道孩子嫌不嫌我们庙小！"说完，远房叔叔还"呵呵"笑了两声，给自己也给新民爸妈化解了一把尴尬。

新民爸听了这话，用眼睛请示新民妈，嘴里说着："那我们回去跟李新民商量一下？"

新民妈瞪了新民爸一眼，斩立决似的说："还商量什么！我定了。他叔叔，那您给费心吧！"

远房叔叔顿时明白了这个家是谁做主。他马上笑呵呵地说："那行，嫂子，我一定尽力。这是咱们家里的事，都不是外人，我抓紧时间给联系一下。"

新民妈都走到门口还不忘回头再问一句："您就给定了吧！我们可就指望您了！"远房叔叔嘴上说"我一定尽力一定尽力"，心里又浅笑了一下。

半个月后，李新民接到了社区医院的接收函。这回，他心里心甘情愿，没有高考后的沮丧，相反倒有了几分庆幸。再过三天，他就要被宿舍扫地出门了，此时此刻他已经没有任何想法，只要能找着地方，就行！同班的外地同学首先要解决户口，他不用；家里有条件的，要在几个单位之间徘徊，他也没这个烦恼。对他来说，有单位、有工作就是大道理，而这个棘手难题最终还是靠老妈给解决了。

　　收拾东西的时候，李新民从心眼里放松。他一点也不羡慕老六，为了留北京屈尊进了一家民营制药厂，鬼知道这种地方是不是做假药的；还有老大，一心要去大医院，居然拒绝了北京的一家二甲医院，读了五年，又回老家了。虽然回去有华西医科大，可那也不是首都啊。李新民看着社区医院的大红章，对自己说："挺好，轻省。"

　　李新民心满意足地来上班了。怀揣着一颗火热的心，进了医院的大门就被泼了一头冷水。说是医院，其实就是个大点儿的四居室。大客厅里有挂号的有拿药的，自己的药房就在进门的左手。开着个小窗口，跟传达室似的。客厅里都没有人，往里看看，里面有两间屋子，各有一个大夫在候诊。还有一间屋，里面有两张硬沙发座，旁边立着吊瓶杆，坐着两个老头在打点滴。

　　李新民仔细想了想，这是自己这辈子头一回进社区医院。之前完全对这个地方没有概念，原来就是这个样子！

　　李新民办完入职手续，在院长的带领下熟悉环境。这有什么好熟悉的？不就是蚕豆大点的地方吗？一个窗口，三个药柜子，自己就是个拿药的。还好自己还管进药，到时候还能出去透透风，不然，没等退休就会憋死在这窗口里了。

　　院长是个慈祥的老太太，但是眼神很锐利，看着李新民的时候，李新民不由自主地就能想起自己的妈。李新民迎着她的眼神，忙不迭地把自己内心的那些小龌龊赶紧找地方藏起来，生怕上班第一天就被领导看出自己的不满和失望。其实李新民大可不必这样，在家里生活多年，他的面部表情早就熟悉了环境，不用等大脑发出警告指令，脸上早就做好了准备。你说什么，它都面无表情，以不变应万变。

院长临走，又给李新民指了指另一个药柜子，那里面散发着浓烈的中药味道。老太太慈祥地说："小李啊，咱们这个医院是附近几个社区医院里最大的，还要承担抓中成药的任务。我知道，这对你有难度，但是现在就你一个人，你又是咱们李主任推荐来的，我就想你也学习一下抓中药的技巧，考个上岗证。年轻人，艺不压身。"

老院长说完就走了。李新民看着药柜子里的戥子、秤就运气。这是什么事嘛！学了五年，眼巴巴地盼着进了医院，就干这个！李新民拿着秤杆有心撅折了它，可又不敢。正看着，外面一个人影探了个头，声音也飘了进来："大夫，问您一下，考驾照体检在哪个房间？"

李新民不耐烦地抬头，一张熟悉的面孔卡在窗口，是姚逸！李新民赶紧跑过来，姚逸兴奋地说："是你啊！你在这里工作吗？"

李新民极度自卑地说："嗯。"

姚逸笑着说："我都忘了，你今年毕业！这社区医院是新开的，去年还没有！你是第一批医生哎！"

李新民有点不高兴地说："什么医生！我倒是想当呢！这种地方……"

姚逸看出了李新民的不满，很不解地说："这种地方怎么了？社区医院就不是医院啦？你不是大夫，那你告诉我，我怎么称呼你？叫你什么？"

李新民在姚逸的咄咄逼人之下，有点晕。

姚逸接着说："你没看新闻吗？今年全市都开始发展社区医院，引导居民在家门口就医。我估计过不了半年，你这里的人就该多了。现在大家还觉着新鲜，不敢来呢！"

李新民赌气地说："那你怎么这么大胆？不怕我们这儿卖假药？"

姚逸似笑非笑地看着李新民，说："你要是这样想，工作的时候就没法开心。我真不懂，你到这来工作是自愿的吧？没人逼你吧？"

李新民被堵住了。姚逸接着说："我知道了，毕业了没找着大医院，被迫来的是不是？如果不愿意，就别来嘛！既然来了，就得有个好心情！"

李新民叹口气，说："我也不知道社区医院是这样啊！"

姚逸环顾四周，扑哧乐了："人家这儿到底哪样了？你不就是嫌庙小吗？"

李新民的脑袋又开始往下耷拉。姚逸劝他说："医院就是给人看病的。这跟大小无关。如果你是一个外科医生，现在在这里可能是没有施展的地方。可你是学药的，就算去了协和，你的岗位也是药房。那儿和这儿，有那么大的实质差距吗？"

李新民看了看手里的戥子，觉得姚逸说的是。两个人的对话停顿了几秒钟，李新民回过神来问："你到这来干吗？看病？"

姚逸说："不是。我的驾照要年检了，过来体检。"

李新民眼睛都瞪大了："你有驾照了？你有车吗？"

姚逸看见李新民的一对眯缝眼瞬间瞪得贼溜圆，又咯咯地笑了："不知道你的眼睛还能这么大！我高考之后学的本儿，你有意见吗？"

李新民有点嫉妒地说："那你也没车开！瞎学！"

姚逸也不往心里去，依然笑着说："怎么是瞎学！艺不压身，以后开车得多普遍啊！再说了，我现在没有自己的车，等我工作了还没有啊？"

李新民冲口而出："等你有了车，你早忘了怎么开了！"

姚逸依然笑盈盈地："不会啊！我可以时不时地拿我爸的车练练手。今天我就是开他的车来的。他出差两周，车就归我用了！"

李新民觉得半边身子都凉了。想想他爸的那辆二八飞鸽，李新民终于知道穷爸爸和富爸爸的区别了。

姚逸看出了李新民的窘样，赶紧说："我今天也是出来显摆一下，其实自从学了本，一年也就摸一两回车。说到底车也是我爸的，还是以后开自己的好，底气足。"

李新民的内心舒服了一点，又开始不屑地说："等你挣钱买车，那得猴年马月了。我倒是工作了，一个月归里包堆也就一千多一点，你知道一个固特异轮胎多少钱吗？我一个月连一个轮胎都挣不出来。你就更别说了，还两年才毕业，毕业以后你就知道了！"

姚逸看了看李新民那副过来人的神态，笑笑，把话咽回去了。

十三

相亲

　　新民爸妈开始给儿子张罗女朋友了。因为有了梁丽那档子事，新民妈现在对适龄女青年分外敏感，也分外挑剔。在儿子的工作解决了之后，她偷偷拉着新民爸去社区医院暗访了一下，一是为了看看儿子的工作环境；二就是为了看看儿子身边有没有年轻魅惑的女子。

　　考察了一圈，新民妈发现在整个医院里，李新民是最年轻的，虽然有几个女大夫，但都是四十岁往上了，对自己儿子构不成威胁。新民妈既踏实又不放心。踏实是因为，在这个环境里，李新民想搞个办公室恋情都没机会；不放心的是，照这个势头发展下去，儿子有什么工夫找女朋友啊！

　　新民妈从医院往家骑车，骑了二十多分钟，就想了二十多分钟。新民爸在后面亦步亦趋地跟着，看着老伴心有所想，也不敢问。到了单元门口，老伴匆匆忙忙就上楼，新民爸一个人在后面，把两辆车先后脚地搬进楼门，然后又呼哧呼哧地上楼。

等新民爸进屋的时候，新民妈已经热火朝天地打上电话了。新民爸走过来看了一眼，新民妈把一个都成烂片儿了的小本子摆在眼前，本子封面的牛皮纸只剩下一半了，里面的纸页都黄了。新民妈鼻子上架着老花镜，一页一页地找着。新民爸凑上前也眯起眼睛看，新民妈一把推开他："起开！挡亮儿！"

新民爸赶紧问："你这是干什么呢？车都不管了！"

新民妈说："我给我那些老姐妹打电话，看看谁家有合适的闺女，给李新民说说。"

新民爸说："不着急吧！新民刚工作，还不到二十三，急什么！"

新民妈的暴脾气又上来了："不急！你儿子长这么大，哪一天我能不急？我不急，他能顺顺利利高中上本校？我不急，他能考上好大学？我不急，你给他找工作？明明是你们家的亲戚，你的叔伯兄弟，你不找！查查你们祖孙三代，就李新民一个上大学、端铁饭碗的，这不是我急出来的！我倒想不急呢！转眼就给我找那么一个东西回来！我一眼没看住，差点连孩子都鼓捣出来！他现在二十好几了，我不急，他就得打光棍你知道吗？不说我把你们爷俩的急都着了，还在这说风凉话。你一边待着去！"

新民爸老老实实一边待着去了。

新民妈接着打电话，上学时候的同学、上班之后的同事、平房时候的老街坊，还有李新民的姑姑、大爷，挨着个都嘱咐了一遍，印象里，谁家有姑娘的也都旁敲侧击地打听了一下。新民爸被老伴一顿抢白，只能坐到外面李新民的床上待着。不敢回屋开电视，也不敢开收音机，怕打扰了老伴。坐着实在没事，新民爸干脆就竖起耳朵听老伴说话："老张！哎哎，是我是我！咱俩多少年没见了！是啊！退休好几年了，身体还行吧？我挺好的，儿子今年大学毕业了，医学院毕业的！可不是，也该我省心了！你呢？闺女也挺好的吧？噢！都快结婚了！瞧瞧，真快！多大呀就结婚？噢，也是，二十二也不小了。女婿是……噢！那什么，没事没事！我就是多年不见了，打个电话，问问。嗯嗯，得，以后聊啊！"

新民爸听见电话"咔嗒"一声被撂了，老伴的怒声传出来："牛什么啊！不就是闺女找了个老外吗？还葡萄牙人！什么破地方的人呢！你那闺女也就找个老外，就老外看不出好看难看。那小眼睛、大嘴叉，只能嫁国外去……"

新民爸赶紧屏住呼吸，生怕老伴冲他来。声音倒是一会儿就偃旗息鼓了，又一串电话按键声传出来，新民妈又开始了："他二姑！对，我是嫂子。做饭了吗？对对！李新民上班了，我今天去看了，挺好的，医院干净人又少，你以后开药就找李新民去，没错，咱们以后看病可是方便了。养儿防老，我也算没白忙活。对了，他二姑，你认识谁家有合适的姑娘吗？给新民张罗张罗。这孩子太老实，我看他要是自己找肯定得被骗。现在的姑娘一个一个多疯啊，想找一个可心的、能过日子的，可是不易！是啊！怎么也得找个咱们这样家教好的，规矩家里出来的孩子，正派。可不是！长的……怎么也得端正吧。我觉得学历倒不是太重要！你说什么研究生、博士生的，那不就是书呆子吗？那能给李新民洗衣服做饭吗！我跟你说啊，他二姑，我觉得中专大专大本都行，别超过大本了；个儿别太矮，妈矬矬一窝，回头把孙子都耽误了。对对！不要那描眉画眼的，我瞧不惯！要是女方家里有房子就更好了，没房子就挨我这住，新民一个也是住，多一个媳妇也是住！可不是，大不了我和你哥搬出来住外间，让他们住里屋！嗯，得！你给踅摸踅摸，哎，放心上啊！"

新民爸长舒一口气，这回差不多了。

没想到，新民妈又孜孜不倦地打上了……当天晚上，新民爸妈吃的是挂面，厨房里还有半棵白菜，新民爸给洗干净了切了，放在了面条锅里。盐放少了，新民爸又搜出一瓶酱豆腐，老两口就着呼噜呼噜把面汤喝了。

擦完嘴，新民妈指着桌子对老伴说："你今天辛苦点，把碗刷了，我还差几个电话没打完。"

新民爸试探地问了一句："打了那么多，有现成的没有？"

新民妈都站起来了，一听这话又坐下了，说："还现成呢！倒是有几个同事家里的姑娘，她妈上来就问房。我说就跟咱们住呗，就不接茬了。你说，一个一个都想什么呢？谁家孩子刚毕业就买房啊？我就是有钱给他买，也得等他们结婚吧！还没怎么着呢，上来就问房子，真够势利的。"

新民爸点头，附和着说："真是的。"

新民妈接着说："我那些老同事，家里有姑娘的就那三四个，有两个上来就问房，一个找了个老外，还有一个说不着急呢，念研究生呢，做不了姑娘的主！你说说！问了你妹妹你大哥他们，都说给找去，我看也够呛。指望不上！我呀，再问最后几个，这还有几个老街坊没问，都问了心里踏实。"

李新民下班回到家的时候，新民妈的电话刚刚打完。上班第一周，新民妈强调李新民要给领导同事留个好印象，一定要最后一个下班。李新民一丝不苟地执行着这个规定，干脆就在社区吃完晚饭再回来。社区有个物业食堂，给医院的大夫们也办了饭卡，每月有补助。新民妈当然鼓励儿子多吃外边的饭。她嘴上不说，心里却跟明镜似的，现在过日子得更仔细了，虽说儿子挣钱了，可是今后怎么也得给儿子买套房子，不然，结婚是小事，以后生了孙子，这房子无论如何都住不下了。

李新民想不到这么多。买房？他更想有辆自己的车。可是这是多么遥远的事啊！李新民只知道自己的这一千多的月薪且买不上车呢，更何况还要悉数上交。算了，别想了。

回到家，洗把脸，刚坐下，新民妈就笑盈盈地给李新民布置任务："这周六，跟妈去串个门。"

李新民纳闷地问："去谁家呀？"

新民妈说："原来在山楂胡同住大杂院的时候，你还记得对门赵姨家吗？"

李新民想了想，有点印象，说："嗯。去她家干吗？"

新民妈笑着说："去了就知道了，甭管那么多了！"

还果真是去了才知道。李新民被老妈收拾得妥妥当当之后一家三口就骑着车去了。路并不远，都在老城区里，只是搬走了这么多年，李新民对穿胡同有点不适应了。拐了几道弯之后就有点犯迷糊，本来是骑在爸妈前面的，进了胡同之后就不得不下车，让爸妈骑到前面去，自己在后面跟着。

老妈笑话他记性差，这刚走几年就不认识了。在这片胡同里，李新民一直住到小学五年级，有几个发小他还有印象，上初中的时候还有联系，后来，上职高、中专的居多，慢慢就断了来往。

三辆自行车拐来拐去，终于拐进了一户院门，标准的大杂院。搬着车跨进院门的一瞬间，李新民想起来了，自己一家三口在这个院子的小东屋里住了很久呢。好像自己家还是第一个搬离大杂院的，就是因为厂子给老爸解决了现在那一居室，惹得全大杂院的已婚妇女都羡慕得不行，好几个阿姨都夸老妈嫁对了人。那几天，捎带李新民都在小伙伴堆里有面子："我们家要搬楼房了。"

现在李新民想起这些，只觉得好笑。就那一间房，有什么可得意的？自己的爸妈在搬进一居室后的好长一段时间都沉浸在沾沾自喜里，要不是上了初中后李新民频繁地参观了很多同学的家，也会跟着他们一起傻乐。班上大多数同学家，都至少是两居室，而且都在那种有绿地、有保安的小区里。还有的同学家里居然是三居，到了高中，班里还有同学家趁两套房。赶上生日聚会什么的，一招呼，半个班都可以进得去，还没有家长打扰，想怎么折腾就怎么折腾。人啊，真是不能比。

李新民很自然地把这些都屏蔽掉了。从小他就知道要小心翼翼地保护老妈的自尊心，不然吃亏的只有自己。再次回到曾经的大杂院，看见从前的破败景象变得更加不堪，李新民观察到了父母脸上那一丝微微的自满和得意。

一进门，新民妈就朝里面喊："老赵！老赵！"

西边的一户门被拉开了，一个胖胖的、头发花白的中年妇女笑着迎出来。李新民定睛一看，应该就是老妈说的赵姨了。小时候在她们家吃过饭，算是大杂院里跟自己家处得不错的。算起来也是十年没见了，赵姨老得可不是一星半点。记得小时候看她，头发还是乌黑发亮的，人也苗条，就是说话嗓门大点，进进出出腰上老是系着一条围裙，那种灰布的，下面还缝着褶皱的花边。那时候就是觉得这赵姨挺能干，冬天从大门道里往自己家搬蜂窝煤，她自己一搬就是五十块。手上就是一块三合板，把蜂窝煤在上面码齐了，两膀一角力，"蹬蹬"就走了。

眼前的这位赵姨，竟然还系着那条围裙，中间油渍麻花的，已经看不出色儿了。身材也不苗条了，从上到下是一个围度，大嗓门倒还是依旧，一看见新民妈就乐："哟！来了你们！赶紧的，屋里来！"

赵姨看见了李新民，上来就拉他胳膊："李新民！大小伙子了！瞧瞧这又高又壮的！出息了出息了！当大夫了是吧！真好！"

李新民的嘴还没张开，就被赵姨拽进了屋里。屋子朝西，小时候蹭饭的时候不觉得，上午的时候屋里黑暗暗的，赵姨一边把他们让进来，一边伸手拉灯绳。"咔嗒"一声，屋里的灯泡亮了，李新民这才看见，十平方米的小屋里，除了自己三口，竟然还坐着另外三个人。

十四

一见无法钟情

在白炽灯加管儿灯的照耀下,李新民看清楚了屋里的三个人。看样子也是一家三口,两个女的坐在床边上,年轻的在里手,年纪大的,好像是妈,在外手;男的岁数跟自己老爸差不多,坐在床边上的马扎上,从视觉上看比那两个人矮了一头。看见李新民一家进来,男的先站起来,岁数大的女的犹豫了一下,也站了起来。只有那个年轻的,坐着没动。

这边新民妈很自然地把李新民推到了前面。赵姨从后面挤到前面,拉着李新民对那一家三口说:"这是我们老街坊,打小看着长大的,叫李新民,今年医科大毕业了,当大夫呢。李新民,这个你得叫刘姨,这是刘姨的闺女,叫……"

"刘姨"接口说:"小青,严小青。"

赵姨笑着说:"对,叫严小青!人家姑娘念的也是大专,在幼儿园当老师,学幼教的。你看你们这工作都多好!"李新民看着严小青略带羞涩的表情,心里明白了一些。

赵姨拉着新民妈在耳朵边上窃窃私语了一下，两个人对着脸暗笑了一下。屋里的两个老男人相互对视，除了点头之外，都不知道该说些什么，有点尴尬。新民妈看着屋里有点静，赶紧没话找话："老赵，你们家那口子和孩子都不在呀？"

赵姨说："我给轰他奶奶那去了。家里地方小，他们再待着，都坐不下了。"

新民妈自顾自地说："不是要拆迁了吗？还没信儿哪？"

赵姨有点掩饰不住笑容，说："说了年底，等着呢！我们这片都商量好了，不给个百八十万的谁也不走！"

新民妈刚要接茬，刘姨接过话头，说："百八十万？那可不够！如今百八十万够干什么的？我跟你说她姨，咱们就要房子！你还没看出来吗？眼下多少钱也不够买房。我们家那拆迁，我跟管片说了，多少钱都不用跟我说，我就要房！原地上楼，少于两套还免谈！"

新民妈跟赵姨又对视了一下，说："那是那是！"

屋子里，三个中年女人开始就房屋拆迁进行了友好洽谈。新民爸也很自觉地拿了一个马扎，坐在新民妈边上，听着。

李新民和严小青，成了屋里最没话说的两个人。李新民拿一双小眼睛瞟严小青，严小青也狠狠地盯着李新民看。从审美的标准上说，严小青不能算是李新民心目中的美女。鼻子有点塌，鼻头有点大，脸盘也有点大，不符合当下尖脸美女的标准。其他的倒还好，就是大脸盘大鼻子的，和李新民自己形成了鲜明对比。李新民脸上别的东西都还好，就是一对眼睛实在是太小，透着别的五官也就不大气。这么一来，俩人站到一块儿倒是真互补。

三个中年女人热火朝天谈话的空当，严小青起身上过一次厕所。从李新民眼前走过的时候，李新民对她的打分顿时增加了。

坦白地说，严小青的身材不错，属于李新民喜欢的丰满型。有好一阵子李新民都在反思，为什么当梁丽站在面前的时候，自己就把姚逸忘得干干净净了。后来他知道了，梁丽的身材圆润得当，摸上去手感好，哪里都是鼓鼓的；姚逸太瘦了，从男性的角度看，不太容易对她在感官上有什么想法。

严小青的身材跟梁丽有一拼。虽然腿没有梁丽的长，但是夏天里，穿着裙子的屁股依然一挺一挺的，走路的时候还能有点微颤，是李新民喜欢的。头发嘛，短点，不是梦想中的长发披肩，但是这不重要。头发能长，身材不能改，李新民顿时对严小青从没想法到有想法了。

三个中年女人的谈话在两个多小时以后结束了。李新民和严小青从头到尾没说一句话。回到家的新民妈兴奋劲还没过，还在跟新民爸热烈地讨论自家这里何时能盼来拆迁。新民爸在陪着老伴畅想了一番之后，忽然问："严家那闺女，你看着怎么样？"

一句话提醒了新民妈。她好像突然想起了什么，赶紧喊："儿子！你觉得那姑娘怎么样啊？"

李新民被老妈突然一问，有点晕："嗯……还行吧！"

新民妈说："什么还行！我觉得还不错。你跟她处处吧，都是北京人，知根知底，是赵姨小姑子的邻居。姑娘长得也不错，浓眉大眼的，关键是那胯骨，一看就能生儿育女。论工作，人家是幼儿园老师，多好，又踏实又稳定，那环境多纯洁！论学历，别太高了，真来个研究生，你降得住吗？这以后过日子，肯定听你的。我这就给赵姨打电话去，就说印象不错，要是她也觉得你不错，你们就处处。回头我把电话给你要来。"

李新民都没来得及说一个字，老妈就进屋打电话去了。新民爸想说什么意见也没说出来，扭头看看儿子，拍拍肩膀，像是对自己也像是对儿子说："其实，还行。"

李新民脑子里又出现了圆滚滚的臀和梁丽的身体，以及两个人在小树林、宿舍里的很多个夜晚。李新民的心跳居然加速了。很多很多年以后，李新民回首那个青涩的心动，终于明白了，一切原因都是基于自己的身体需要女人了，而不是因为自己真的对严小青有了什么激情。

新民妈很快从赵姨那里得到反馈，严小青一家对李新民还是挺满意的。严小青回去好像说了一句"眼睛太小"，当时就被她妈给否决了。一个男人，看的是工作、家庭、性格，眼睛大管个屁用啊。严小青的爸也说，怎么看李新民都像个老实孩子，过日子能放心。关键是，严小青的父母对李新民的工作是最满意的，大学生，医生，还是管拿药的，这对于一个家庭来说太重要了。虽说严小青是大专毕业，但是毕竟不是什么正经大学，如今的幼儿园也是街道办的，跟人家大的著名的幼儿园没法比。最后一条，是赵姨私下里对新民妈说的："严小青自己也不是什么大美女，还挑咱们孩子？不过话又说回来，这年头也别找美女，长得妖里妖气的，李新民那厚道孩子可看不住。人家都心高着呢，家里没个金山银山，可是镇不住。"

一句话说到了新民妈的痛处，又勾起了梁丽那茬儿，一个劲说："没错！"

十五

奉命约会

　　李新民第一次和严小青约会，地点是在东方广场的麦当劳。当天的东方广场有活动，他们约的时间正好是活动结束的时间，很多人乌泱乌泱地从地下一层涌上来，走到大门口的时候又有很多人一头冲进了麦当劳。李新民带着严小青本来就找不到位子，一看进来这么多人，赶紧就往角落里跑，看看视线之外有没有遗落的座位。

　　从进门就没说话的严小青一眼看见了一张桌子，吃饭的两个人正在徐徐起身。严小青推了李新民一下，没顾上李新民的反应就径直小跑了过去。李新民扭头看去，两个人已经向桌外踏出了一步，严小青三步两步蹿了过去，斜挎在腰上的布书包被扭到了屁股上，跟着她的身体一颤一颤的。李新民的心又有点痒痒了。

　　严小青跑到了，大声招呼李新民；与此同时，严小青并没有坐下，可是另外一个女孩坐下了。李新民三步两步走过来，严小青冲着坐下的女孩怒目而视："这是我的座！"

　　女孩也不含糊，反问："你又没坐！凭什么就是你的？"

严小青从身上卸下书包，"啪"的一声摔在座位上，提高了声音说："我先看见的，我先找到的！你抢座还有理啊！没见过你这么没教养的！"

女孩"腾"的一下站起来："你说谁没教养！你的座？谁证明是你的座？你叫它它答应吗？自己没本事找不到座位，你说谁没教养？"

李新民看见已经有服务生往这边走，打算过来干预了，旁边几桌的食客也都齐刷刷地扭头看着这里。李新民面上做烧，悄悄地拉了一下严小青，意思是"走吧"。严小青奋力地挣脱了李新民的拉扯，对李新民喊："你还傻站着干吗？还不给她拽起来！"

这下，所有的目光都聚过来了，全都改看李新民了。李新民脸和脖子都红了，对严小青的这个命令实在不知道该如何执行。看李新民没动，坐下的女孩面露得意之色，更嚣张地说："自己老公都指使不动！德行！"

严小青气得都快疯了，冲李新民喊："你死人啊！"

李新民都想掉头就跑了，这时候突然一个声音进来了："你们坐这儿吧，我们吃完了。"

李新民抓着救命稻草一样地看过去，居然是姚逸！姚逸带着一个五岁大的小女孩，小女孩的眼睛瞪得溜溜圆，正不解地看着他们。

李新民的嘴巴不知不觉地张大了。姚逸看着他笑说："过来坐吧，我们刚好吃完了。"说完，姚逸对小女孩说："妞妞，来，咱们把托盘端走，让叔叔坐这儿吧！"

李新民此时已经没有了偶遇的惊喜，只有解困的感激。他冲着姚逸说："你怎么在这儿呀？"

姚逸拉着小女孩的手说："我帮表哥看孩子！带着侄女来看电影，刚看完。人太多了没看见你。来，你们坐这吧。"

李新民赶紧拉了一下严小青，严小青的视线早转移到了姚逸身上了。李新民拉她的时候，她下意识地把双臂挎在了李新民的胳膊上，这个动作让李新民在姚逸面前尴尬不已。

姚逸注意到了，笑着对李新民说："你女朋友？"

李新民实在不知道该如何回答，只好含混地"嗯"了一声。姚逸礼貌地冲严小青笑笑，说："那你们坐，我们走了。有空联系。"

李新民瞬间缓过神来，对严小青说："你先坐。"就追着姚逸跑出去了。严小青无法听到李新民对姚逸说了什么，只看见在熙攘的人群里，李新民大声而坚定地叫住了姚逸，两个人之后走到麦当劳的门外说着什么。这个女孩一直笑着，李新民背对着严小青，看样子很激动，胳膊和手都在动。姚逸边听边笑，最后，从包里拿出一张纸写了什么交给了李新民。李新民也给那个女孩写了些什么。严小青清楚地看到，姚逸拉着小女孩都走了，李新民还立在原地行注目礼呢。过了半分钟，他才再次进来，走到严小青面前问："你想吃什么？"

严小青立刻气不打一处来。她强按着火气问李新民："她是谁呀？"

李新民说："我中学同学。很久没见了。"

严小青接着问："她叫什么？干吗的？"

李新民说："她还没毕业，北大学法律的。"

严小青又问："你们俩什么关系？就是同学？"

李新民百口莫辩："真的就是同学！"

严小青继续不依不饶："那怎么你都工作了她还没毕业？"

李新民的汗都出来了，开始笨嘴拙舌地解释："她比我小，低两级。在学校的时候我们都是学生会的。"

严小青的脸色缓和了一些，说："李新民，咱俩是相过亲的，是要正式处朋友的。你要是想跟我处，必须跟这个人断了！"

李新民都傻了，这是哪跟哪啊。他试图解释，严小青极其严肃地说："我不管你跟她以前是什么关系，反正我能看出来，你跟她就是不正常！"

一句话似乎说到了李新民的痛处，李新民在那一刻扪心自问："我倒是真想跟她不正常呢。"就是有了这一秒钟的恍神儿，李新民从此就被攥住了把柄。在吃麦当劳的当天，李新民揣在身上的姚逸的电话被严小青用语言攻势给搜了出来。李新民乖乖上交，因为他解释不出来他都跟姚逸说了什么，姚逸为什么要笑，为什么两个人还互赠纸条。李新民能做的只有把纸条拿出来，那上面只有一串数字，是姚逸的电话号码。李新民又要了一遍，姚逸写给他之后明确告诉他，自己的号码没变，一直用着这个号。李新民也给姚逸写了一个医院药房的电话，说姚逸以后开药什么的可以找他。

但就是这个纸条，刚一拿出来就被严小青撕得粉碎。并且严小青明确告诉李新民，从现在开始，只要两个人同时出现，李新民必须昭告天下，严小青是自己的女朋友。否则，严小青一定不依。

李新民直到把严小青送回家才反应过来，凭什么啊？现在俩人是什么关系啊？凭什么都得听你的？你以为你是谁啊？女朋友？谁封的？连手还没拉过，就是女朋友了？一整天了也没说过几句话，凡是说过的又全都是"这不许那不许"，自己欠你的吗？

李新民打定主意，这个女朋友不能要。就算长了再好看的屁股，也不能要。

可是李新民刚一进家门，老妈的脸子劈头盖脸地就扔过来了。李新民不知道老妈听到了什么，反正老妈冲着他一通发飙。什么"丢人啊"、"现眼啊"、"脚踩两只船啊"、"跟以前那个眉来眼去啊"……李新民哭笑不得。要搁在平常，老妈冤枉了李新民，他连解释的心情都没有，随她去吧，说说就完了，解释只能换来更难听的批判。

但是今天不同。李新民一直努力试图和老妈沟通。他解释说，他什么也没做，就是在麦当劳遇见了中学时候的同学，仅此而已。两个人充其量就是互相留下了联系方式，还被严小青搜出来撕掉了。李新民委屈地向老妈诉苦："她实在太厉害了，什么都要管。还在公共场合跟人吵架，还想让我替她打架。这女孩不行，我不想跟她处了。"

新民爸第一次看见儿子委屈得都要哭出来了。他也帮忙拉着老伴，劝："要不你再问问？咱们不能就听她们家的一面之词，咱们儿子咱知道啊，不像是他们说的那样。"

新民妈也终于平静了下来。在李新民回到家之前，严小青的妈打来了电话，对李新民一通数落，一口一个"他以前的相好"，还说什么"要是跟以前的压根儿没断，干吗还来缠着我闺女"之类的话。新民妈自认为李新民这是又跟梁丽搭上了，不由分说就怒火冲天。回来听了李新民满心委屈的解释，这才知道自己弄错了。新民妈不放心地又追问了一句："真的不是那个姓梁的？"

李新民苦着脸说："真的不是！人家找了个清华的老公，出国陪读去了。一毕业就走了。"

新民爸妈老两口相互对视了一眼，长舒了一口气。新民爸埋怨儿子："那你怎么不跟小严解释一下？"

李新民又开始蔫头耷脑了："我说了，她根本不听。"

新民妈缓和了语气说："得了，小孩子气性大，就是场误会，你甭管了。回头我帮你说！"

李新民几乎是哀求："妈，她跟我不合适！"

新民妈喝止："合适不合适，不处怎么知道？再处处！这才哪到哪儿！"

十六

第一次亲密接触

李新民不知道老妈是怎么跟严小青她妈说的，反正到了第二周周末，李新民又接到通知，让去严小青家做客。

李新民怀揣着一百个不愿意，磨磨叽叽地去了。严小青家住的是临时租住的房子，在三环外。原来的房子也是在老城区，正在拆迁，在严小青她妈的力争之下，抢得了原地上楼的权利，全家节衣缩食又交了一笔钱。你想要房子，就得交钱补差价；要么就干脆要钱，到别的地方另买房去。住在这一片的老居民，绝大多数是祖辈都在这里的。人家有钱的，早就另寻地方住了；收入不多的，只好守在这里盼拆迁。可拆迁真的来了，大家又得核算成本。家里条件实在不好的，只好要钱，到五环外买房去；像严小青家这样的，还算不错。姑娘挣钱了，老两口一个内退一个补差，都还算有收入。指着精打细算的积蓄，再向亲戚朋友借一借，严小青她妈咬牙给女儿买了一套原地上楼的房子。有了这套房子，以后闺女就终身有靠了。

如今房子正在盖，马上就收尾了。一家三口只好先在租来的房子里凑合着。新民妈当天了解了情况之后给小青妈打了电话，小青妈嘴上当然要向着闺女，但是私下里也觉得闺女这个脾气确实是暴了些。她养的姑娘她知道，李新民描述的那样子，小青妈不用想也知道那个场景。完了事给闺女做工作："你要是觉得李新民不错，就收敛着点，别还谈恋爱呢就什么脾气都露出来，回头人家真给你吓跑了，你都没地方哭去。"

严小青也知道，自己在见着李新民之前已经找地方哭了好几回了。有一次，甚至都有了床笫之亲，可还是因为那男的受不了自己的脾气，头也不回地走了，还去了外地，让她连想打都找不到人。有了那回的教训，她也知道要收敛，可是性子是从娘胎里带出来的，改是改不了了。

这回邀请李新民，严小青也是觉得需要给自己一个台阶，让李新民对自己的印象能有所改变。李新民一进家门，对严小青家的印象好了一些，理由就是房子宽敞。严小青家租的是个二居室，虽说也不大，是那种老户型，五十平方米左右。但是南北通透、亮堂，还有厅，而且被严小青和她妈收拾得干干净净。

严小青笑靥如花地迎接李新民，让李新民觉得眼前这个人和上周发飙的那个人简直不是同一个人。严小青亲切而自然地拉过李新民的胳膊，带着他参观自己的房间。门一推开，李新民立刻嗅到了一股微妙的甜香。这是他第一次进女性的闺房。当年跟梁丽交往的时候，去过的只是她的宿舍，那个不能作数；这回是实实在在地看到了女孩子坐卧的地方。很干净，墙上贴着好几张小孩子的笑脸，还有两张稚气满满的蜡笔画。严小青笑着说："那是我教的小朋友画给我的。"李新民立刻觉得气氛温馨起来。

严小青床头的白墙上还挂着一幅图画，李新民走近了才发现，那不是画，是一块布上绣的图案。严小青指着它说："我绣的，是十字绣，好看吗？"

李新民脑海里立刻呈现出了严小青端坐窗前，专心致志地描龙绣凤的画面，实在是太淑女了。李新民由衷地笑了，夸道："真好看！你的手真巧！"

这两句话让严小青笑得更开心了，脸色也微微泛红。她又拉着李新民来到客厅，说："你先坐一会儿，我马上就好。"

李新民这才发现，怎么家里只有严小青和他两个人呢？严小青的父母呢？严小青从厨房里探出头说："我爸我妈去我姥姥家了。他们晚上才回来，我给你做中午饭。"

李新民吓了一跳。他不知道严小青还会做饭。他清楚地记得梁丽跟他撒娇的时候说过："我可不会做饭！以后结了婚，你要做饭给我吃！"

李新民当时的反应是，自己也不会做啊！梁丽马上就说："那咱们就在外边吃呗！"李新民记得，当时一听到这话，自己的心就紧了，这得花多少钱啊！这回好了，如今现代社会里少见的会做饭的姑娘，居然被李新民撞到了。

李新民一上午都被厨房里飘出来的香气环绕着，还有各种"滋啦"声音刺激着。李新民很享受地闻着这些味道，他觉得似乎比在家里闻到的要有诱惑力。果然，等严小青一个盘子一个盘子的端上来，李新民已经迫不及待地要举筷子了。

严小青还笑盈盈地问李新民喝不喝啤酒，李新民愣了一下，严小青已经从冰箱里拿出一瓶冰啤给李新民倒上了。李新民一动筷子，就被严小青的厨艺征服了。一盘子红烧带鱼，让李新民觉得带鱼从来没有这么好吃过。甜咸适中，就着白米饭还有一点微辣，鱼更是外焦里嫩，剥开褐色的外层，里面的鱼肉如碧如玉，一点腥膻都没有。就连烧在鱼段里的大葱都是味道满满。李新民由衷地想，要想抓住男人的心，先要抓住男人的胃，这话真是亘古真理。

李新民一口酒一口菜地享受完了这顿盛宴。抹了嘴的李新民习惯性地站起来要帮严小青洗碗，严小青半推半就了一下，就答应了。她帮忙把碗筷端到厨房，李新民很自然地撸上了袖子，就在站在水池旁的一刹那，严小青娇声说了一句："等等！"李新民就觉得严小青的双臂从自己的腰间环过来，严小青要给他系围裙。李新民立刻不敢动了，夸着双手平举着，可是围裙并没有立刻系好，反而后背上热热地贴上一个身体。然后围裙就不见了，换作了严小青的双臂紧紧地箍在了李新民的腰上。

纵然有梁丽的锻炼和引导，那也是好几年前的事情了。自从跟梁丽分手以后，李新民的感情和身体都处于空巢期。严小青这个举动，没费事就让李新民心跳加速、大脑迷糊了。《水浒传》里说："酒是色媒人。"李新民也不知道是被严小青的厨艺俘获，还是被那一瓶冰镇啤酒放倒，总之，从厨房出来的两个人很快就齐齐倒在了严小青的床上。

午后的阳光有点毒辣，即使是在北向的严小青的卧室，两个人还是大汗淋漓。李新民知道自己对这一天迫切了很久，但是只是出于一个雄性身体对另一个雌性身体的需要。严小青似乎也是迫切了很久，那似乎是出于一个身体对于另一个身体占有的需要。

无论是凭借经验还是凭借自己的医学知识，李新民都清楚地知道严小青不是第一次，那又怎么样呢，自己也不是第一次，甚至当年自己是第一次的时候，梁丽也不是第一次。所以，李新民很坦然地享受了这个过程，一点都没有第一次和梁丽发生时的心理压力。什么负责啊、结婚啊，在此时此刻，李新民连想都没想过。

但是衣服穿好，两个人恢复常态之后，严小青似娇嗔似命令地说："我要你发誓，非我不娶！"

李新民有点蒙，嘿嘿笑了一下，想化解尴尬。严小青脸对脸地对李新民认真地说："你要是敢下了床就不认人，我跟你没完！不信你就试试！"

这个口气和神态李新民是熟悉的，一周前见过，和那张狰狞的面孔很类似。李新民当时就泄气了，他意识到自己除了认了，别无他法。

从严小青家里出来，李新民昏昏沉沉地往家骑车。他想起一周之前在麦当劳门外对姚逸说的话："她真不是我女朋友！"

十七

被恋爱

现在，李新民已经不得不承认，严小青就是自己女朋友了。两个人不管什么原因有了肌肤之亲，就算当时是情之所至，与爱无关，过后两个人也没法再保持正常的关系了。所以，严小青很自然地把李新民的手机号存成了"老公"。

其实，在严小青筹划和李新民约会之前，是经历了一番思想斗争的。从她的本意上，她并没有多看好这个男人。仅仅两面而已，一共也没听他说上十句话。而且在麦当劳的时候，李新民的两个举动都让她异常撮火。第一就是不男人，该他出面的时候，窝囊得连个屁都不敢放；面对别的女人的时候，也没有像严小青期待的那样把自己隆重推到台前。自己很难看吗？带不出去、拿不出手吗？李新民在该作为的时候不作为，不该作为的时候居然敢有那么大的举动——把严小青一个人扔下，自己跑出去和别的女人说话。在那一刻，严小青的脑子里就开始分成了两派，甲对乙说："这个人有什么好？蔫不拉叽的，三脚踹不出一个屁来。眼睛都小成一条缝了，走路还跟唐老鸭似的。医生怎么了？大学生又怎么了？哪个姑娘不想找个帅的，不是王子也得是唐僧吧？这人不就是猪八戒和沙和尚的共同体吗？"可是乙又说了："你严小青也得掂量掂量自己。从前的亏还没吃够吗？有钱的、长得帅的，能看得上你吗？自己也就是贫民小户的孩子，高中毕业了还住大杂院呢！自己的爹妈也是普普通通小市民，一没钱二没权，这样人家的闺女要想钓到金龟婿简直比中彩票还难。关键是，你严小青是艳如范冰冰还是美如章子怡呢？就你这条件，还想找个什么样的？"

严小青在麦当劳嘈杂的桌子边上，斗争了很久。回到家去，又跟自己妈斗争了很久。小青妈坚持认为自己给严小青找的这个人选比从前严小青自己看上的那些都靠谱！在当妈的看来，男人最不重要的就是长相，何况坦白地说自己的闺女也不是美人胚子。男人嘛，老实厚道第一位；工作稳定、能养家是第二位；其他的都是扯淡。还有一点，小青妈也跟闺女交了底，李新民是独子，你别看他爸妈也是一般人，可是这么多年也省吃俭用地攒了些吧！结了婚以后这还不都是你的？你找个家里有兄弟姐妹的，多少钱不得和人家分哪！

别看严小青平常跟老妈矛盾颇多，动不动就呛茬儿，可这些话她还是实实在在地听进去了。回想在上学的时候，自己处的那几个确实都没得善终。长得帅的，老是憋着吃软饭，自己动不动就得倒贴；家里环境好的，刚带进家门一次，就被人家父母搅和黄了——人家一听这闺女家住某某胡同，就一切免谈了。那阵子严小青跟自己父母的关系特别糟，经常跟老妈发生冲突。老妈心里跟明镜儿似的，只能开诚布公地跟闺女说："你这一辈子只有两条路能离开这个大杂院。一是你自己念书考出去，挣大钱、买房子。这条道儿你是没戏了吧！打小让你好好学习就跟给你上刑似的。还有一个，也

084-

是最后一个办法，就是给你找个好人家儿嫁出去。你自己看着办。"

可是李新民就是老妈心目中的"好人家儿"吗？人家姐妹找的都有车有房的，自己这个怎么就这么土呢？这时候老爸又适时地站出来做工作了："闺女，咱们不能光看眼前。李新民现在没钱，可是他一个大夫，这以后挣多挣少还不是看他自己？他们家的情况也确实一般，可毕竟住的是楼房，比咱们家还是好点的。还有，你妈探过他们家的底，新民妈表过态，只要结婚，那楼房就是儿子儿媳妇住。他们老两口找地方租平房去！你想想，真要是给你找个住公寓、大三居、开着车的，咱们也得看看咱们自己的条件……"

末了，小青妈看见闺女心眼儿活泛了，还不忘追一句："要是打定主意呢，就抓紧。你别看李新民蔫巴，专有人就喜欢这样的，保不齐过两天就有人惦记上了。你信我的，没错。"

严小青全家这番总动员，李新民是一辈子都无从知晓了。他现在满脑子里都是如何能逃出这个工作环境。他想了很久想不出办法，下意识地就给姚逸打了电话。姚逸正在事务所里实习，电话里听不出李新民到底遇到了什么烦心事，就干脆约出来见了。

李新民下班以后来到姚逸的事务所楼下的星巴克，姚逸已经坐在那里等他了。这和上一次在麦当劳偶遇已经过去两个多月了。姚逸穿着白衬衫和制服短裙，和上次的牛仔裤加T恤衫的装束截然不同。头发扎着，似乎还化了一点淡妆，跟身后的玻璃幕墙和大楼形成了统一的风格，很白领。

李新民费了半天劲才找着一个能停自行车的地方，锁好车一溜小跑地来和姚逸打招呼。姚逸看着他气喘吁吁的样子，笑盈盈地说："才工作半年，就胖了。你得多活动啊！"

李新民皱着眉头说："活动什么！一天到晚来不了俩人，我除了坐着就是坐着，烦死了。"

姚逸看着李新民，认真地问："你是不是不喜欢现在的工作？"

李新民冲口而出："烦死了！"

姚逸又问："那你是不喜欢这个工作，还是不喜欢这个环境？这个你想过吗？"

李新民没想过，听了姚逸的话开始想。想了几分钟，李新民犹疑地说："我确实不喜欢这个工作。我对我这个专业就不喜欢。可是，如果我现在在一个大医院里，整天能忙忙叨叨的，可能就把这个给忘了。谁想现在找工作这么难，找了半天，还托了人，才找着这么一个破地儿！"

姚逸说："你要是对工作环境不满意，可以想办法换环境。你的专业应用广泛，我想不一定非要在医院工作吧？现在各种制药厂、医药公司这么多，你就不能去那里搞搞研发吗？在国外，研究新药的科研人员都是高精尖的人才，你可以往那发展啊！"

李新民畅想了一下，是啊，毕业的同学里也有去药厂的，当时自己还嘲笑人家呢，可是现在人家出来也是科研人员，怎么看都比自己在社区医院里给人发药强。

姚逸又说："你要是对专业就没兴趣，那就要想想了，是不是要再深造，换一个专业。你们这个专业我不太懂，但是我记得你说过'医药不分家'，你原来还说你想当医生，那就看看能不能考研。考回学校，换个专业深造，那时候路就更宽了。"

李新民想了想自己的成绩，觉得没底。

姚逸看出了李新民的不自信，他的这种表情会经常挂在脸上，时不时地就流露一下。姚逸耐心地劝李新民："咱们都二十多岁了，得给自己做一回主了。我不知道你担心什么，可是你想想，一份工作，你对它既无热情又无兴趣，那怎么能干好？这不是白白消耗自己吗？"

李新民嗫嚅地说："可是，考研我得有时间复习啊！"

姚逸"扑哧"乐了："刚才谁说自己闲得慌，一天连俩人都见不了来着？你一个人在一个大药房里，爱干什么就干什么，你看书学习谁也不管，这么好的条件你还说没时间！周末去新东方听听英语，平时在单位复习专业。我要是你我美死了。这边还上着班，还不耽误工作，还有人给发钱。不要太美好啊！"

姚逸的一番话让李新民醍醐灌顶。李新民想了想，现在离开医院去药厂，是需要关系的。找新单位接收自己需要关系，离开这个地方也需要关系。这两方自己都没有关系。而且，贸然离开，自己爸妈肯定不干。费了这么大精力给自己找的铁饭碗，说砸就砸了，这不是找老妈的不痛快吗？但是考研就不同了。一旦考上了，顺理成章地继续深造，未来又充满了不确定性。李新民一想到这里，很难得地兴奋起来。

姚逸看着李新民，知道他想明白了，笑着问："想好了？"姚逸已经习惯了自己对着这个人说完话之后，要沉默一段时间，让他前思后想。

李新民又很难得地笑了："还是你明白！为什么每次我一没主意，你都能给我说出一堆话来呢？你哪来那么多办法呢？"

姚逸有点想笑，说："其实这些办法你都能想出来，就是脑子锈住了，一时短路。"

李新民高高兴兴地奔书店了。他的大学同学在毕业那年有好几个都选择了考研，在宿舍里读的书都是李新民熟知的。他要从现在开始做准备，他希望能跨专业考上临床的研究生，如果那样，自己就能如愿以偿地做个医生了。在李新民对未来的畅想里，他只是稍微地想了一下严小青，他想如果自己读研了，这个女朋友是不是就能自然了断了呢？

十八

祸起青春痘

　　严小青对抽查李新民有着格外的热衷。每次来都不打电话，每次都是突击检查，来了若在办公室里还好，若是不在，李新民就要花上一部分时间去解释了。还好，李新民绝大部分时间都在药房里，他也只能在药房里。

　　但是这一次，让李新民始料未及。

　　其实来龙去脉很简单。由于开始读书了，大量的东西要复习，对于一个已经离开校园的人来说，难免要重新适应一下紧张的生活。李新民在攻读了一周以后，有点上火。这和他从前在学校的状态是不一样的。那时候就是混，混毕业了即可；现在是真努力，要以此来改变命运，李新民的紧张和压力是由内而外的。

　　上火之后，李新民意外地开始长痘。开始先是额头，后来是两腮。医院里只有他一个男性，其他的医生、护士都是女性，确切地说都是李新民的大姐或者阿姨辈。李新民每天进进出出，自然要跟她们打招呼，她们自然也很关注李新民。这天，李新民脸上几个额外的青春痘就被大姐们发现了。

其中一个大姐是内科坐诊的大夫，指着李新民的脸说："小李啊，你脸上这几个包得赶紧治，不然越长越大，会发炎的。"

另外一个护士也凑过来看看，点头说："我给你拿酒精擦擦吧！你们小伙子脸上就是爱出油，油脂糊住毛孔了就起包。我给你擦擦。"

大夫说："他这个恐怕光擦酒精还不行。你过来我给你看看，我这有痤疮针，给你把里面的东西弄出来，再擦酒精，就好了。"

护士笑着说："哟！那疼不疼啊？"

大夫也笑着说："这点疼还忍不了？不弄，化脓了就得去大医院开刀，那属于手术，更疼。"

两人你一言我一语，说得挺来劲，李新民越听越害怕。李新民在医院里大半年了，上上下下都处得不错，平常也跟大姐们嘻哈惯了，这个时候也不得不严肃地问："张姐，您给我弄，您行不行啊？要不我现在就去医院吧！"

张姐就笑："咱这不是医院啊！你就放心吧，我们家那儿子，十五了，这脸上就没消停过，我专门跟人家美容外科的大夫学的这招，要不我怎么家什都是全的呢！来来，叫你杨姐也过来帮忙。"

护士杨姐就乐滋滋地过来了，手里很利落地把托盘也拿上了，里面棉签、碘酒、酒精全齐。两个人一招呼李新民，医院剩下那两个医生护士就也过来了。难得在一个病人都没有的时候还有这点小演出，张姐乐得显示一把手艺，别人乐得学习一下技术。

严小青进门的时候，医院的大堂里就空无一人。严小青径直走到药房窗口，探头往里看，没人。去推门，锁着；敲门，没人应。严小青迟疑了一下，往里面走，就听见了李新民"哎哟哎哟，您轻点儿"的声音。

严小青的情绪里没有好奇、判断这种步骤，直接就是火冒三丈。

她确信听到的声音就来自李新民，三步两步就闯进发出声音的诊室。

可是她的到来并没有引起任何反应。医院里所有的工作人员都围在李新民的周围，李新民坐在折叠椅上，身边一圈大姐。张姐主刀，拿着痤疮针，消毒完了就往李新民脸上招呼；杨姐给打下手，张姐搞定一个包，她给一个包消毒。其他人负责议论和感慨，议论的是李新民为什么会长这么多包，明明都过了青春期；感慨的是张姐的手艺真不错，下回谁要起包都可以找张姐。还有人甚至说："张姐，干脆您帮我扎个耳朵眼儿得了。我看您肯定行。"

张姐有些许小得意，说："那还不简单。弄点麻药擦擦，针一捅就得，要的就是干净利落，肯定比外边小摊上扎得干净。"

几个人说得热闹，李新民也觉得确实疼得可以。别看就那一下，还真挺疼，弄到第三个包的时候，李新民的眼泪花都出来了，他的叫喊声音实在盖不过大姐们的欢声笑语。于是他就越喊声儿越大，他声儿越大站在门外面的严小青就越气急败坏。可是这种生气完全是无效的，大家都面朝着李新民，背对着门口，谁也没注意到有人来；李新民倒是面朝着门口，可是被大姐们壮硕的身躯围住了，啥也看不到。

严小青也想像电视剧里演的那样，咳嗽一声引起注意。可当她真咳嗽了才发现，她远远低估了面前这些中年女同志的嗓音，她的声音实在太渺小了。严小青很不理智地踹了一下门，这下动静很大，声音里都听出了恼羞成怒的意思。大家同时被吓了一跳，刚刚还欢声笑语的张姐被吓得甚至哆嗦了一下，以至于手中的痤疮针没有准确地扎在包上，李新民疼得又是一嗓子："轻点儿！"

大家回头看着门外，齐刷刷地看到了严小青那张脸。因为已经不是第一次来了，大家都知道这是李新民的女朋友。杨姐先挂出笑脸来："哟！这不是小严吗？来来来，我们正帮你老公美容呢！"

大家伙这才赶紧化解尴尬，随声附和。

李新民脸上已经被碘酒弄花了，几个挑完的包上都被涂抹了碘酒，青黄几点，活跃于脸上。李新民龇牙咧嘴的表情还洋溢着，看见严小青，也只能吸着鼻子说："你来了？"

严小青面色铁青地跟着李新民回到药房。李新民脸上的疼劲儿还没过去，不由自主地揉着脸说："真是疼死我了。还说不疼呢！"

严小青怒目而视："大白天的，你们干吗呢？"

李新民莫名其妙地说："没干吗啊！张姐说我脸上的包再不挤就该发炎了，这不是帮我治青春痘呢吗？"

严小青提高了声音说："一帮老妇女在你脸上摸来摸去！你也好意思！"

李新民吓得赶紧拉上了取药窗口的玻璃门，把严小青推到椅子上说："你小点声！说什么呢！都是大姐，家里儿子都跟我一般高了，你不能这么说人家！"

严小青对着关上的药房大门说："我就说！想摸回家摸自己汉子去！凭什么摸我老公！"

李新民第一次生气了，气得不知道说什么好，几秒钟以后，甩了一句："你哪来的回哪去！"

严小青听见这话更是火上浇油，冲动之下就想摔东西，架子上、柜子里都是公共药品，她知道这是不能动的。桌子上摆了几本李新民的复习资料，严小青拿起书来就往地上扔，扔下了还要踩两脚。李新民一边拽严小青一边喊："你干吗！那是我的书！"

严小青拿起一本举在李新民面前，说："书？我就没见你看过书！什么书？"

李新民压低了声音说："考研的复习资料！"

严小青在听到的这一刹那，恢复了一些理智："你要考研？你什么意思啊？你考上研了我怎么办？是不是想上了研究生把我甩了啊？"

李新民内心的极小私心被严小青一把识破，也有点恼羞成怒，矢口否认："你乱说什么！考了研我就有机会当医生，我就能挣得多，去别的医院！你不想让我日子过得更好是吧！"

严小青冷笑着说："你日子过好了，我就得找地方哭去了！我告诉你李新民，你别想占了便宜就走！想考研，可以，先结了婚再说！那时候你就是考博士我都不管。国家没规定说结婚了就不能考研吧！别说我不讲理，你一天不跟我领证，一天就别想考什么研！"

李新民简直不知道说什么好！

严小青步步为营："你以为我是瞎子！你每天跟这些人眉来眼去，肚子里还憋着别的主意！你别以为我倒贴，现在你就是我老公。处了半年了，今天来就是问问你，什么意思？我要结婚，你自己看着办！"

十九

无法自拔

李新民意识到自己已经无法自拔。为了结束跟严小青的关系，他想换个环境；为了换个环境，他要考研；可是为了考研，他必须和严小青结婚。这是什么逻辑！

严小青当天气势汹汹地回去后，第二天，李新民的父母就被逼婚了。严小青的父母，介绍人赵姨，甚至还有赵姨的小姑子——严小青家的邻居，都来了，就是一句话："什么时候结婚？"

新民妈也没想到女方家里会这么着急。她把现实的困难摆了摆，说家里现在地方太小，李新民刚工作大半年，收入也不多。

小青妈立即打断："亲家！我们之所以说这个事，就是因为我们家拆迁的房子马上就下来了。他们小两口可以先住我们分的新房。本来，买房子这种事应该是婆家做，但是没办法，谁让我们就这一个姑娘呢。我们这房子就给他们小两口了！这样结婚，不委屈吧！"

新民妈一听，当即眼睛一亮。

赵姨也跟着附和："就是就是，现在小年轻结婚就住新房，还怎么着！我说，你们这亲家真是没挑儿了。"

新民爸妈两口子赶紧点头称是。

"不过呢，"小青妈口风一转，"就是有一样。您也知道我们现在住的房子是临时租的，没想孩子这么快就找好了。就这一套房子，给了李新民他们，我们就没地方去了。我问过姑娘，她倒是想跟着我们一起过，不知道李新民那边怎么想！反正我们这新房是个三居，住是绝对住得下。就看李新民的了，愿意不愿意跟着我们一块儿住！"

"那有什么不愿意的，"新民妈当即就想，"没有住了丈母娘的房，还把丈母娘赶走的理！"反正不跟他们住，就得跟自己住。自己这条件，儿媳妇住哪呢？当初相亲的时候自己满口跟人家说好了，到时候自己老两口搬出去，把房子给儿子儿媳妇。如今看来，往哪搬啊？哪不得要钱啊？

小青妈适时地说："其实当初您跟我们说了，你们老俩给他们腾地。我们合计了，跟小青也说了，我们不是不讲理的人。有您这句话，我就知道，我们闺女过了门受不了委屈。真结婚的时候，也不能真把你们轰出去啊！我们就牺牲一回，都是为儿为女，算我们的了。"

新民妈感动得眼圈都红了。

新民爸终于插上一句话："其实，以后都是他们的。"

小青爸在一派友好融洽的气氛中也适时地插了一句："听小青说，李新民打算考研究生？"

这句问话声音不大，但是一抛出来全场就都静了。小青妈意味深长地看着新民妈，新民妈和新民爸面面相觑，新民爸很实诚地接了一句："我们没听李新民说啊！"

小青妈的眼睛里露出了一丝不信和冷笑，对着新民妈说："儿子天天在班上看书呢，说是要考研究生。"

新民妈无法掩饰的诧异全写在脸上了。

赵姨赶紧出面来化解尴尬，对新民妈说："论理呢，孩子上进是好事。可是别人家的事我不知道，李新民找工作费了多少劲我可是清楚。你们托了这么多人，好不容易给李新民找着这么一个铁饭碗，可得跟孩子说好了，不能不安心！不能这山望着那山高！研究生是那么好考的？万一考不上，这工作也耽误了，人家领导也知道了，这不是自己毁自己吗？你们老两口那豁出去的面子不都给赔上了？"

说完，赵姨先看了看新民妈的脸儿，转而又与小青妈对视了一下。小青妈见缝插针，都不容新民妈有反应："要我说，考研上进都是好事。可是呢，他如今和小青……俩孩子怎么商量的我不知道，可是咱们老家儿看的可是板上钉钉了。李新民都这时候了心眼儿还这么活泛？我们看上李新民就是看上了他老实，要我说呢，考这考那都不要紧，咱们先得有经济条件。如今要谈婚论嫁了，如果考上了，这好几年可都得指着小青养家，亲家，您二位说，这是不是不合适？"

新民妈不傻，一听就知道了，今天严小青一家上门，就是来讲条件的。三居室，你儿子想不想要？想要，就结婚！结婚，就别考什么研究生！

新民妈一来不知道自己儿子考研这事是真是假，二来也的确替儿子向往着那套三居室，心里这么想，嘴上就赶紧帮儿子找辙："亲家，这事等李新民回来我就问他！这孩子！刚工作不到一年，这么不踏实可不行。还有跟小青这事，这孩子回来也不怎么跟我们说，我们自己的儿子我知道，心里头害臊，不好意思说。这么大了，还得我们上赶着问他。其实啊，我看他心里早就合计好了，跟小青他早就定了。您看亲家，按理说应该是我们先上门，您看，这是我们缺礼数了。"

小青妈立刻给了个笑脸："嗨！我们今儿来就是看看，要说提亲可算不上。真要是提亲，咱们都是老北京，都是讲礼讲面儿，当然得你们先说了。李新民回来也别难为他，小伙子，吃着碗里望着锅里，骑驴找马，这心气儿我们都明白，都是打年轻那会儿过来的。可是如今形势不一样了。铁饭碗多难端啊，有一个，咱就得把它端好了、端结实了。您说是不是？"

新民妈能说什么？只能说是！

晚上李新民回来，气氛明显就凝重了。不过还好，新民妈没有太发作，在她心里隐隐有一种感觉，就是即便李新民真的想考研、真的不喜欢目前的工作，她这个当妈的也不会觉得什么。她最大的障碍是如何稳定住严小青一家三口。他们老两口都知道，这年头，找个女方家里趁房子的可实在太难了。养儿如今就是负担，好不容易供到大学毕业，还得为他准备出一套房子来。对于经济条件好的人家当然没什么，老家儿出个首付，让小两口自己供月供去呗。可是新民妈掂量来掂量去，即便把养老的钱都拿出来，也凑不出一套房子的首付来。新民妈也想过把自己这套房子卖了，换个三居，大家住在一起。可是这房子的面积实在太小了，就算单价高，总价也不够买房的；即使强努出一个首付来，到时候人家小两口负责供月供，自己和老伴就成了白住的了。那个时候，儿媳妇要是和顺还罢，若是不和顺，那人家甩出什么话，自己可都得听着。

所以，晚上看见儿子以后，新民妈破天荒地没第一个说话，反而是新民爸开始娓娓道来，跟儿子谈理想谈现实。李新民从来没见过老爸老妈这样过，一时不知道该如何应对，再加上老妈深邃的目光一直在自己脸上打量，李新民心里一颤，就把自己的想法和盘托出了。

说完了，李新民长舒一口气，心想着这回心里真是没隐私了。

可是新民爸的眉头皱起来了。新民妈也不矜持了，紧着问："你要考研，你跟小青商量了吗？"

李新民坦白交代："她看见了，不同意。"

新民爸马上问："那你怎么说？"

李新民想了想，说："我还没说呢。她不同意就不同意呗！"

新民爸刚想说话，立刻被新民妈打断："儿子！要是严小青不同意，你就先别考了。我跟你爸商量了，你还是先结婚，再说其他的。"

李新民觉得五雷轰顶了！自己没听错吧？

新民妈接着说："严家拆迁的房子这个月就下来了，三居。人家说，让你们结了婚就住新房。儿子，考研着什么急？今年不行还有明年。多复习一年还多一点把握呢！那房子可是不好等的，小青比你大一岁多，你二十四不算什么，小青说话就二十六了，人家家里不想再拖了。你们先把这事办了吧。房子下来，我们给你掏装修的钱，别让人家说咱们一点儿不拿。装修完了，你们就结婚，别等了。"

李新民直着嗓子喊了一声："我不想结婚！"

这一嗓子给新民爸妈都喊愣了。新民爸问："为什么？"

这个问题太难回答了。李新民也不知道为什么呀。新民妈紧跟着问："你是不是不喜欢严小青？"

这个问题更难回答了。李新民没法说"不喜欢"。他自己对自己说，你不喜欢人家还跟人家上床？还不止一次！平时两人见面，搂搂抱抱，什么都做，自己又好吃人家做的饭，平时去了只要她情绪正常，俩人也能说说笑笑。怎么能说不喜欢啊？

喜欢？可是严小青实在有点凶悍。高兴的时候怎么都好，只要看到别的女人跟自己接触，哪怕是五十岁的老太太，她也会不高兴。那一句话一句话说得，都跟小李飞刀似的；自己干点什么她都觉得好像是有外心了。

李新民无法在这个问题上作答，只能低声蹦出来一个词："不是。"

新民爸眉头舒展了一些，说："不是那就是喜欢了，喜欢就可以结婚嘛！我看严家那孩子挺好的，也不招猫斗狗，每次来都挺朴素。儿子，咱们结婚过日子就得找这样的姑娘，搁在家里踏实；别老看那些描眉画眼的，那都降不住。"

新民妈抛出了决定性的一句话："你不要这样的，难道还想着姓梁的那样的？现在的女人就这两种，你自己想！"

二十

想着房子娶了媳妇

收房子的第二天，李新民和严小青领了结婚证。

谁也不知道，是什么最终让李新民下定了决心。新民爸妈自从那次谈话以后始终心怀忐忑，新民妈知道，要是儿子不想结婚，她这个当妈的再怎么做主也不行。如今是新时代，不流行牛不吃水强按头了。但是老两口是讲礼数的人，在严小青爸妈登门之后，老两口还是回访了一下严家。新民妈嘴上口口声声谈的都是儿女的婚事，但是心里并没有底。不过，新民妈一贯的理直气壮还是蛮有声势的，至少让严小青一家三口心思落定。落定之后的小青妈就理所当然地把李新民当女婿使了。一个女婿半个儿，一个月以后交房，李新民作为房子的使用者之一也被叫去陪同收房。

关于这套房子，严小青一家三口是有心理准备的。三个人是从挖坑开始就看着这套房子一点一点盖起来的。要这个户型的时候，一家三口也是研究了好几天户型图的。拆迁楼的户型并不多，尤其是三居，就那么几套。小青妈当时咬牙跺脚借钱买三居的时候，小青爸还不是很理解。姑娘大了，早晚要嫁人，老两口住个两居就可以了。可是小青妈说得头头是道："你就这一个闺女，你不指着她养老我还指着呢！要个两居，你闺女能找着个有房的还好，要是找不着，一家一半出钱买房，你掏得起吗？现在我把房子给置办下了，以后找着了有房有车的，更好；找不着，我这儿有地方住，连外孙子都住得下。不要，想单过，谁想单过谁买房！再说了，现在这房子在咱们名下，甭管到什么时候都是咱俩的，那叫'婚前财产'；结婚现买，那是一人一半，你这个老头子怎么就算不过来账呢！"

小青爸这才把账算清楚。

收房的时候，小青妈嘱咐严小青一定叫上李新民。严小青这两天心里正不痛快，虽说未来的公公婆婆已经把话说得板上钉钉，可是李新民连个屁都没放，一点求婚的意思都没有。自己再怎么主动，毕竟是个女的，有些话说了一遍，再说第二遍就没意思了。自从上次把李新民的书给撕了，逼着他结婚以后，严小青就再没有那么激烈过。她没有再提起结婚的事情，想等着李新民提。但是李新民也没提，虽然他当着自己的面的时候没有再看书，但是好像也没有结婚的打算。在严小青看来，这是在"拖"啊。

接到严小青的电话，李新民只能答应。虽然周末的时间对自己很宝贵，但是只要严小青提要求，李新民的行动就会成为下意识——不需要经过大脑的批准，自己就会听严小青的。好几次，李新民在同意了严小青的要求之后都后悔，甚至有点后怕，他意识到自己对严小青的唯命是从已成为了习惯。虽然正式交往还不到一年，但是这种习惯已经渗入了血液，和对自己老妈的唯命是从如出一辙。

李新民没有二话地出现在了新小区里。一进小区的大门，李新民就爱上了这里。小区分为两大块，一半是拆迁户，一半是商品房。两部分房子当然是商品房先交工入住，为了商品房能达到入住要求，开发商紧赶慢赶把小区的绿化给做完了。两个区域一南一北，仅一墙之隔。北边的商品房的绿化做完了，南边的拆迁房的绿化也跟着做了。虽然南边的拆迁房里没有车位，绿化面积也不到商品房的三分之一，但是大门口的绿地、健身园、玫瑰丛还是让李新民眼前一亮。

进了小区就更高兴了。存自行车的棚子是崭新的，每个单元门口都有密码门，银色的不锈钢大门在阳光下闪烁着光泽，李新民走到门前能看到里面扭曲的自己的影子。真干净啊！

进了单元门居然还有电梯。李新民兴奋地左顾右盼，进来的时候尽顾着找存车棚了，都没看看这楼有几层。看见豁亮的门廊，墙上还贴着瓷砖，电梯里还有广告栏，李新民心里想，这简直比得上酒店的大堂了。

严小青轻车熟路地上了电梯，按了一个"7"。电梯停下之后，李新民立刻走进了一个漆黑的楼道。严小青跺跺脚，楼道里顿时灯光闪耀。李新民这才发现，这一层楼道里紧紧密密地挨了十家房门。严小青带着李新民走到楼道最犄角处，灯光昏黄得几乎找不到这里。严小青拿着钥匙，有点炫耀地说："这一层就两套三居，我们家这是户型最好的。"

说毕，房门打开。李新民顿时置身在一个雪白的世界里。没错，从回迁房的角度说，严家这套三居的户型已经是很不错了。三居是东西向的，虽比不了坐北朝南的房子，可也算通透。七层的高度不算矮，上午收房的时候正是阳光进屋的时候。半人高的玻璃大阳台让李新民的心一下子柔软了，他下意识地摸了摸雪白的墙壁，由衷地说了一声："真好啊！"

严小青得意地笑了。她拽着李新民的手，说："进来看看。我妈说了，最大那间是咱俩的。"

听见这话，李新民兴奋地也拉紧了严小青的手。这是两个人牵手以来最让严小青满意的一次身体接触。每次牵手，李新民的手不是软弱无力就是心不在焉，还有几次是严小青硬把自己的手掌塞进李新民的手里的。不然，他的手会一直在上衣口袋里揣着，根本不舍得拿出来。

这一次，严小青清楚地感受到了李新民的主动，他握自己的手握得紧了，手心里有了感情，仿佛不肯放开似的。这让严小青也很高兴。

两个人终于像热恋中的情侣那样，拉着挽着相依偎着走进了计划中属于他们的那个房间。李新民粗粗看了一下，这个房间比自己爸妈的卧室大多了。严小青说这个主卧有十五平方米，李新民没有概念，他只知道这里摆一张床、一个衣柜富富有余，甚至还摆得下一张书桌和一把椅子。主卧外面带的阳台也很宽敞，李新民甚至想，这里可以摆上一张躺椅，自己能躺在这里惬意地晒晒太阳。

严小青捅了捅李新民，对他说："我妈说，结婚以后咱们住这间。客厅小了点，不过吃饭足够用了。摆得下一张饭桌、四把椅子。西边还有两个小屋，一间是他们的卧室，一间呢，可以当个小书房。咱俩要看书可以去那屋。以后等有了孩子……"严小青忽然说不下去了，她觉得有点害羞，婚还没结呢，怎么就说到孩子了？

李新民愉快地听着，兴奋地想着，听到严小青突然停了，他诧异地端详着她，看到一丝红晕悄悄爬上严小青的脸颊。李新民从来没有见过严小青这个样子。他迎着阳光，严小青侧面对着他，东南方向的日光给了严小青一个四十五度的夹角，侧逆光的效果让严小青脸上的皮肤显得格外细嫩，连浅浅的绒毛都看得一清二楚。

就在此时此刻，李新民突然发现严小青的五官柔软了很多，脸庞也小了很多。他的内心荡漾出了一种无法言表的情感，这种情感促使他捧起了严小青的脸，很柔情地吻了一下她的嘴唇。严小青没有料到李新民会有这样的举动。两个人从相识到上床，间隔时间很短。这主要是因为，严小青认定这是拴住一个男人最有效的办法。

严小青的判断没有错。这个方法的确让李新民从来没有离开过严小青，但是似乎严小青也没有感受到过什么来自李新民的激烈的爱情。难舍难分？没有。相见恨晚？也没有。如胶似漆？更没有。这是让严小青对两个人的关系始终不能满意的地方。

但是现在，严小青满意了。她的身体在李新民的亲吻中酥软了，在阳光下、新房里，在对未来美好的畅想中，和自己的男人相偎相依，对于一个女人来说，夫复何求呢？

严小青喃喃地说："我妈说，秋天装修最好……"

李新民很争气地表态："装修！马上就装！"

严小青非常聪明地娇嗔了一下："不嘛！还没结婚呢，急什么？"

李新民再一次捧起严小青的脸："明天咱们就结！"

有道是没有房子的婚姻是不幸福的。李新民不知道这句话，至少在他对严小青求婚的时候没想起这句话。但是他的行为很真实地印证了这个定理。

李新民和严小青领完了结婚证，他破天荒跑去找姚逸，兴奋地告诉她自己结婚的消息，姚逸的惊诧无法言表。她问："结婚？和谁？上次麦当劳那女孩？"

李新民连续"嗯"了几声。

姚逸觉得好笑，问："你不是说那不是你女朋友吗？"

李新民有点不好意思，含混地说："后来……是了。"

姚逸笑着说："那得恭喜你啊！什么时候举行婚礼？看来我得准备红包了！你是我认识的同学里第一个结婚的！"

李新民还没想过这事，只是说："先等我把房子装修好了再说婚礼吧。"

姚逸更惊讶了，说："你连房子都买好了？当医生可以挣这么多？"

李新民有点不好意思，连声说："不是我买的。是他们家的，给准备好了。"

姚逸半开玩笑半认真地说："那你可小心了，住着人家的房子可不能欺负人家的姑娘。以后可得对老婆好！"

李新民笑着说："那是。他们家父母还跟我住一块儿呢，我敢对她不好？"

姚逸的笑容渐渐褪去了，有点担心地问："你们住在一起？你想好了吗？这样会不会不方便？"

李新民自信地笑了："你没看那房子，一百多平，三居，怎么住都够了，哪会不方便！"

姚逸说："我不是说面积，我是说，你和你老婆，跟你岳母岳父住在一起……你不觉得你没有自己的空间和生活了吗？"

李新民又笑了，说："我跟我妈我爸住那么小的房子，一住就是二十多年，那才叫没空间呢！"说完，李新民很认真地讲了他在第一眼看到新房子时候的难抑喜悦，和对严小青突然爆发的情感高潮。

姚逸静静地听完，对李新民说了一句："我觉得，你不是爱她，你是爱上那房子了。"

二十一

装修

　　李新民对生活重新燃起了热情。领了结婚证以后，不用严小青废话，李新民自己就把考研资料收起来了。他每天下了班就带着严小青去一个地方：建材城。从装修材料到家具，没有不看的。越看越高兴，越看也越肝颤。好东西真多，可好东西也真贵。好在严小青也是小家小户的孩子，结了婚以后特别一条心地就开始为李新民打算，能省则省。这种勤俭的品质让李新民感动不已，有几次，李新民徘徊在一万多元的手盆、两万多元的浴缸跟前的时候，都是严小青当机立断地把他拽走。反正也买不起，看它干吗！

　　两个人逛了几周建材城以后，就开始做预算。按照小青妈的计划，今年冬天必须要在新房里过，那边的房租就签到十一月份，多一个月的钱都不能交了。新房一入住，春节小两口就可以摆酒席举行婚礼，双喜临门，多好！

　　这边李新民也很急，有了那么宽敞的大房子，谁还愿意在老筒子楼里窝着。他和严小青看好了东西之后，就回来跟老妈说钱的事。新民妈拿出几个存折，挨着个看了看，对李新民说："儿子，你能不能下个月再装修？"

李新民对这个问题感到很意外，说："为什么？我们东西都看好了。"

新民妈面露难色："咱们家的存款，下个月就到期。你现在取了，损失好几百块钱利息呢！"

李新民有点不高兴了："下个月东西还涨价呢！严小青和她妈费了半天劲把瓷砖、地砖的钱给砍下来了，你不现在定，价格就不能优惠。我们砍下来的钱都比你那利息多。"

李新民在不经意间加强了"我们"一词的重音。新民妈把下面想说的话生生给咽回去了，新民爸看着娘儿俩，试探地说了一句："要不，先交订金，让他们先干着，下个月再交钱？"

李新民生气了，不说话。新民妈给老伴儿使了个眼色，问李新民："你们算了没有，一共大概要多少钱？"

李新民回过神来想了想，说："连家具都算上，五万块钱吧！"

新民爸深吸了一口气，说了一句："这么贵啊！"

李新民不爱听了："这还是严小青她妈找了熟人、便宜以后的价儿呢。你们这么多年也不装修、也不买家具，什么价格都不知道，我们这已经是按照最简单的装了。那么大一个新房，总不能太寒酸了吧！"

新民爸没再说话。新民妈又问了一句："那，你们是不是不止装你们那一间，剩下那两间也是你们管吗？"

李新民觉得这些问题都是废话，他提高了声音说："可不我们管！难道装修还分两家？"

新民爸嘟囔了一句："你们不结婚，他们还不装修了……"

李新民突然觉得自己的火气可以理直气壮地爆发了："你们

怎么这么说？人家把房子都给准备好了，我们才领的证。是我妈说的，咱家负责装修，如今婚也结了，房子也拿到了，你们又说这些没用的。不想拿钱就直说！干吗逼着我结婚？明天我就离婚去，你们都省了吧！"

新民爸妈从来没见过儿子这样。以前说什么都只有听的份儿，可现在李新民像换了一个人。难道真是婚姻可以改变男人吗？新民妈震惊了片刻之后赶紧安抚儿子："新民！你爸不是那个意思。不就五万块钱吗？咱们出得起！你放心儿子，妈不会让你为难。我们就是想着，装修完了不是还得办事吗？那也是一笔开销呢。"

李新民口气缓和了一些："严小青他们家的房租就交到十一月，等着房子入住。装修队也找好了，是严小青他妈找的，人家答应什么都给成本价。现在就看钱，钱到了就开工。"

新民妈不再说什么，把存折交到李新民手上，说："明天我跟你一块儿去取钱，跟小青说，计划好了再花。装修这种事，很容易就超标了。"

事实上，新民妈的担心是多余的。如果说李新民对花钱没有概念，那严小青她妈是绝对有经验的。五万块钱，只在李新民手上过了一下，就齐齐转交给丈母娘了。丈母娘拿着钱说："谁让是给我闺女女婿装修呢！你们都甭管了，李新民，你只管跟小青去看，看好了告诉我什么东西什么样，我保证装出来的一模一样。"

在那一刻，李新民很幸福。

为了减少丈母娘的工作难度，李新民拉着严小青，把看上的东西全都记在了小本本上。墙面漆什么牌子，多少钱，在哪个建材城看到的；地砖多少钱，在哪有卖，什么花色；窗帘要哪种，多少钱……李新民甚至用手机悄悄拍了很多照片，回来挨着个回放给丈母娘看。

本来一切都在计划中，施工现场由丈母娘亲自去盯，采购也由丈母娘亲自负责。李新民和严小青只需要逛逛街、动动嘴，就等着住新房了。

不过，李新民小两口还是会时不时地去工地看一下。卫生间贴瓷砖，李新民拉着严小青去了。进了门，严小青一眼看见老妈跟着一块在和水泥，她跑过去把老太太拽起来，说："妈！让你看着，没让您也跟着干啊！"

小青妈笑着说："我这就是搭把手，这不是快嘛，省得窝工！"

李新民揣着感动给了丈母娘一个灿烂的微笑。他扭身进去看师傅贴砖，看了两眼觉得不对。他以为洗手间灯光太暗，又凑近瓷砖好好看了看，又掏出手机来翻了一下之前拍的照片，冲着师傅说："这是我们订的瓷砖吗？"

师傅一脸茫然，说："是啊！你们老太太看着卸的料！"

严小青见问，也过来看，回头问她妈："妈！这不是我们看上的那个吧？我跟你说了，我们那个是纯白的，你这个怎么偏黄啊？是不是让人给骗了？"

小青妈嘿嘿笑了几下，戴着搅和水泥的大手套，走过来对闺女说："你们那个我去看了，人家缺货，给我推荐的这个。我一看，也挺好！那个白的，一开灯太刺眼，这个人家说叫暖色调，说对眼睛好！"

严小青看了李新民一眼，没说话。李新民想了想，心里有股隐隐的不满，可是已经贴了半面墙了，说什么也晚了，只好扭身出来。人家老太太头发蓬乱，穿得破破烂烂，这么忙活，自己还能说什么？

俩人没什么话说，老太太往外轰他们："这儿这么脏，还乱，你们赶紧回去吧。回家去坐着，我下午也回去。"

李新民顺从地拉了严小青，正要走，大门开了，又有送货的来了。李新民跑过去给开门，这回送的是地砖。送货的民工一趟一趟给往里搬，大纸壳子的包装有的出现了破损，李新民无心地走过去，撕开一个包装。这下心里更来气了。地砖也不是他订的那款。

李新民脸色不太好，拉着严小青过来看。严小青一看就明白了，但是不好直接说什么，只能问她妈："这地砖也是你订的吧？跟我们那个也太不一样了！"

小青妈再不好掩饰了，干脆说："你们订的那个又贵又不好看。我和师傅都看上这个了，就是它吧！"

李新民忍着，不好发作，扭身就出来了。严小青给了她妈一眼，也追着李新民出来了。在楼下，李新民实在忍不住了，冲严小青发作："你妈是什么意思？看不上我订的东西就直说，怎么能不通知咱们一声就换！这房子到底谁装？"

严小青本来也是对自己妈一肚子气，看见李新民发火也不好说什么。李新民接着嚷："说好了我订东西，我们家出钱，你妈到底想干什么？"

这句话一说，严小青忍不住了。她嚷的声音比李新民还大："李新民，你说什么呢？不就换了两块砖吗？你至于吗？什么叫你们家出钱！这房子有你们家的份儿吗？房子是我爸我妈的，白让你住你还想怎么样？我妈怎么了？我妈不就是替你省点钱、换了点便宜东西吗？我告诉你，你还真别白眼狼儿，你也看见了，房子我们给你住；装修的累我妈替你受，你还有脸说你们家出钱……"

李新民站在原地，被噎得一句话都说不出来。

二十二

收钱是门艺术

　　别看严小青在李新民面前很坚定地打击了他的气焰，可是回到家以后，严小青还是和她妈发生了激烈的冲突。

　　严小青对自己妈的叫喊绝不比对李新民的差。她的理由很充分，现在她和李新民已经是法律承认的两口子，你一个当丈母娘的这么做，只能是从中挑事儿。

　　小青妈也不含糊，闺女的火爆脾气全来自她的遗传，娘儿俩这么些年吵的架不计其数，小青爸已经习惯了。开始还劝，后来就不劝了，劝架的结果只有一个，就是他能同时成为两个人的出气筒。所以，一般的小吵小闹小青爸就装听不见，实在声音太大，他就出门遛弯去，遛个四十分钟再回来，俩人就好得差不多了。

　　可是这回，小青爸早早就看出来，闺女是气急了。

　　严小青进门就嘟噜着脸，看见她妈第一句话就是："你是不是憋着盼我离婚哪？"小青妈有点气短，听见闺女这么说，就找补了一句："你瞎说什么？是不是李新民给你气受了？"

严小青都快蹦起来了："他有本事给我气受吗？我看就是你老憋着让我受气！我问你，装修的材料全都是我和李新民一起订的，我们看了好几个礼拜，李新民生怕你不知道，还给你拍照片、写牌子、写价钱。你当初怎么答应的？我们订什么你就装什么。李新民信任我、信任你，人家把五万块钱拍给你了，你就这么干是吧？李新民问我你什么意思？你自己跟他说，我不知道你什么意思！"

小青爸这回坐不住了，赶紧上前打掩护，拉着小青的胳膊往后拽，说："小青，你可不能这么说你妈。你看这两天给累的，躺床上直哎哟。你……"

小青爸正絮絮叨叨地说着，冷不防被小青妈拽了一把，往后直趔趄。小青爸回头看，老伴已经是一把鼻涕一把泪。这个场景倒也是小青爸常见的，从前娘儿俩要是发生矛盾，这俩人势必一个哭一个闹。不过这回，老伴的眼泪来得比哪回都快。

小青妈拽着老伴往后甩，脸凑在闺女脸前，怒视着小青说："你这个白眼儿狼！我瞎了眼，白养你这么多年！如今刚领结婚证，怎么着？有了老公就不认妈是吧！你翅膀硬了你！你分不出好赖人你！谁对你好谁对你赖，你就是个瞎子你……"

严小青也是修炼多年的严家风范，她气势一点不输给她妈："我怎么瞎了？你要换东西就不知道先告诉我吗？你非要让李新民看出来？人家说了，那装修钱是人家掏的，你让我下得来台？"

小青妈结结实实地冲地上啐了一口："呸，他有脸这么说，你就应该薅着脖领子大耳刮子扇他！装修钱？他有脸说！就那五万块钱也算个钱？我们家聘闺女，我们家给他准备房！你就这么怂？由着他问你？"

严小青脸上稍显得意之色："我有那么笨吗？当时我就把他骂回去了。可话说回来，你这么做就是不对！这次我能把他骂回去，下次呢？这房子还装不装？婚礼还办不办？我告诉你们，我要是不能风风光光地嫁出去，我跟你们没完！"

小青爸刚说了一句"怎么会"，就又被老伴给按住了。

小青妈抹了一把脸上鼻涕，指着严小青的鼻子说："我看我是白养你了！你这么多年能不能长点心眼？我这么做是为谁啊？为谁啊？还不是为了你？你们看的那些东西有什么好？不就是傻贵吗？我当时让你们看，那是为了把钱给抬高点，让他们家多出点血。噢，娶了我们家闺女、白住我们家房，美死他们家了！我告诉你傻丫头，这房子我心里有数，三万块钱能给你装得好好儿的。五万？那是跟你婆婆说的！我把钱攥在手里，怎么花、花多少还不是咱们说了算吗？到时候省下的钱干什么？我们不要！那都是给你的！马上就结婚了，两口子过日子，你一个实心眼的丫头我不给你留点私房钱，你怎么过日子？而且我告诉你，这钱我还不偷偷给，到时候我光明正大，当着你婆家的面我给你一个折子，我看他们怎么着！我把这话放这，有了咱们家这房子，从此以后李新民，还有他爹妈那就是欠了你的。我给你两万，他们至少还得给你两万。还有婚礼钱、照婚纱、请客……你不是还想要个钻戒吗？我看他们家花不花！"

严小青已经气泄了，强撑着说："那人家要是就不花呢？"

小青妈得意地笑："不花？我一早儿就看准了。你那个婆婆，最是要面儿的，只要我当着她的面，把存折往你手上一搁，你就擎好儿吧！"

严小青当然知道，自己和老妈的矛盾，那充其量是人民内部矛盾，跟和李新民的矛盾截然不同。李新民生气可以，但是只要表达出来、触到了严小青的底线，严小青就会视同水火，坚决当做敌我矛盾一样打击。

让严小青不得不佩服的，还有自己妈的智慧。事情果真像小青妈预想的那样，当新房装完，李新民陪着他爸妈第一次上新家、郑重商讨婚礼事宜的时候，小青妈的眼泪很适时地流出来了。她当着那一家三口的面，拉着闺女的手，泪眼婆娑地说："如今房子也装完了，你们也该办事了。虽说以后还是住在一块儿，可毕竟是嫁了人家儿的人了。虽说姑爷好，公公婆婆也好，可我这当妈的……闺女，今天妈也没别的给你，这是一张折子，里面有两万块钱。亲家，我知道如今不兴什么彩礼陪嫁了，可是，唉，毕竟我养了这么大的姑娘，嫁出去就是摘我心头的肉啊。拿着孩子，以后和姑爷好好过日子。我知道你公公婆婆亏待不了你，可万一有个急用，你手里也不至于没抓挠儿。"

一番话，说得严小青和新民妈都泪水涟涟。

新民妈可不知道这两万块钱的来龙去脉。儿子上次气鼓鼓地回家之后，还是她对李新民好言相劝。从骨子里，她也认为年轻人装修太浪费，丈母娘替你省着点那是好事啊。而且，之后小青妈又适时地打来了电话，口口声声说他们小两口看中的东西早就超出那五万块钱了，自己这是咬牙替他们省呢。人家说了："亲家，你说，这房子我们也住，我能偷工减料吗？我能用什么伪劣产品吗？都是瓷砖，怎么就非得用那四十块钱一平方米的？那十五的怎么就不能用啊？这俩孩子太年轻，都让咱们给娇惯坏了，您说，我这不是费力不讨好吗？"

新民妈当然表示赞同，还在电话里安抚了半天亲家，回来又对李新民一个劲儿数落。李新民在两面夹击之下，给严小青赔了礼道了歉，这事才算完。

如今，新民妈看见亲家这样至情至理，自己还能说什么？好在早有准备，也拿出一张折子来。这上面的数目是老两口商量再三之后存上去的，一万，有点少；三万，又太多。新民妈合计了半天，决定给两万。再拿出一万来给他们办婚宴。因为李新民已经提前说了，一定要找个好的饭店。上次考上大学之后吃的那个地方就算了，免谈。

今天这折子一拿出来，新民妈心里庆幸了半天，幸亏是两万，要是一万，这不是落话把儿吗！新民妈给钱也给得比较艺术，这折子也是直接就交到了严小青手里："小青，这是妈给的。拿着买两件衣服，看看还缺什么，你们自己置办。今天定了日子，咱们就订酒店去！我让李新民去问了几家，都还不错，你们俩也去看看，还能试吃，觉得哪家好就订下来。咱们赶在春节前，把这些事都办了。春节咱们就双喜临门了！"

二十三

钻石，没有最大只有更大

真拿在手里，严小青就知道这两万块钱真不禁花了。首先是拍婚纱照，这是任何一个新娘都梦想的。对此李新民只有配合没有理解，他实在不知道穿成那样在影楼里被人摆来摆去有什么乐趣。但是严小青高兴。俩人拣了一个周末，在西单足足逛了一天，严小青见店就进，见婚纱就试。第一套穿出来的时候，李新民的眼前还真有点惊艳。白色曳地长裙，抹胸露肩，白色的头纱恰到好处，正好把严小青稍显健硕的肩膀半遮半掩了一下。挺好看。

可是严小青不喜欢。她觉得这件太朴素了，又试了一件削肩的，脖子上是中式的小盘扣，亮晶晶的也不错。但是李新民又觉得这件暴露缺点，把严小青两个肩膀上的肉都显出来了。之后还有带袖子的、半袖的、带披肩的、不带披肩的……

从早上十点试到下午五点，严小青终于挑中了一家，衣服的款式和照片的效果都不错。冬天是拍婚纱照的淡季，严小青当机立断第二天就来拍，责令李新民请假。李新民对拍照片请假倒是没什么异议，可是一看价格可吓了一跳。严小青一口气挑了好几套衣服，再加上化妆、拍摄，费用要七千多。李新民私下里拉了严小青，低声说："要不少穿几套，那不是有四千多的吗？"

严小青立马送上一对白眼球，冲李新民说："我一辈子就结一次婚，我多穿几套礼服怎么了？不想照你别照！"

李新民只好嬉皮笑脸地哄老婆："我是说，咱照个便宜点的，还能省点钱嘛！"

严小青都懒得看他，甩给他一句："结婚的钱还要省，你穷疯了！"

李新民想到那两张折子四万块钱都在严小青手里，又想起老妈当时给严小青手里塞折子时候的慷慨劲儿，不再说话了。

婚纱照照得李新民很不开心。每次摆造型，那个舌头捋不直的摄影师总是要重复一句话："先生啊，请把眼睛睁大些啊！"

旁边跟着服侍新娘的助理一个劲儿乐，李新民很是尴尬。这眼睛就这么小，怎么睁能睁大了啊？摄影师还不停地说："你的眼睛睁不大，就不开心啦！都结婚啦，娶这么漂亮的新娘子可不能不开心啊！"

这些话说得严小青心花怒放，说得李新民蒙头奔脑。

婚纱照一照就是一整天，李新民出来的时候已经饿得快虚脱了。这笑也是个体力活，把一个大小伙子生生给笑得没了精神。可是严小青的一腔热情仿佛刚刚爆发。从影楼出来，严小青又拉着李新民直奔商场的珠宝柜台。

李新民知道，这是又要买戒指了。

严小青一看见满柜台里的钻石，眸子都亮了。圆的、方的、心形的挨着个拿出来试。李新民只关心价签，每次严小青戴在手上让他欣赏的时候，他的眼睛都能在最短的时间里数出价签上的

"零"。当严小青试戴到五位数的钻戒的时候，李新民绷不住了，说："媳妇，你想买什么样的？"

严小青想想，说："怎么也要半克拉吧。太小了，戴在手上都看不见。"

李新民吸了一口气，说："那……半克拉的得多少钱啊？"

售货员赶紧拿出一只，让李新民过目："这是刚才小姐试戴的一款，0.53 克拉，VS 级，亮度是 H，价格是五万一千元。"

话一出口，不仅李新民退后了一步，严小青自己也退缩了。刚才净顾着臭美了，都没看价签。不过严小青心有不甘，问："那有没有这么大的，级别不太高的？"

售货员又拿出几款，最便宜的也要四万多。李新民按捺不住了，也顾不上售货员的眼神，直接就对严小青说："不就是一个戒指吗？干吗非得要钻的？你看人家外国电影里，在教堂结婚，新郎新娘互相戴的都是白圈儿，哪有钻啊？"

售货员适时地说话了："先生说的没错。钻戒是用来求婚用的，婚礼仪式上互相戴的，是白金对戒。这样的我们这里也有。"

李新民恨死她了。

严小青倒是顺从地又去看了看对戒，可看完了嘴角也撇开了，跟李新民嘟囔："什么呀跟顶针似的，一点都不正式。我就要带钻的。"

李新民咬牙说："你随便吧。看看你有多少钱！"

严小青比李新民有谱儿，左挑右选，终于打定了主意。严小青最后挑了一款二十分、亮度和级别都一般的钻戒，不到八千块钱。戴在手上，严小青左看右看都很满意。她对李新民说："也不能太大，弄得跟暴发户似的；这个就好，你看这圈，大小正合适，就跟给我定做的似的。我喜欢！"

李新民附和："是，好看。"

售货员拿着戒指对严小青说："戒指圈里有钻石的编号和重量，您要是需要改圈一个月之内拿着发票和证书回来找我。"

严小青笑呵呵地说："不改！多合适啊！"

离开了珠宝柜台，严小青一路上小心翼翼地把戒指摘下来两回，凑到灯光底下看。李新民不解地问："你看什么呢？"

严小青说："我就是看看，克拉数没错吧？刚才交钱的时候你也不帮我盯着，让她掉了包怎么办？"

李新民"扑哧"一声乐了。

可是仅仅两天以后，严小青就怎么看怎么觉得这戒指不顺眼了。这天是严小青和闺蜜的聚会日，好姐妹马上就嫁人了，三个人凑在一起吃饭。

严小青这两个闺蜜，李新民都领教过，在他看来都不是善茬儿。杨欣、李洁，都是严小青的中学同学，以前三个人住得很近，上下学都一路走。可是如今，三个人的生活状态、工作环境都发生了很大变化。杨欣当初考的是个外事职高，按理说出来也就去酒楼当个服务员。可是他们家家底厚，只念了一年就被家里送出国去了。在新西兰弄了个大学文凭，人家回来就成了海归。现在在写字楼的外企里工作，虽说干的就是一般活，可是眼界开了。一张嘴就是"你们北京"、"你们中国"的，有几次李新民都想打断她问问，她是哪儿人。

李洁呢，中专学的是财务，之后自己又续了本科，现在在单位里当会计，老是觉得自己特有文化，现在酷爱谈理财。什么金条、股市、基金、炒房，说的一套一套的，就是没看见她挣钱。严小青只要一说跟她们俩吃饭，李新民就躲得远远的。

这天就是严小青一人赴宴。本来是要显摆一下的。严小青拿了自己刚洗出来的婚纱照，把手上的钻戒仔细擦拭了，打扮得花枝招展的就来了。

照片一拿出来，两个姐妹还是很给面子的，杨欣说："还是小青有眼光。你看这几套衣服，就是好看。我们单位的同事上周也去拍婚纱照，哎哟照的那叫一个土，还烟熏妆。我跟她说，你们中国人那小眼睛不适合烟熏妆，不听，照出来跟鬼似的。"

李洁也说："真不错！才七千多，我觉得挺值。性价比多合适啊！"

严小青喜滋滋地又把手伸出来了，等着听到更多的赞美。结果，严小青很失望。

杨欣先是很夸张地"哟"了一声，马上就抓住严小青的手说："我说小青，咱也太老实了吧！这样就把李新民给放过了？这么一小豆儿，他糊弄谁啊？"

李洁也皱着眉头说："就是，小青。你不能太让着你老公了。这么小一个都不能叫钻戒吧。我跟你说，这钻戒就得买大的，买大的才保值！他给你买一个这么小的，这也就十几分儿吧……"

严小青不高兴地插嘴说："二十分儿！"

李洁接着说："是啊，才二十分儿，过两年再看就是个垃圾！你知道这东西在香港买多便宜吗？"

杨欣紧着插嘴说："还香港，在新西兰也便宜得很呢。这么小，都不能算是奢侈品。不行，让他再给你买一个大的。"

严小青噘着嘴说："我试过了。那么大的，戴上跟暴发户似的。"

杨欣抢着说："你戴一大金砣子，当然是暴发户了；可你这是钻石，不大不行的。"

李洁看了一眼严小青的脸色，揶揄地说："要不，干脆就不要钻。蒂芙尼的纯银对戒也漂亮，还保值，还有品位。也不贵，一对儿下来，一万块钱也够了……"

严小青瞪着眼睛说："银的还一万多？抢钱啊！"

杨欣和李洁齐齐地笑了。杨欣说："小姐，好歹人家那是蒂芙尼，世界著名珠宝品牌。人家那个小不要紧，银子也不要紧，您这个就不行了。小了，真的显寒酸。"

严小青脸色越来越不好看了。杨欣和李洁也不傻，又开始哄着严小青唠。李洁说："小青，你找的这老公真是一绩优股。医生、大学毕业、铁饭碗。你想想，这样的老公你替他省什么？反正以后挣得不会少！"

杨欣也说："就是！你看我们公司里那些中国小白领，天天加班能加出多少钱？你们家李新民一看就是能挣钱的，你不花，小心以后被别的女人花了去。"

几句话，又把严小青的脸色给说回来了。

聚会后的第二天，严小青拿着发票、证书就去了商场。她去了找的谁说了什么李新民都不知道，就知道回来以后，严小青的手上明显闪烁了很多。严小青得意地跟他说："我把二十分儿的换成四十分儿的了。"

李新民的汗都下来了。好在严小青没有告诉他具体的价钱，李新民也本能地关上了耳朵。他想，就让这个数字成为我一辈子的历史谜团吧。

二十四

"啊"

　　李新民的婚礼最终定在了五月。老北京讲究"正不娶、腊不订"，挑了一溜日子，最终选在了五月份，劳动节后。最终定在这个时间也是严小青的主意。春节太冷了，三月份还没回暖，只有五月份草长莺飞，穿得了婚纱。

　　李新民的婚礼并不算大范围。一来所有的女同学、女同事都不能请，这就省去了一半人。大学的很多同学都不在北京，受邀的只有中学时代的几个发小。父母这边主要是亲戚，来的唯一一个年轻的女孩还是李新民姑姑的女儿，他的表妹。

　　严小青这边也主要是亲戚，但是女孩子也来得不少。幼儿园的同事都是女的，她自己的闺蜜也是女的，酒店里花团锦簇地一坐，蔚为壮观。

　　参加婚礼对于未婚女青年来说，是门学问。杨欣和李洁都没有结婚，连固定的男朋友都没谈。在严小青的婚礼上，两个人都被邀请担任了伴娘。在中国给人家当伴娘，服装是要自备的。两个人背着严小青仔细合计了好几次，最终决定自己出血，置办一把行头。这种心情很微妙，只有少部分原因是为了帮自己姐妹长脸；大部分原因是希望婚礼当天真正能惊艳全场的那个人是自己。

婚礼当日，杨欣和李洁两人都大包小包，恨不得各自还要带一个助理。按照习俗，严小青是要以两套衣服贯穿全场的。一袭婚纱外加一身旗袍。严小青穿什么已经不是秘密，拍婚纱照的时候就签了合同，婚礼当天影楼要无偿租借两身衣服。所以，严小青这两身婚礼服装秘密早早就曝了光。

这就让两个伴娘占了先机。婚礼当天，两位伴娘早早来到严小青家，帮着严小青换完衣服，只是匆匆奉承了几句就前后脚不见了。等严小青化好妆坐下了，这两位闺蜜也一前一后地从洗手间里出来了。

杨欣穿着宝蓝色绸缎抹胸小礼服，虽然裙子不长，只是及膝，但是亮泽的缎子和脚上闪亮的黑高跟鞋呼应在一起，质感绝对盖过了租来的、影楼里的劣质婚纱。

李洁穿的是青绿色吊带的纱裙，这衣服在大街上绝对穿不出去，显得很是风尘。但是在酒宴上，这种轻薄的风情似乎刚刚好，颜色上也更容易抢占眼球。

严小青在那一刻很是后悔为什么请她们两个站在自己身边。

好在两个人还算聪明，在妆容上没有再过分比拼。严小青画的是影楼里的浓妆，基本上分不清五官的那种；这两个人都是自己化的透明装，也称"裸妆"，看上去都很正常。但是严小青还是眼里出火，这两个人不管长得如何，但是双双都有一副瘦肩膀。严小青的肩部以上是不敢轻易外露的，不然从后面看会误认为是个男人；可杨欣、李洁就敢，她们肆意地用抹胸、吊带把自己的肩膀锁骨都露出来，挡不住地招摇。

这一切，李新民都不知道。他按照事先安排的顺序从自己家出发，带着浩浩荡荡的队伍来到丈母娘家——其实也是他自己住的地方，接新娘。坐在屋里的新娘，脸上既没有他想象中的娇羞，也没有传说中的紧张不安，他看到的就是一张不高兴的脸。

李新民没时间在意这些。婚礼主持人给他安排了一堆节目，他要说好话、被一屋子的娘家人戏弄，给严小青的表妹表侄女塞红包，然后还要等着丈母娘拉着严小青的手唱一出伤别离……折腾了两个小时，他才把严小青抱上车。

从家里到酒店，车程并不长。在这有限的时间里，严小青居然一句话都没说。李新民微微有点紧张，他不知道自己哪个环节出了错。

车到酒店，迎亲的队伍已经浩浩荡荡地等在那里了。门童过来开门，第一个跑上前来的是一个八九岁的小帅哥，笑盈盈地抢着来开门。李新民有点发蒙地看着他，不认识啊。小帅哥看他一眼也愣了一下，既而哈哈笑着回过头去说："错了错了，不是他们，是别的结婚的！"

小帅哥后面跟着的一群人都笑了。李新民和严小青面面相觑，停了几秒钟，才看见李新民的大爷二姑挤过来，笑着说："是我们家的，来了来了。"

李新民赶紧下车，把严小青也拉出来。李家的亲戚和后面车队里出来的严家的亲友一起起哄："抱着抱着！"

李新民笑呵呵地一把抱起严小青，正要进门。刚才跑过来的小帅哥不合时宜地喊了一句："他们是坐奥迪来的，咱们家的是奔驰！"

这句话让严小青很添堵，让李新民很沉重。

李新民抱着严小青，有点气喘地进旋转门，刚进去，旋转门就和严小青的拖地婚纱发生了亲密接触，婚纱的一角掩在了门缝里。跟在后面的杨欣和李洁赶紧跑过来救场，又拉又拽。小青妈又喊了门童、保卫，都快把门给拆了才把裙子给拽出来。这中间的十几分钟，李新民就那么抱着严小青，都快虚脱了。

上楼以后，在双方亲友团异口同声的赞美声中，严小青的脸色渐渐缓和了，再加上杨欣和李洁鞍前马后的很用心，一个跟在后面帮着接红包，一个端着酒杯酒瓶，时刻准备着为新娘子挡酒。这样的举动，让严小青很是舒心。

李新民是没人给挡酒的。北京的五月天已经开始热了，几杯酒下肚，第一次穿西装的李新民就觉得脖子被领带勒紧了，脸上也开始烧得慌。李新民的表弟一直充当着伴郎的角色，可是除了给李新民的酒杯里倒酒以外，不会干别的。一双眼睛，除了看酒杯就是盯着前面的两个伴娘看了。

喝了也就四桌，李新民就有点撑不住了。他也顾不上仪态，把酒杯往表弟手里一塞，就跟踉踉跄跄地往外走，找洗手间。他扶着桌子出来，自认为脑子还是清醒的，可就是走不直路。看着洗手间的指示走过来，面前出现的却是电梯。李新民看见明晃晃的电梯门，愣了一下，反应了几秒钟，意识到走错了。就要回头继续找厕所的时候，电梯门"刷"地开了，一个人在里面没有思想准备地看见了他，他也没有任何思想准备地看见了那个人。两个人同时"啊"了一声，他的酒醒了一半儿。

二十五

梁丽、梁丽……

电梯里的人愣了，既而笑了，缓缓从电梯里走出来，笑着对李新民说："李新民。"那声音叫得李新民心都酥了。

李新民踉跄了一下步子，顶着怦怦作响的心跳，傻呆呆地说："梁丽？"

梁丽笑盈盈地看着李新民，挑衅地说："怎么了？刚分开几年啊，就不认人了？"

李新民颠三倒四地赶紧解释："不是……我……你不是出国了吗？"

梁丽娇声说："出去了就不许回来了？这都两年多了，就不许我想念一下祖国？"

李新民心跳加速了，急忙解释："许！许！你这是……"

梁丽很自然地跨前一步，越过了男女间身体的安全距离，很私密地对李新民说："我老公的妹妹结婚，他回不来，我替他回来参加婚礼。他那边正准备毕业论文，太忙了。"

李新民羡慕的神色溢于言表。他关心地问："那你呢？"

梁丽自嘲地笑笑，说："我可做不了学问，像我老公那样一念就念到博士，有什么意思？我以后可要经常回国了。我找了个医药公司，他们未来要拓展在华的业务，我正努力争取呢。要是可以，我就半年美国半年北京，这样多自由！"

李新民更羡慕了，简直都快嫉妒了。

梁丽停住自我介绍，又转过头认真端详起李新民来："你呢？你这是？"

李新民突然觉得有点尴尬，说："今天我结婚。"

梁丽笑得捂住了自己的嘴。李新民有点不高兴，说："我不能结婚吗？"

梁丽摇摇头，说："哪有！我是觉得太快了，你都结婚了！"

李新民反驳她："你结得更早！"

梁丽不屑地说："我那是为了出国！你也是？"

李新民差一点就说出来："我那是为了房子！"

梁丽接着笑，说："新娘子是干什么的？漂亮吗？"

她问了这句话之后，李新民才想起还没好好看看梁丽。身材没变，还是珠圆玉润的；皮肤也不错，满白皙；身上穿的明显是好衣服了，说不出来是什么质地，但是一件连身裙很匀称地包裹在身上。当年对李新民是致命诱惑的地方现在仍然很诱惑，丰满的胸依然坚挺，一双高跟鞋衬得一双腿更长了。李新民不知道自己是醉酒还是无法自持，一时焦急得找起厕所来。

梁丽看出了他的难受，很自然地过来挽起他的胳膊，说："走，我带你去洗手间。"

李新民跌跌撞撞地进了洗手间，胃里没什么东西，干呕了几下，出来用冷水狠洗了几把脸，脑子渐渐清爽了一些。梁丽不知道什么时候又站在了李新民身后。李新民抽出几张擦手纸，眯着眼睛，还没等擦，梁丽的纤纤玉手已经上脸了。李新民突然感到时空转换、乾坤挪移，仿佛又置身于四年前的小树林了。

梁丽慢腾腾地在李新民的脸上挪动着自己的手，用一张纸巾星星点点地擦拭着他脸上的水滴。李新民不敢睁开眼睛，黑暗中就觉得梁丽的呼吸越来越近。突然，李新民的脖子被环绕住了，那个曾经很熟悉的身体又撞回了他的怀里。梁丽娇嗔的声音在李新民的耳垂下边低低传送："你想我吗？"

李新民此时此刻说不清楚自己真实的感受了。他只知道，如果是在昨天的这个时候，梁丽这样出现，问同样的话，他一定会奋不顾身地跟梁丽私奔。可是现在，他穿着新郎装，在酒店的那一头还有一个女人正等着和他迈向新生活。他能怎么样？他能说什么？

梁丽吃吃的笑了，用正常的声音说："别害怕，我没别的想法。就是想看看你是不是还记得我。"

李新民缓缓睁开眼，真切地对梁丽说："我一分钟也没忘过你。"

梁丽的虚荣心得到了极大满足，得意地笑了。

李新民不敢再停留，急急地要走。梁丽拉住他，问他要了电话。随后，梁丽暧昧地说："我过一段时间就会回北京。到时候，我们再联络。"

李新民点点头，就要转身，梁丽又拉了他一下。他回头，梁丽冷不防凑上去，在李新民的脖颈处轻吻了一下，然后放了手。李新民如驾云一般，又踉踉跄跄地去了。

回到酒桌边上，严小青怒目而视："你死哪去了？"

李新民哆哆嗦嗦地解释："喝得有点多……我去洗手间了。"李新民真希望，刚才的一切都是自己喝多了之后发生的梦幻。

严小青呵斥李新民："瞧你那点出息！赶紧，替我把那两桌敬了，我该换衣服了。"

说完，严小青带着杨欣和李洁转身去了。李新民见她走了，如特赦一般，游走到下一桌，不用人劝，拿起酒来就喝。大家都以为李新民今天高兴，也都跟着起哄。喝完了再倒，倒完了再喝，李新民真想就这样喝死算了。

严小青高高兴兴地换装回来，李新民已经喝得都不认识人了。严小青很得意自己的这件旗袍，是在影楼里千挑万选出来的，为了这套衣服，照婚纱照的时候还多加了几百块钱呢。换的时候，杨欣一边夸这件衣服一边有点得意地说："幸亏我们俩有准备，知道你要穿旗袍，我们也带了。不然，一会儿你出去，我们俩还这身，跟你多不搭啊！"

李洁也说："就是！这也就是为了你，换了别人，我们可不舍得自己出血置办衣服。"两个人一席话，说得严小青有点不好意思了，觉得之前还气她们跟自己争美，是有点小肚鸡肠。三个人高高兴兴地各自换了小礼服。杨欣的是金丝绒的小旗袍，短袖，但是质地好。李洁的粉色贡缎旗袍，但是肩膀部分是欧根莎，朦朦胧胧地透着性感。三个人一出场，主持人大呼小叫地一吆喝，也博了个碰头彩。三个女性各自都把得意的笑容挂在了脸上。

严小青换了衣服，很自然地回到李新民身边。这时候酒过三巡，主持人开始搞节目造气氛了。李新民晃晃悠悠地被表弟和二姑给推上台，和严小青表演吃苹果。一个小苹果，用丝线拴着，被李新民的发小儿高高拎起，两个人要同时用嘴去咬。当然是咬不到的，恶搞的人会不断地把苹果拎起来，制造新郎新娘拥吻的场景。台上如同耍着两只猴子，台下的看客们借着酒劲吆五喝六。李新民的脑袋一波比一波大，当苹果被第 N 次拎起的时候，他的生理反应终于战胜了理智，肚子里的酒精与食物的混合体一股脑涌上口腔，如同喷射一般爆发出来。

站在椅子上的发小儿看见这一幕，赶紧扔了苹果来扶他。可是已经来不及了，可怜严小青，成了无法避免的受害者。她下意识地双手掩面，但是手上、头发上、眼睛上、美丽的旗袍上……刹那间都是秽物。看到这一幕，全场鸦雀无声。几秒钟以后，严小青的哭声出来了。杨欣和李洁这才反应过来，三步两步跑上来拉着严小青就往洗手间跑。

新民爸妈也跑上来。此时的李新民刚刚酣畅淋漓地解除了胃里的沉重负担，昏昏欲睡了。

二十六

身怀有孕

结婚三个月，严小青怀孕了。

严小青是在单位发现这个情况的。大中午的，好不容易把一个班的孩子侍候得吃完了午饭，哄着去睡觉了，老师们才能得空填肚子。当天中午伙食不错，吃鸡腿、土豆丝、白菜豆腐汤。严小青看着鸡腿突然觉得很亲，特想吃。一条鸡腿三口两口啃完了，还是觉得肚子里空落落的。她又赶紧扒拉米饭，片刻间，一碗饭、一盘子土豆也下肚了。

严小青擦擦嘴，不太甘心地抬起头来，别的老师还在吃着，有说有笑的，只有自己，像饿了好几顿似的。她自言自语地说："没吃饱。"

旁边的同事小林一听见她这么说，笑呵呵地就把米饭给拨过来了："给你半碗。我没动呢，我要减肥，得少吃点。"

严小青也笑着耍赖："那你肉也别吃了，都给我吧！"

小林麻利地把鸡腿也给夹过来了。还有其他的同事又给夹了几筷子土豆丝，一边夹还一边说："今天这菜好吃吗？我怎么觉得一般啊？"

小林笑着说："肯定是早上没吃饭。起晚了吧？"

严小青认真地想了一下，说："不对啊，我吃了。一根油条，一碗粥，还有两个小包子呢。"

一起吃饭的同事都看着她，齐齐地笑了："那你可真够能吃的！"

严小青也担心自己吃得太多了，很愧疚地看了一眼自己的腰，生怕它吹气似的就鼓起来了。旁边一个大姐暧昧地笑了一下，说："小严，是不是有情况了？能吃，睡得怎么样？"

严小青没在意地说："我天天都吃得饱睡得着。"

大姐乐了："能吃能睡，你去查查吧，兴许是有了。"

女孩子们都笑了，小林推她说："我看像。你赶紧去医院查查吧。"

大姐说："还用去医院，药房买张试纸，当时就知道了。"大伙看着严小青，严小青含糊了。

孩子们睡午觉的时候，严小青偷偷溜出来买了一张试纸。在洗手间里等结果的时候，严小青的心情极为复杂。两个人一起生活的时间才几个月，这个时候迎接一个新的生命实在是太突然了。但是应该不应该要呢？好像应该。趁这会儿年轻，身体底子好，生孩子肯定是适宜的。但是谁给看呢？那只能是自己妈带了。一想到这事，严小青就气不忿："美死他们家了。"

试纸的横道是两道。严小青屏住呼吸，又仔细看了一遍，确认无误，就慌慌张张地跑出来给李新民打电话："老公，我怀孕了！"

正在药房里百无聊赖的李新民猛地听到这个消息，都傻了。婚后这几个月，李新民如同腾云驾雾一样，始终没有找到真实的感觉。的确，每天回家都有现成饭，家里都热热闹闹的。他们小两口也住的是三居室里最大的一间卧室，享受着每天早上最早的一抹阳光。可是李新民心里老是觉得不太舒服，住了两个月以后，他发现了问题。在这个家里，他好像始终是个客人。人家是一家三口，自己是外来的。这个家，不是他和严小青的专属，不是为他们俩量身订做的。他在这里生活，但是他什么都说了不算。家里这些人好像也没有征求他意见的习惯。家具放在哪，电器怎么摆，严小青的妈说了算，严小青顶多指挥他当个苦力，没人想问他的意见。

眼下严小青又爆出了这么一个惊人消息，这让李新民实在是措手不及。在这件事上严小青的做法也是一贯的，告知即可。她在电话里兴奋地哇啦哇啦地说着，之前自己的那点小迟疑、小犹豫在李新民面前全都演化成了高兴。李新民想插一句话，想问问严小青，是不是真的要这个孩子。但是李新民始终没有机会插嘴。

晚上回到家，早一步回来的严小青俨然已经开始享受高干待遇了。客厅里最舒服的沙发已经给腾出来了，丈母娘又不放心地多放了一个垫子。小青爸被责令不许在闺女出现的地方抽烟。每天晚上吃什么，闺女说了算。

李新民看见丈母娘、老丈人两张喜悦的脸，又把对孩子的疑问给咽回去了。

好不容易等到夫妻俩进入自己的房间，李新民这才有机会跟老婆说上两句私房话。严小青根本没注意到李新民脸上的犹疑之色，自顾自地换上了睡衣，在大衣柜的镜子前反复看自己的腰身，一边看一边自言自语："什么时候就显形了呢？"

李新民小心翼翼地问："老婆，你确定，真的是有了？"

严小青瞪了李新民一眼，说："废话！试纸测的，还有错吗？"

李新民咽了一口唾沫，稍显紧张地问："那，咱们要吗？"

严小青一听这话，猛地一下把头回过来，直勾勾地瞪着李新民，声音也提高了八度："你什么意思啊？不想要是不是？"

跟丈母娘、老丈人住在一个屋檐下，李新民已经习惯性地说话关门、低声。他赶紧往下压严小青的嗓门和火气："不是不是。我是替你担心，咱们都还年轻，你这刚结婚就怀孕，会不会对你工作有影响？"

严小青直勾勾地看着李新民，说："影响个屁！我们劳动妇女结婚生孩子那是受《劳动法》保护的，我影响谁了？"

李新民嗫嚅地说："我是说，咱们还年轻，是不是晚两年再……"

李新民的"考虑"一词还没说出口，就被严小青劈头盖脸地按回去了："你给我滚！你自己干的好事你现在不认了是怎么着？我告诉你，我要！这家里，吃不用你的、穿不用你的，你还得着脸了是吧？晚两年？说得好听。那现在怎么办？你让我做了去？你怎么不去受这罪啊？晚两年？晚两年你还生得出来吗你？"

李新民赶紧求饶，赶紧表态自己不是那个意思。他生怕严小青再嚷下去，丈母娘就破门而入了，那时候自己长多少张嘴都别想说清楚了。

严小青看见老公很快服软，也深知见好就收，缓和了一下语气说："你还没跟你们家说呢吧？我明天去一趟医院，再化验一下。我们同事说了，得去医院建什么生育档案，检查完身体才能生。你等我信儿，完了我告诉你，你跟你妈说啊！必须得说！我们同事，怀孕了之后人家婆婆立马就给塞一大红包！你也是独子，我倒要看看，你们家把我当不当回事！"

李新民没想到这里还有红包的事，只好先答应着。

新民爸妈当然高兴。接到儿子电话，新民妈嘴角当时就咧开了，一个劲说自己没选错儿媳妇，这么快就能生养，趁着自己还不算太老，早生孩子还能帮着带呢。

李新民在电话里听着老妈的兴奋激动劲儿，也插不下话去。等老妈絮絮叨叨地兴奋完了，李新民小心翼翼地问了一句："妈，咱们有什么讲头吗？"

新民妈不解地问："什么讲头？"

李新民在电话里吞吞吐吐地说："就是，严小青怀孕，你们要不要给……红包？"

新民妈在电话里停了几秒，李新民觉得心都要跳出来了。他生怕招出老妈后面无休无止的数落来。自从跟严小青结婚，李新民心里清楚，自己爸妈的老底估计都快倒腾光了。这么隔三岔五的要法儿，谁家也扛不住。

可是电话里，沉默之后传来了笑声。老妈说："那当然得给啊！那是给我生孙子，我们当公公婆婆的得表示。图吉利嘛！你甭管了儿子，星期六带着你媳妇回家吃饭啊！你这些天可得照顾好了她，怀了孕的女人都脾气大，可不许惹她不高兴！到时候，孩子的脾气都不好！"

二十七

就这么点儿？

　　拿到了婆婆给的红包，严小青并没有喜笑颜开。拿手一接，都不用使劲摸，就知道这信封里薄薄的没多少钱。趁着饭前洗手的时候，严小青快速地把揣在上衣兜里的信封又拿出来，不甘心地把钱掏出来又点了一遍。没错，一千五百元，就这点钱。严小青气得想把信封拽在李新民脸上，转念一想，自己跟钱又没仇，蚂蚁也是肉，还是收着吧。

　　晚上回到家，严小青换上睡衣关上门，开始跟李新民谈话："咱们明年就是一家三口了，你有什么打算？"

　　李新民茫然地把头从电视屏幕上转向严小青，反问："什么打算？"

　　严小青似乎真的很有妊娠反应，这些天来脾气明显变大。一看李新民这样，她顿时来气了："你说什么打算？以后孩子生了多张嘴，他要吃奶粉，用纸尿裤，要上幼儿园上小学，你一个当爸爸的准备好了吗？"

李新民今天也有点生气。本以为接了婆婆的红包，老婆能给点笑脸。结果，一整天都没个笑模样，在家里对自己妈还爱搭不理的。李新民知道，严小青从一开始对自己父母就那么回事。可是如今，你都要当妈了，总得对公公婆婆好点吧！李新民瓮声瓮气地说："我没准备好。之前我就跟你商量，眼下能不能先不要孩子。等几年，咱们条件好了再要。你不听啊！你赖谁？"说完，李新民又把头转回电视机，继续看他的电视剧。

听见这话，严小青一把抢过李新民手里的遥控器，按掉开关，怒视李新民："你说什么呢？你有没有良心？你自己干的好事，你不要？你什么意思？什么叫没准备好？就你这德行，你准备得好吗？"

李新民的火也被拱起来了，泥人还有土性，何况一个大小伙子。他"腾"的一下站起来，指着严小青说："我这德行怎么了？我这德行不是被你们家看上的吗？不是有人还主动拽我上床吗？你……"

李新民的话没说完，严小青愤怒的一记耳光已经真真切切地抽在了他的脸上。

李新民被打愣了。上高中以后，他除了因为梁丽的事自己挨过老妈一巴掌以外，别的打还真没受过。李新民的火气没被打起来，反而被打回去了。他捂着脸，愣在那里。严小青可不干了，开始放声大哭。在震耳欲聋的哭声中，李新民还是真真儿地听见了门外一片拖鞋蹭地的声音，窸窸窣窣，他们卧室的门被推开了。李新民看见硬闯进来的岳父岳母，心里又嘟囔了一句："怎么又没锁门！"

丈母娘看见闺女哭成了泪人儿，赶紧"宝贝儿"、"心肝儿"地叫着，胡噜着闺女的头发就冲李新民发飙："你不知道你媳妇怀孕了吗？小两口没事吵什么吵？你一个当老公的怎么就不知道让着老婆？结婚的时候你爸妈没跟你说过？"

李新民看见老太太气焰就损失了一半。老丈人悄声问了一句："为了什么啊？"

李新民沉默了，他也说不清楚到底是为了什么，吭哧了一下，他指着严小青说："你们问她！"

严小青迅速抹了一把脸上的鼻涕眼泪，跟自己妈哭诉："他说他不想要！还说我上赶着！我怎么那么贱啊我！"

李新民赶紧往回拦严小青的话："我不是那意思。"他生怕严小青没轻没重地把两口子之间斗气的话全倒出来。

丈母娘瞪着李新民："那你说，你什么意思？"

李新民难得说话能这么流利："我就是说，我们现在经济条件一般，现在要孩子不太合适。我又没说我不要，这不是商量吗？再说了，是你问我有没有准备的，我是没有准备好嘛。"

严小青刚要还嘴，丈母娘挺身而出了："姑爷！这可是你的不对了。你媳妇都怀上了，你还告诉我们你没准备好？你是男子汉，那养家糊口的事是你的责任。你以前没准备好，现在知道了，你要当爹了，你就得努力了！你要是不准备，你们家就得准备，我们姑娘肚子里的是你们家的种，难不成让孩子生下来喝西北风去？"

严小青一听这话如同被提醒了，从桌子上拿起那个信封摔在床上，对自己妈哭诉："我上星期就跟他说，让他告诉他们家我怀孕。你们看看，这么大的事，就给我这么点意思。恶心谁呢？"

老丈人拿起信封，把眼神探进去目测了一下数量，缓缓地对严小青说："闺女，这就是你的不对了。人家婆家给的，多少是个意思，哪能嫌少呢？"

丈母娘迅速瞪了老伴一眼，抢过信封，用手指迅速一捻，半笑不笑地对李新民说："论理，这话我不该说。可是李新民，你在家里是独子，结婚前你妈就跟我说过，你是什么三代单传。你叔叔大爷家里都是女孩，你们老李家就你这么一个男丁。你妈千叮咛万嘱咐，一定让我们小青给你们家生孩子，别学什么时髦的不生养。如今我们做到了，你再瞧瞧你们家，你呢说什么没准备；你妈呢，就拿这么点……打发我们是吗？"

李新民正要开口为自己妈辩护，老太太又一摆手，止住了他："要说你们家里的条件，我们也知道。其实呢，我不是气你妈那里多少钱，没钱咱们有没钱的礼数。你们给买点营养品，买点水果，好歹也是关心关心儿媳妇，小青可是为你们老李家传宗接代呢！那生下来甭管是男是女，都得姓李吧？从怀孕到现在快俩礼拜了，你们家一个电话没打，一句知疼知热的话没说过。难怪我闺女生气，这两天我心里就第一个不痛快！"

李新民眼见着丈母娘的脸色从缓和到严厉，再到凶悍，那神情比自己妈可难看多了。李新民居然不敢说话了，把准备的、打算替自己父母辩护的那些词都丢到爪哇国了。

看见女婿彻底失声，丈母娘又反过来数落闺女："小青你也是，这算什么事啊，你这么又哭又闹的？我不是吓唬你啊，怀孕的时候你火气有多大，你以后生的孩子火气就多大！你自己不注意，糟践自己身子，以后倒霉受罪的是你自己。等你到了我这个岁数就知道了，什么人也指望不上。你这个傻丫头啊！都这么大了，还让我操心。"后面这两句话，显然是有针对性地对李新民说的。

严小青的哭声早就没有了，脸上的泪痕也干得差不多了，只有眼睛里还满是火气。

李新民跟严小青领证前后也过了有大半年了，知道这个时候认错是最佳时机，赶紧过来当着老丈人丈母娘的面给老婆赔不是。他会哄严小青，上来就拉手，拉上了就开说："小青，我真不是那个意思，你别生气了。我错了还不行吗？"

严小青刚要说话，丈母娘又抢先开口了："李新民，我插一句，光说不练可不行。我也听明白了，你一个男子汉，如今房子我们给你预备了，你工作又稳定，你们俩结婚除了那几万块钱装修费，我们可是没张过嘴。如今小青怀上了，明年你们就是一家三口了。小青小时候上幼儿园可是受老罪了，冬天刮大风，夏天下大雨，都是我们拿自行车后座驮着，以后你们孩子可不能再坐自行车了。你跟家里说说，你们俩这小一年的积蓄，再跟你们家要点儿，买辆车吧！"

李新民反应了一下。他这一年倒是没怎么花钱，可是也没怎么挣钱。每月收入是固定的，因为刚刚工作两年，职称不高、工龄不长，每个月拿到手里还不到三千块钱。严小青也差不多。虽说两人每天回家都吃现成的，也不用交房贷生活费，可是那也没攒下多少钱来。更何况，家里所有的收入都在严小青手里，乍猛的一问，李新民还真不知道自己有多少钱。

丈母娘说完就看着李新民，严小青此时也不做抽泣状了，也看着李新民。屋里四个大活人，可是就在这个瞬间，静得出奇。

还是老丈人打破沉默，看着老伴和闺女说："要不，还是让李新民跟他们家先念叨念叨。买车，也是大事啊！"

丈母娘就着坡往下走了几步，缓和了语气对女婿说："李新民，咱们三家儿怎么也得有辆车。你听我跟你说啊，你爸妈岁数也大了，你妈身体也不太好，以后有个病啊灾啊的，跑医院你还让她骑自行车？我们这边也得指望你们。等有了这小东西……"丈母娘手一指严小青的肚子，"你们就更忙活了。回头你还让小青抱着孩子挤公共汽车去？我们弄房，你们家里赞助辆车，不多吧！到时候，你父母也能享着福啊！再说了，你可得跟你妈说清楚，车买了也是你开。我可不敢让小青学车去，如今大着肚子，就老老实实在家待着。你去学个本，回头去医院检查拉着小青，我们也放心呐！"

对于这样的蓝图，其实李新民在心里已经畅想很久了。他发愣是因为他其实比在座的任何一个人都渴望能拥有一辆车。他咽了一下口水，脸上的神往之色渐渐露出来，几秒钟以后他笑了，对小青说："咱们听妈的，买车。"

二十八

你看着办吧!

李新民答应买车的时候，竟然没想过，自己的爸妈有没有这个能力。他知道这件事在电话里说不清楚，为此还特意回了一趟家。

就在进家门的一瞬间，李新民突然后悔了。他骂自己早就应该清楚家里的实力，就这点家底儿，买车？就算能买，那也是把家底儿都抖干净了。

新民妈看见儿子不请自来，埋怨他为什么不提前说一声，都没准备他的饭。李新民含混地说："我不饿，在医院吃完了过来的。"他一边说的时候一边瞄了一眼摆好了的饭桌，馒头、粥，还有两盘子中午的剩菜。李新民忽然觉得鼻子有点酸。

他对老妈说："你们吃得也太简单了。"

老妈说："电视里头都说了，晚上一定要少吃，要清淡。我们俩都退休了，本来就不怎么出去活动，晚上吃多了存食。"

李新民不放心地又看了一眼饭桌，说："那也不能老吃剩的。你看看，你们俩中午吃得也不好啊！"

老爸一乐，说："中午吃得不错。你妈给炒了鸡蛋，拿烙饼一卷，倍儿香。"

老妈接着说："你今天怎么回来了？你媳妇怎么样？有反应吗？"

李新民摇摇头，说："她挺好，能吃能睡的，没事。我就是过来看看，上礼拜刚给了她钱，你们……手里……"

新民妈突然觉得李新民长大了，还能有心思关心家里了。老妈高兴地说："我们挺好，不缺钱。你甭担心。"

李新民咬咬牙，突然问老妈："你们……一个月能挣多少钱？"

新民妈乐了："我儿子怎么想起问这个来了？"

李新民难得聪明了一回："我就是觉得，我们现在不供房、不养车的，还老觉得钱不够用。你们是怎么过的？"

新民妈的得意之色毫不掩饰地露了出来。老爸拍着儿子的肩膀说："新民，我给你算啊。我跟你妈俩人，她一个月拿到手里是一千一，我比她多二百多块钱，一千三。我们俩一共是两千五，比你一个人挣的还少呢吧！可是你看看，咱们家过得哪儿差了？你说吃，咱们没饿着，你在家的时候，想吃肉、吃带鱼，哪次没让你吃上？你说穿，没结婚的时候，你哪年没穿着新衣服？我告诉你儿子，家有良田万顷，不如贤妻一人。只要你们两口子踏踏实实过日子，艰苦朴素，别乱造一气，这好日子有你们过的。要不，你这结婚、装修，我们上哪淘换钱去？"

老伴这几句话让新民妈很是受用。

李新民迅速在脑子里算了一笔账。爸妈两个人加起来，一个月两千五，一年三万。不吃不喝，攒上十年是三十万。可是李新民知道，他们能挣到一千块钱以上也就是这几年的事情，他们手里不可能有三十万。把自己养了二十多年，念书、吃饭、穿衣，还有爷爷奶奶姥姥姥爷的生老病死，这些一刨，他们手里有没有二十万都很难说。自己结婚装修，老妈拿了五万；婚礼费用、给严小青见面礼，又拿了两万。就算是他们手里满打满算有二十万，这么一减就只剩下十三万。严小青还嫌老妈给她的红包少，那一千五比他们一个人的月工资还多。李新民顿时有些伤感。十三万，就算把父母的家底全掏出来，也只够买辆低端车的。可是，那是父母的所有积蓄啊。

李新民抬头看看老爸，结婚这一年来，老爸的白头发明显多了，老妈也明显老了。李新民忽然觉得自己很差劲，有工作有媳妇，眼看自己都要当爹了，还想着回家来伸手拿钱。想到这儿，李新民坐不住了，借口要回家看严小青，赶紧走了。

骑车回家的路上，李新民想了一路应该怎么跟严小青解释。他想来想去想出一个办法，就是贷款。以他对严小青的了解，说过的事不做那是绝对不行的。而且他相信，虽然只是昨天晚上的一句话，今天白天，严小青和她妈已经有足够的时间把这件事昭告天下了。想必这个时候，严家的七大姑八大姨、严小青的同事闺蜜都已经知道了他们家的买车大计。他想不买，肯定是不行了。

买，那就要看怎么买，买什么样的。李新民其实一直都没放弃过对车的关注。车对于男人，有先天的诱惑力，要不怎么说是"香车美女"呢。这两样东西摆在面前，没有男人能抵制。

李新民是平常男人，又是个胆小的男人。对于美女，自从有了严小青，他就不再奢望了。就算是看见林志玲，那也跟自己无关；但是对车是有渴望的。他梦想自己有朝一日能拥有一辆牧马人，粗犷豪放，很爷们。不过很快他就发现自己的愿望有点不切实际，后来降到了斯巴鲁，再后来又变成了切诺基。现在，他想了想，有辆QQ就蛮不错了。

关键是，即便是QQ，李新民也不想再跟老妈伸手了。这是最大的难题。李新民每个月的收入是自己老妈老爸的总和，他很听话地悉数上交，这是他们老李家的传统，他并不觉得有什么错。上交之后，严小青给他的生活费也是有数的。"在单位吃饭有饭卡，平时交通是骑自行车，身上有一百块钱足够了"，这是严小青挂在嘴边上的话。

李新民算了算，如果自己和严小青这一年的收入加起来，买辆QQ是可以的，就付个首付，每月还贷款呗。现在最大的难题是怎么跟严小青说。

李新民饥肠辘辘地回到家。严小青见他回来晚了，不高兴地问："哪去了？下了班不回家！"

李新民看见丈母娘都收拾桌子了，就知道今晚上得饿着了。他赶紧对媳妇，更是对丈母娘说："我回了我们家一趟。"

丈母娘和媳妇对视了一下，严小青面露笑容地低声问他："说了？"

李新民抬头看见丈母娘的耳朵都快立起来了，就拉了严小青说："咱进屋，我跟你说。"

严小青不情愿地往外抻胳膊，不想进去。丈母娘说话了："小青，你跟新民进屋说去。我这收拾呢，又乱又脏的，你们进屋说。"

严小青这才跟着李新民进来了。

李新民想哄人的时候还是有本事的。当年在学校里对梁丽，一无所有的李新民只靠一张嘴就把梁丽拴在身边了。长期处在老妈的高声之下，李新民自小练就一副温柔的嗓音。虽然眼睛小，但是面对面地聚起焦来，也还是能让佳人含羞的。

李新民揽着严小青的腰走进屋，把严小青搀到床上，又把两个枕头垫在背后，还殷勤地帮着媳妇把拖鞋给脱了。这一连串的动作很连贯，让严小青很受用。

把媳妇侍候好了，李新民开始说话；其实还没说话，李新民眼圈已经红了。厚道地说，李新民的感情是真挚的，把刚才在家里忍住的眼泪在媳妇面前恰当地流出来了。严小青从来没见过李新民这样，男人一哭，女人无法不心软，赶紧问怎么了，出了什么事了。

李新民开始絮絮叨叨地说自己从小长这么大多不容易，身子多不好，自己爹妈操了多少心……自己妈当年内退的时候，全家经济有多紧张；自己老爸出去补差，费了多少神……这些话，要不是李新民就着眼泪娓娓道来，估计严小青早就烦了。现在看着老公来这出，严小青感同身受，想起自己爸妈的不易，居然也跟着一起掉眼泪了。

李新民看见时机到了，开始步入正题："媳妇，你说，咱俩现在挣的，是我爸妈和你爸妈的总和。我觉得吧，我得感恩。咱们住着不花钱的房子，白吃白喝，现在又要买车了。咱们能不能不跟两头老家儿伸手了……我想了想，咱们就算存款不多，咱可以贷款啊。付个首付，我用工资还。我一个男人，怎么也得拿自己的钱让老婆花吧！"

严小青几乎都要怒的时候，李新民适时的一句"我一个男人，怎么也得拿自己的钱让老婆花吧！"让严小青心里产生了莫名其妙的化学反应。她突然间知道了，为什么结婚以来，自己老是对李新民不能满意，就是因为他住在自己的空间里，虽然薪水悉数上交，但是自己的家给他住处、给他饭吃，这一切都让严小青无法认同他李新民是一个男人。严小青对李新民有要求，但是又要求不来。他已经把所有的都交给自己了，还能要到什么？于是，这种要求就延伸到了整个婆家。严小青始终想的就是一点："你吃我的，住我的，你为我做什么了？"

　　如今，李新民掏出了自己的肺腑之言，严小青也渐渐认同了。就算把婆家都掏空了，对自己也未见得就是好事。李新民没回家的时候，老爸就悄悄给自己做了工作："两家都一个孩子，你把他们家底掏光了，以后生病住院到处用钱，还是你们的事。你可得想清楚，不养人家，你们那是犯法……"

　　严小青想到这里，很难得给了李新民一个亲切的笑容。她对老公说："行，就听你的吧。不过咱们手里也没多少钱，要买也买不了太好的。你看着办吧！"

　　李新民结婚一年多，从来没听老婆说过"你看着办！"有了这句话，李新民觉得自己简直是中彩票了。

二十九

意外流产

车还没买，严小青却流产了。

说起来，这事和李新民一点关系都没有。大周末的，李新民奉命去车市看车，新民爸妈惦记怀着孕的儿媳妇，就自作主张地过来看望了一下。新民妈心里多少觉得歉疚，自己儿子结婚，丈母娘给准备了房；如今儿媳妇怀孕，还是娘家侍候着；过些日子要是生了、坐月子，恐怕也得住在娘家，连个骚窝都挪不了。自己和老伴做不了别的，也不能像人家有钱人家儿那样，一掷千金地给儿媳妇扔下几万几十万的，只好平时尽尽心，在家熬个汤、炖个肉的给送来。

今天老两口出来晚了，火上的汤是一早就炖上了，可得三个小时以后才出锅。出了锅，换衣服出来再坐上公共汽车，晃荡到严小青家就十二点了。汤的温度倒还合适，拿保温瓶装着，进了门严小青正好喝。可是小青妈的饭桌正支上，看见亲家来了，没有不留吃饭的理儿。小青爸妈赶紧往里让，小青一看这架势，毕竟公公婆婆是大老远地专门来看自己的，也觉得脸上有光，赶紧起身有眼力见儿地去厨房拿碗拿筷子。

放碗筷的橱柜就在头顶。严小青拿的时候多了一个心眼，不想让公公婆婆用他们常用的餐具，就使劲往里够。她知道碗柜最里面放的都是家里人不常用的。这一够，就得踮起脚；一踮脚就得伸长腰；伸长腰之后，严小青就"哎哟"了。

四个老头老太太赶紧手忙脚乱地把严小青搀到床上。小青妈心急火燎地说："这是动胎气了！你这孩子真是的，没事用你摸高爬低地拿东西？你公公婆婆又不是外人，你瞎动什么呀？"

新民妈听了，顿时觉得这都赖自己。

小青爸跑过去给李新民打电话，偏巧李新民正在4S店里跟卖车的小姑娘逗贫，问东问西的，手机响就没听见。小青妈一见这情况，嗓门又高起来了："这一大早就跑出去了，连个电话也不接，媳妇死了他都不知道吧！"

小青爸皱着眉头说了一句："你嚷什么？"就又赶紧打了120。

等李新民发现手机有未接来电的时候，家里已经没人了，再打回去也没人接。四个老头老太太都跟着去医院了。

李新民纳闷地往家骑车，路上，新民爸用医院的电话给他打，告诉他媳妇进医院了。

李新民心急火燎、满头大汗地跑进医院的产科的时候，四双眼睛齐刷刷地盯着他。新民妈那点歉疚一看见他就发出来了："你野哪儿去了？给你打电话你也不接，一整天就知道在外边！"

李新民半边委屈半边不解："小青让我去看车……"

小青妈当时就来哭腔了："还看什么车啊！小青动胎气了，大夫说恐怕得流产！"

小青爸在旁边安慰老伴儿："大夫也没说一定，这不是在里面保着呢吗？你别瞎着急。大夫还没出来，咱们别自己吓唬自己。"

小青妈不依不饶地说："打从一怀孕我就小心翼翼啊。我什么活都没让孩子干过呀，怎么就这么寸啊……"

李新民不知道老爸老妈为什么会一起出现，他自顾自地认为是自己没接电话，丈母娘就把老爸老妈给喊来了，哪知道其中原委！

正乱着，大夫出来了，跟家属们说："胎儿本身就不太好。我们不建议强行保胎，你们商量一下，最好尽快做流产手术。不然，产妇受罪更大。"

小青妈头一个就问："什么叫'本身不好'？"

大夫看了看李新民，说："你是丈夫吧？我跟你说啊，胎儿发育得不好，即使这次没有掉，等到四个月左右的时候也会不再长了。所以这次流产是好事，不然的话，即使勉强保住，孩子生下来也有残疾的风险。"

四个老头老太太面面相觑，愣了几秒钟以后都拿眼睛看着李新民。大夫在一边说："现在保也保不住了，做不做手术，你们尽快拿主意。"

李新民这个时候没主意。他看看老爸老妈，老妈过去问大夫："要您这么说，肯定得掉了；那要是再做了流产，以后再怀孕生孩子受不受影响啊？"

大夫说："护理好了，在家休养一段时间就可以正常怀孕。产妇的身体没有问题，是着床的受精卵有问题。这种事情现在很常见，跟空气污染、家族遗传、吸烟喝酒……都有关系。所以，你们别着急，这会儿出问题总比生下来再发生问题好。"

大夫说完，又用眼睛看着李新民。

李新民没辙，又去看自己老爸，两个人眼神相遇，老爸闪烁地躲开了。李新民又去看老妈，老妈也叹着气转过脸去了。李新民的眼神无处安置，不得已和老丈人进行了对对碰。老丈人叹口气，对李新民说："既然大夫说了，保也保不住，你就赶紧拿主意，别让小青在里面多受罪了。"

大夫也说："是啊，你们签字之后，我们就赶紧实施手术。打一针麻药，省得病人在里面疼得死去活来。"

这么一说，小青妈赶紧跑过来，抹了一把眼泪说："那赶紧吧！别让我闺女在里面疼着了，你赶紧签字啊！"

李新民稀里糊涂地签了字，然后就和老头老太太们坐在楼道的长椅上开始了漫长的等待。楼道里人来人往，李新民视而不见地耷拉着脑袋，眼睛里看到的全是行走的腿。愣了十分钟之后，李新民心里突然涌出一丝欢喜。他仔细想了想，这个结果正是自己希望的呀！本来就没想要孩子，这孩子来得也太不是时候了。刚结婚，两人的日子还没起步，自己刚刚住了两天宽敞房子，还没怎么着，就要添丁进口。再说，李新民自己对孩子没有一点喜欢，要不是严小青坚持要，他早就动员她打了。现在这个结局，正好。

但是，老头老太太们可不这么想。新民妈心里这块石头算是压上了。小青爸妈那是吃了中午饭的，新民爸妈那是空着肚子。新民妈本来就血糖低，饿一顿就头晕心慌。老伴知道她这个毛病，悄悄过来问："让新民去给你买个面包？"

新民妈赶紧摆手。小青爸客气了一句："要不你们就先回去吧，别……"小青爸的意思是不用这么多人都在这守着了。结果话还没说完，小青妈劈头盖脸就来了一句："你说什么呢？小青是李家的儿媳妇，为了李家流了产，当公公婆婆的不在可不行。万一有个好啊歹啊的，你怎么跟人家交代？嫁出去的姑娘泼出去的水，你闺女现在是人家的人，你别替人家瞎出主意！"

新民妈赶紧说："是是是。我们没事，现在什么事也没小青的身子重要。我们等着孩子出来再说。"说完，瞪了老伴一眼，俩老头都臊眉耷眼地退回去了。

李新民沉浸在自己的想象里，对外界的干扰自然屏蔽了。就在这个时候，李新民的手机适时地振动了，李新民看看四个老人没人注意自己，就起身到拐角处看手机。居然是一条短信："你怎么在这儿？我看见你了。"

李新民诧异地看了看发短信的号码，不在自己的通讯簿里。他费尽心思想了又想，另一短信又进来了："我，梁丽。"

李新民惊讶得差点没蹦起来，赶紧做贼心虚地看四周。那边四个老人的眼睛都在病房出口处停留着。他再看，另一处，一个身着短裙的女人在冲他笑。

他看清楚了，的确是梁丽。梁丽和他眼光对视，用他很熟悉的目光语言往右后方瞥了一下。李新民惊异地发现两个人的默契仍然还在，他快步走过去，梁丽已经转身了。

李新民走到近前才发现，梁丽藏身在右后边的防火通道里，黑漆漆的，但是尚能清楚地看见她本人。李新民走过来，脸上没有任何准备地被梁丽啄了一口，这一个动作顿时让他心潮澎湃。

梁丽笑嘻嘻地看着他："谁病了？带着你妈在这守着？"

李新民立刻冷静下来，他提醒自己，如今躺在手术室里受罪的那个人是自己老婆。他如实说："我老婆。怀孕三个月，流产了。"

梁丽微微惊讶了一下，马上恢复了笑容："你可以啊！刚结婚就怀孕，你够猛的！"

李新民不好意思地笑笑，说："还是没种好，要不怎么会流产？你怎么在这儿？"

梁丽有点得意地说："这医院和我们有合作关系。怎么样？

要不要我给你说说，手术完了找个单间住住？"

李新民奇怪地问："你怎么和医院有联系了？你回国工作了？"

梁丽叹口气，说："有什么办法？我老公在美国都念到博士后了，我又没什么事干。干脆回来做做生意好了。给！"

梁丽伸手从包里拿出一张名片，给李新民。李新民往外借着亮光一看，上面写着"××生物技术公司大中华区总代理"。李新民不由自主地吐了一下舌头，说："你真厉害。这不就是老总吗？都当上总代理了！"

梁丽微微撇着嘴角，看着李新民，说："这不就是蒙人嘛！你想干，也能当。"

李新民笑了笑，说："别逗了。我倒是真想，谁要我啊！"

梁丽的脸上又呈现出了大学时代的妩媚。她对李新民说："你现在干什么？忙不忙？"

李新民自嘲地说："在一社区医院当发药的，你说我能忙吗？"

梁丽眼睛里闪了一下，说："那你挣的怎么样？想不想做个兼职什么的？"

李新民眼睛都放光了，说："想啊！我现在就缺钱，想买辆车还得贷款；贷了款也只能买QQ，我老婆天天说我没本事。"

梁丽莞尔一笑："那你来公司做兼职吧。反正你是学药的，药品药效你全熟。我呢，已经把医院蹚得差不多了，现在公司里大销售代表只需要定期去我们的客户单位推新产品。你每天下班后做一小时，周末也做半天。我们是底薪加提成的，要是你有自己的资源，拉了新的医院进来，还有高额提成。你那么多同学，在那么多医院的药房，这对你不简单吗？我保证你，干一年以后，再笨的人也能开上帕萨特，你还是买辆QQ送你老婆吧！"

李新民眼前顿时勾画出了一派风光。

三十

问题出在哪儿？

严小青很快出院了。住院那两天，新民妈每天一趟，煲好了汤往医院送，可就这样也没见着严小青的一个笑脸儿。

好不容易出院了，该轮着小青爸妈没好脸色看了。天天就那么躺着，做什么吃都不顺口，小青妈心里憋了一肚子火气没处撒，弄得李新民每天回家都跟进雷区似的。

严小青心里也不好受。怀孕的消息同事们都知道了，杨欣和李洁也都知道了，她们嘴上不说，但是严小青知道，对于这两个剩女来说，自己结婚生子是最让她们羡慕嫉妒的。如今，刚三个多月就掉了，传出去，还不得让她们笑掉大牙。

这都怪李新民他爸他妈！没事往这儿瞎跑什么？他们不来，自己就不会去拿碗拿筷子；不去拿碗筷，就不用踮脚伸腰；不踮脚伸腰，就不会流产。每每一想到这儿，严小青就对婆婆恨得气不打一处来。

住院的时候，婆婆每天赔着笑脸来送吃送喝，严小青要么一句"放那儿吧"，要么就闭上眼装睡。如今出了院，婆婆适时地躲了，严小青那点气就全撒在李新民身上了。

今天，李新民小心翼翼地下班回家，手里攥着工资条。工资卡和存折早就交到严小青手里了，密码也是媳妇掌握着。李新民每个月要做的，就是把工资条上交，供媳妇去银行查账，以证明自己没有偷取账户上的钱。

李新民按老规矩，笑嘻嘻地交上工资条。谁知严小青只看了一眼，脸子就沉下来了，指着其中一项说："这是怎么回事？你这月的交通补助怎么少了？每个月不是一百五吗？怎么变成一百三了？"

李新民从来没有关心过这个问题，更没有仔细研究过工资条上分类的数字。严小青这么一说，李新民赶紧凑上前去看。果然，"交通补助"一栏里的数字是"一百三"。李新民赔着笑脸说："是不是你记错了，其实每个月都是一百三啊？"

严小青顿时声音提高八度："你想什么呢？我告诉你，你上班挣的每一分钱我都记得清清楚楚。一共就那么仨瓜俩枣儿，你以为你是大款啊，挣的钱我数不过来！说！这二十块钱哪去了？"

李新民也有点急了。工资卡、存折都在你手里，如今工资条上少了二十块钱，你问我，我问谁去？他不耐烦了，说："会计就这么发的，又不是我贪污了，等明天我问问不就知道了，你嚷什么？"

话音未落，躺在床上的严小青已经把被子枕头全都蹬在了地上，放声大哭："好你个李新民，这刚结婚几天你就不把我当人了？我不就是没怀住孩子吗？这赖谁啊？要不是你妈没事瞎往我们家跑，我至于跑前跑后、登高爬低地干活儿吗？我告诉你，这孩子没了，就赖你们家人！我跟你没完！你妈得赔我孩子！"

李新民这段时间已经对老妈心怀愧疚了。在医院陪床的时候就不满严小青总给老妈摆脸子，现在听见她又这么说，就气急败坏地也嚷嚷起来了："你别拉不出屎赖茅房！大夫都说了，那孩子就是先天不足，这次不掉下次也得掉！就算不掉生下来也是残疾。你不说你自己的地不好，你赖得着我妈吗？"

严小青手边放着一杯果汁，听见这话，连杯子带水齐刷刷地都朝着李新民扔过来了。李新民没防备，连忙往旁边躲，结果肩膀还是中了招儿。玻璃杯被肩膀挡了一下，摔得粉碎；摔碎之前，还不忘把黏稠的果汁全都洒在李新民身上、脸上，弄了一个满脸花。

外边的老头老太太听见动静升级，赶紧撞门进来。小青妈进门就喊："哎哟，姑奶奶，你身子刚好点，怎么又置气啊！李新民啊李新民，你就不能让着点你媳妇吗？她刚流了产，怎么也是个小月子，你不侍候也就罢了，还气她！她这是为谁呀？不是为了能让你们老李家有后吗？"

李新民气得哆哆嗦嗦地连话都说不利索了。

严小青也哭得颠三倒四，控诉老公也找不到重点，最后，就抱着老妈大喊："老天爷怎么就不给我一个健康的孩子？这让我低三下四到什么时候啊？"

李新民手指着严小青，结结巴巴地说："就你……你还低三下四？你不给我妈好脸色，你跟我没完没了……你！你不就是嫌我挣钱少吗？你当初别嫁啊！你现在后悔也来得及，你、你有本事咱们就离婚！反正我也过够了！"

此言一出，屋里顿时安静了。严小青没想到平日里怎么说怎么是的李新民突然口出狂言。小青妈也没想到一向蔫不拉几、自己手拿把攥的女婿能说出这句话来。这可是应了那句"兔子急了还咬人"！

小青妈赶紧给老伴儿使眼色，半天都没轮着说话的小青爸默契地拉着女婿就往客厅里走，一边走一边说："小两口吵架，别动真气、别动真气！"

李新民多少对老丈人还是尊重的，因为在和他相关的三个家庭里，他、老爸、老丈人的地位是那样的相似。他对老丈人有一种同病相怜的好感。

李新民坐在沙发上，委屈地跟老人说："您说，大夫都说了，流产是自然选择的结果。我就是学医药的，我也跟她解释了是怎么回事。她怎么还这样不依不饶呢！再说了，今天就是因为我工资条上有一项少了二十块钱。我都说了明天到单位问一下，她就不干！"

老丈人心有戚戚焉，少有地跟女婿掏了心窝子："新民啊，我这个闺女从小是被她妈给惯坏了。你呢，多体谅。再说，这次，小青她不是着急吗？她想早点给你生个儿子，也是对得起你们家的意思。她这不是怕你们家挑眼吗！我知道，我也跟她说了，婆家是通情达理的。可她这心里急啊，你别往心里去……"

李新民絮絮叨叨地说："这到哪天是个头啊？我忍着，也不能不回家啊！回回吵架都是为了小事，她就是嫌弃我呗！"

老丈人听听屋里的动静，严小青的哭声已经偃旗息鼓，估计老伴给做的工作也差不多了。他悄悄对女婿说："小青她妈年轻时候也这样，嫌我窝囊、没本事。后来我就老找碴加班，我多挣点，我主动值班多交值班费……慢慢儿就好了。你们单位能不能加班什么的？你别天天都按点回来。小青跟她妈一样，觉得男人回来晚、多交钱就是不窝囊。你试试！"

李新民看了看老丈人真诚的眼睛，脑子里出现了一组数字。

三十一

兼职

李新民脑子里出现的那一串数字，是梁丽的电话号码。

经过老丈人动之以情、晓之以理地作思想工作，李新民终于明确了问题所在。这一宿，严小青和她妈睡在了他们的房间里，李新民拒绝了和老丈人"挤一挤"的好意，一个人搬了一床被子在客厅的沙发里辗转了一宿。

他仔细想了自己和严小青的关系，越想越熟悉，越想也越心惊。他发现在很多细节上，严小青和自己的妈是何其相似。他狠狠地回忆自己小时候，老妈也像现在的老婆一样很难有笑容，对自己、对老爸从来都是不满大于开心，指责多于批评。这到底是为什么？

老爸是一个老实本分的人。李新民上中学的时候也好奇过，老妈这样一团火的暴脾气是怎么找到老爸这个软面团的。老妈嘟囔过一句："还不是看他还老实！"可是马上就会补上后面的那句重点："其实是窝囊！"

如今，李新民很明确地知道了自己在严小青心里的形象："窝囊"。可怎么改变呢？李新民骨子里是有很多的"不思进取"和"随遇而安"，可是他并非没有自尊。当一个男人的尊严底线被触动的时候，他的恼羞成怒是必然的。但是李新民比别的男人都强的一点是，他习惯了先检讨自己。这是常年在老妈的高压下培养出来的优秀品质。只要是指责，就一定是有道理的，家里没人让他解释，更不允许他找借口。于是，这一夜，李新民就在反思，也许是自己该做点什么了。

第二天一大早，李新民没跟任何人打招呼，抢在老丈人起床之前出了门，但是他并没有去医院。他给单位打电话请了半天假，他直接去了梁丽的公司。在沙发上辗转的时候，他就跟梁丽短信联系了，说好了第二天一早在梁丽的公司见面。

李新民骑着自行车到了公司所在的写字楼，在高楼林立的CBD，他又经历了一次没地方存自行车的尴尬。这里的地面上，没有他熟悉的车棚子，也没有看似安全的犄角旮旯。他实在不舍得把自己的捷安特跟附近工地的民工车们扔在一起，那样，保不准等他出来的时候爱车就不见了。

他找了一圈，看见立交桥下的停车场里，犄角处放着两辆自行车。他骑着进去，停车场的看车大爷拦住了他："小伙子，我们这儿只存汽车。"

李新民指了指那两辆自行车，说："那不是自行车吗？"

大爷乐了："那是我们工作人员的。您这个，我们可不能帮您看着。"

李新民软磨硬泡了几分钟，最后答应按照一小时两块钱的标准，一样交停车费，大爷才勉强让他把车停进来了。往里推的时候，大爷还不放心地叮嘱："留神！别碰了人家的车！"

李新民忍气吞声地进了写字楼，按照梁丽名片上的指示，坐电梯上了十五层。电梯门一开，李新民立刻在墙上找指示牌，看看应该往哪个方向转。搜寻了半天，他才发现，整个十五层都是梁丽的公司。李新民不由得吸了一口气，瞧瞧人家！

梁丽已经稳坐在老板椅上，静候李新民了。

李新民在前台小姐的引领下，来到梁总的办公室，见到了梁总。两个曾经那样熟悉的人，在窗明几净的办公室里，对坐在宽大的老板台两侧，梁丽的后背和脖颈都有舒适的老板椅支撑着，身子就免不了慵懒，神情也不自主地自得。

李新民坐在平时员工进来汇报工作的小沙发上，为了看清楚老板台后面老板的表情，就要使劲地挺直上身、探着脖子，姿势、脸上的神情也就配合着谦恭起来。

梁丽看着前台小姐转身出去，对李新民莞尔一笑："来了？还挺早的嘛！"

李新民尽可能自然地解释，要不是没地方存车，他会更早。

梁丽"扑哧"笑了一下："什么年头儿了，你还骑自行车？那是找不到地方！我说李大夫，别太省了，挣那么多钱都交给太太，生活是要享受的！"

李新民脸红了："我要是挣那么多就不来找你了。你上次在医院跟我说的，你看，我能干个兼职吗？"

梁丽款款起身，没有直接回答李新民的问题。她走到落地玻璃墙前，伸手拉下了百叶窗。顿时，梁丽的办公室成了私密的空间。

做完这个动作，梁丽回身坐在了李新民身边，坐得如此之近，让李新民有点心慌。他下意识地往后挪了挪屁股，但是梁丽身上好闻的香水味道还是让他沉醉。这个味道当然不同于平常严小青身上混合的化妆品味儿，严小青身上的味道太多了，脸上一个味，手上一个味，脖子腋下又是另外的味儿。这些味道很难和谐地搭配在一起，经常让李新民控制不住地想打喷嚏。

梁丽身上的味道是单一的，应该是一个品牌、一个系列的味道。李新民越闻越沉醉，他暗自掐了自己大腿一下，提醒自己要清醒。

梁丽浅笑，柔声说："你怎么不能干？我就怕你不肯来！你如今在医院里，端的是铁饭碗，看得上我这小庙吗？"

李新民脸都红了："我那就是个社区医院，什么医生！我就是个发药的，你别笑话我了。我现在一个月才挣两千多块钱……"

梁丽很自然地把手搭在李新民的腿上，看着他说："你呢，就是放不下身段儿！我告诉你，当年你的那些同学，家里有背景的，人家进的是大医院、挣的是高工资。没有背景的，人家早早进了企业。你们班李峰你知道吗？刚毕业的时候进了一家民营制药企业，你不稀罕去吧？现在人家已经跳到拜耳了，一个月小两万。你说你今天混成这样，赖谁？"

李新民真的不知道这些。毕业以后，他基本上和同学们都断了联系。一来，他觉得自己混得实在拿不出手，没什么好联系的；二来，下班稍微晚点儿都得请示，跟谁出去了都得告假，这联系起来也真是不方便。

现在听梁丽这么一说，他都恨不能钻地缝儿。他问梁丽："你怎么知道得这么清楚？"

梁丽不屑地说："我来北京做公司，只身一人又没什么关系，起步的时候都是靠朋友。我联系了好多当年的同学，有好几个都是你们班的。好多人都给我干过兼职。"

李新民眼睛一亮，说："那他们怎么干的？你一个月给他们多少钱？"

梁丽看着李新民，忽然摸着他的右边脸颊说："你怎么还那么土？你们班是学药的，分进医院的都在药房。进点儿我们企业的药，那是工作之便，举手之劳！还用我每个月给他们开钱？我们实行的是提成制度，你进了多少我就按比例给你提多少！他们现在每个月都得从我这儿挣个万儿八千的。"

李新民都快坐不住了。

梁丽笑嘻嘻地接着说："反正我们是大公司，所有批文一应俱全；生产的又是合资药，效果也好。我做了半年多了，所有产品出去都没有不良反应的报告。你放心做，我保证你用不了半年，就能开车来了。"

李新民想着就高兴，可是马上又忧心忡忡起来："我不比他们。他们医院大，药房也大，进药能进好多。我们这破医院，小得要命，一年也卖不出多少药去……"

梁丽打断他："说你傻，你就傻一个给我看！谁让你就盯着你们一家医院卖了？你不会走动走动关系？你那么多同学，总比我认识做药房的多吧！你就不会找找关系，让你那些同学也帮你卖卖？"

李新民开窍了，但是马上又问："那他们要是不愿意帮我呢？"

梁丽看见当年那个木讷、不成器的李新民还是那样，她有点动气地说："我给你的回扣是最高的，你就不会拿出点来给人家？无利不起早，人家没有好处凭什么帮你？你给人家分成，自然业务就打开了。你是真傻啊！"

李新民这回才算是彻底明白了。

他立刻情意浓浓地看着梁丽，内心深处对她充满了感激。看他的眼神一有柔情，梁丽的火气顿时就消了。梁丽自己也不明白，当年为什么会看上李新民，看他老实、可以掌控只是一方面；看他是北京人，是另一方面；最重要的原因是李新民温柔起来，一般女孩子还真扛不住。梁丽自己的老公是个书呆子，眼睛里只有对书本的渴求，没有对女性的柔情。梁丽知道老公是铁饭碗，可是李新民，一直就像能随时装在碗里的冰激凌，看着就想吃。

李新民满怀温柔与感激地说："梁丽，我以为你会恨我呢。你这么帮我，我怎么谢你呢？"

梁丽暧昧地笑笑，说："好好干！"

三十二

兼职兼到家了

    李新民把印着自己名字的名片扔在严小青跟前，严小青和丈母娘都愣住了。严小青拿起来，不自觉地念了一下："××生物技术公司，品牌代表。"

    丈母娘问了一句："这是什么呀？你不当医生了？"

    李新民不屑地说："我当着呢。这是一家合资企业请我当兼职，周末的时候帮他们做做业务。"

    严小青问："给你多少钱？"

    李新民就等着媳妇问这句话呢，得意地说："这个，不好说。要看我的业绩了。不过，公司里最差的人一个月是挣五千块钱。人家请我的时候就说了，凭我的能力，半年挣出一辆捷达，就跟玩一样！"

    丈母娘听见这话，顿时眼睛都笑了。严小青竭力想掩饰一下，环顾左右地问："这公司怎么知道你的？"

    李新民在回家之前已经做足了功课，确切地说，是梁丽帮他想好了一切说辞："这家公司刚在北京做业务，找的都是医院药房的专职医生做产品推广。我们有三个同学都在做，就把我也推荐来了。"

严小青没什么可问的了，丈母娘笑呵呵地说："我女婿看来是要忙了？"

李新民故作深沉状："嗯，以后可能晚上就要时不时地出去应酬一下。还有，我做的是兼职，周末怎么也得拿出一半天来跑跑大医院。以后家里的活，我可能就干得少点儿了。"

严小青本能地想说："你什么时候多干了？"转念一想那辆捷达，赶紧闭上了嘴巴。

李新民从此的日子当真过得滋润起来。最重要的是，李新民在枯燥的药房生活以外，找到了难得的乐趣。他惊喜地发现，这个世界上原来还有他感兴趣且愿意做的事，那就是跟人交流。他不怵跟人点头哈腰，不怵跟陌生人套瓷，他一点也不觉得拿着自己公司的样品药去敲医生的门是件尴尬的事。

他喜欢晚上下班之后请一群医生吃饭，自己在饭桌上往往能成为话语的中心。他并不太费力地就能成为引导一群人谈话的中心，这是他在家庭和单位里从来没有享受过的。那些专职的医生，都纷纷对他的双重身份表示羡慕。这也难怪，每个人身边都有一个看不见的围城。体制外的人看见在大医院里端铁饭碗的专职医生，难免可望而不可即；体制内的人又觉得自己受到了太多的束缚，渴望突破。李新民身兼二职，游走在围墙边上，可进可退，当然值得羡慕。

当然，李新民在社交中的自信还来源于经济基础。梁丽没有食言，她给李新民的提成果然是所有医药代表里最高的，这就让李新民能分出更多的部分来给医生。对于很多医生来说，李新民就是财神爷，说不清楚是谁求谁。李新民要是一个月都没来敲门，那医生的荷包也就跟着瘪下去。

干到第五个月的时候，李新民已经能从公司里轻轻松松拿到月薪八千的提成了。这对于李新民来说，是从来都不敢想的。公司的钱每月打卡，梁丽从第一个月开始就告诉李新民，不能对严小青太老实了，每个月取出两三千给她就足够了。否则，女人的胃口会越来越大，你把手里的钱全交了，她也不见得就能对你满意。而且，你手里没有银子，干什么都得朝她要钱，一点自由都没有，还让她瞧不起。

李新民对这套办法心领神会，每个月视提成数目的大小，只拿出不到三分之一交给严小青。果真如梁丽所料，严小青对每个月增加的两千多块钱喜出望外。有了这笔进项，李新民在家里的地位日渐"发抖"，几乎就是抖起来了。每天下午，严小青会亲切地打电话问他回不回家吃饭；如果回来，想吃什么可以随便点；如果不回来，那要记得少喝点酒，早点回家，云云。

李新民深信，两千块钱可以让严小青笑得睡不着觉；八千块钱，会让她想要一万、两万……

做到第五个月，李新民觉得应该感谢一下梁丽了。平时在公司，并不是每次去都能见到她。李新民只和主管自己的部门联系，也只是限于又到了什么新产品，去拿药、卖药。即使偶尔见到了，也没有单独说话的机会，梁丽和他只能公对公地客气一下。

李新民看着卡里累积过万的数字，就给梁丽打电话，说想请她吃饭，谢谢她。梁丽在电话里笑了，柔声说："你还挺有情意！我这里还有点事，你来找我吧！等我一会儿，然后咱们出去吃饭。"李新民喜滋滋地去了。没骑车，打车。

梁丽把李新民约在了自己家。梁丽说自己有点感冒，正在做蒸气浴，做完了再出去。于是李新民就看见了一个轻裹罗衫、光着脚来给自己开门的梁丽。

梁丽笑盈盈地打开门，示意李新民进来，然后就转身又进了浴室。李新民在她转身的瞬间，看见了梁丽裸露在外面的脖子和肩膀上，有细碎的水珠。不知道是汗水还是什么，反正水珠就在她的身体上静静地趴着，让李新民心动神摇。

这是李新民第一次造访梁丽的家。他仔细地看着这套房子，应该有两百平吧。南北通透，客厅有一扇巨大的落地窗，阳光穿透纱帘从外面照射进来，大理石的地面上都是阳光细碎的影子。李新民又探头看了看里面的屋子。梁丽的卧室也是朝南的，大床上的被子随意地铺在上面，还有女主人慵懒的痕迹。李新民情不自禁地走进去，坐在大床上。大床对面的白墙上挂着52寸的液晶大屏，里面清秀的宋慧乔正说着纯正的韩语。

李新民把手伸进床上的被子里，闭上眼睛去感受，那里面还有梁丽的温度。李新民突然在那一刻想，如果当初自己不顾老妈的反对，毅然娶了梁丽，那该有多么幸福啊！可是马上，他就说服自己，如果那个时候娶了梁丽做老婆，梁丽就不会出国，而他也没有能力为梁丽找到这样一份衣食无忧的工作，他更不可能给梁丽打工，挣现在的钱……

李新民闭着眼睛，迎着阳光，在心里对自己说："这就是命啊！"

梁丽的声音从门口传进来："你想什么呢？"

李新民赶紧睁开眼睛，看见一个湿漉漉的梁丽向他徐徐走近。他能感到自己的心跳，越来越快，就要快跳出胸腔的时候，他身上的手机响了。

梁丽笑着站在了原地，不再走了。李新民有点气急败坏，不用看他也知道这个时候打给他的会是谁。他有点慌乱地摸索了一下，翻出手机，拿起来一看，果然是严小青。他想转过身或者走到外面去接电话，但是梁丽好像比他还清楚是谁来的电话。见他拿出手机，梁丽又走过来，按着他的肩膀让他坐到了原位，把湿漉漉的胳膊绕在了他的脖子上。

李新民想不接，可是铃声不依不饶，没有停的意思。梁丽一只胳膊环着他，另一只手帮他按了"接听"。李新民接电话，对着里面说："我在外面谈事。你有什么事？"

电话那边，严小青显然从来没有听过李新民这么冷冰冰地说话，几乎有点凶巴巴了。严小青有点反应不过来地磕巴了："我……就是问你，晚上……"

李新民斩钉截铁地打断她："我晚上不回家吃饭，别做我的了。我这忙着呢，先这样！"然后把电话挂了。

李新民接电话的时候，嘴对着电话，眼睛却始终没离开梁丽。换了谁也没法离开，梁丽正在李新民的眼前一点一点地褪下睡衣……

李新民从梁丽家里出来，已经是华灯初上了。他想不去回忆刚才发生的一切，但是他又做不到。梁丽的身体比大学时候更加柔软，那个时候两个人都很青涩，如今的两个人都是轻车熟路，对自己、对对方都有更深切的了解。李新民觉得，仿佛两个人从来都没有分开过，不然怎么会有这般的默契？

他清楚地记得，梁丽事后浅笑着对他说："看来被你老婆调教得不错。"他回答梁丽的是微笑，他知道，这不是老婆调教的结果。他对严小青，从来没有过这般的激情，他回忆，哪怕是跟严小青的第一次，也没有。

但是现在一切都结束了。李新民独自一人走在大街上，看着过往的行人车辆，突然不知道应该怎么办了。他搞不清楚，自己和梁丽之间到底是怎么一回事。两个有家有室的人，就这样交织在了一起。这似乎和简单的一夜情还不一样，因为他们曾经是那样的熟悉和相爱。但是以后呢？他要不要仍然保持着这样的关系？

忽然间，李新民脑子里冒出了一个词"偷情"。他设想了一下，如果严小青知道了的后果，一副狰狞的面孔很快就出现在了眼前。他哆嗦了一下，但是仅仅一下。他马上又想到了自己的银行卡，想到了每个月八千还多的提成。他笑了。

三十三

老妈病了

李新民的好日子刚开始，老妈就病了。莫名其妙地发烧，吃了退烧药也不见好。新民爸看见老伴病得越来越厉害，就赶紧给儿子打电话。

李新民开始也没在意，以为就是感冒。他手里有的是药，第一个周末带过去一些他认为疗效还不错的药，让老妈先吃着。可是吃了一周，还是不见好，他就陪着老妈来医院了。

本来是要去个大医院的，可是老妈嫌贵，点名要去他工作的社区医院。老妈的小算盘算得很精，那个医院一共没几个人，她是职工家属，去了还能让她挂号？宰谁也不能宰她呀。

可是新民妈没算准一点。人家倒是很热情，倒是真没让她挂号，倒是真上心地给她看了……可最后人家说："阿姨，您还是去大医院看看。您那医保单位上有没有三级医院？您上那儿去好好查查。咱们这条件有限，普通的头疼脑热能看，有些毛病查不出来。"

几句话，说得老太太有点害怕了。新民爸看着李新民，着急地问："是得了什么大病吗？"

李新民也不知道，只好安慰老爸老妈："人家就是说，查不出真正原因不能给你们乱开药。明天咱们去大医院看看，查一下就知道了。"

幸好李新民手里有资源，这半年多当医药代表跑来跑去的认识不少三甲医院的大夫。李新民跟一个关系不错的大夫打了招呼，第二天一大早就带着老妈去做检查。

验血、验尿，心脑图、B超全照了，折腾一溜够之后让过三天来拿结果。李新民看见医生给开的这一堆单子，心里有种隐隐的不好的预感。从医生那出来，他让老爸先陪着老妈去做检查，自己悄悄问大夫。大夫皱了皱眉头，说："现在还不好说。看着像肾炎，但是得等所有检查结果都出来。没准也不是。"

李新民心里一惊，肾炎？

大夫又提醒他："这个年纪要是查出来是肾病的话，一般都比较严重，你得做好思想准备。如果是，就赶紧住院。不行，还要透析。"

李新民倒吸了一口冷气。透析？换肾？那可是要倾家荡产的！自己手里刚攒得有点零花钱了，这么一看，自己就是再赚十年也不够啊。

李新民心里撂了一块石头，不能跟老爸老妈说，更不能跟严小青说。他太清楚严小青知道这件事的后果了。她会第一时间转移存折，然后跟自己说没钱，让他看着办。李新民把老爸老妈送回家，看着老妈那焦黄的脸色，他实在不忍再让他们坐公共汽车回家。他不顾老两口反对，伸手拦了一辆出租车，塞给老爸一百块钱，不由分说地让司机开走了。他站在原地不动，目送着车辆离去。他生怕自己一转身老爸老妈就会从车上下来，又相互搀扶着去坐公交车。

李新民憋屈、难过，他想找人说话。他漫无目的地坐在马路牙子上，从兜里掏出手机，挨着个地查看通讯录。他脑子里一片空白，就那么一篇一篇地翻看。手机里除了同事、家人，就是和他有业务来往的医院、大夫。他翻到最后，一个没有名字的电话冒了出来。他一看就知道了，是姚逸。姚逸的名字他没敢放在手机里，因为严小青知道这个名字，而且认定他们之间不清白。梁丽的名字倒是有，不过李新民存的是"梁总"。

李新民想都没想就拨通了姚逸的电话。姚逸干练的声音很快传过来："您好，哪位？"

李新民稳定了一下情绪，说："姚逸，我，李新民。"

姚逸愣了一下，很快笑了："是你啊！好久都没联系了，你怎么样？"

李新民勉强笑笑："我还行，还那样。你呢？"

姚逸笑着说："我还是在当律师。不过，再过两个月我就要休息了。我怀孕了，还有两个月就要生了。"

李新民在没有任何思想准备的情况下听到了这个消息，他竟然哽咽了。一股难以言表的苦涩涌上心头，李新民没来由地伤心起来。他也不知道为什么，为什么要难过，为什么听到姚逸怀孕的消息他这么心痛。

姚逸在那边听不到李新民说话，问了一句："你怎么了？"

李新民哽咽地看看旁边平静的树梢，说："我这儿……起风了。"

姚逸在写字楼下的快餐店里见到了李新民。她穿着宽松的格子衬衫和休闲裤，如果不说，李新民真的看不出姚逸已经怀孕了。她的脸上没有浮肿，也没有斑点。脚踝依然纤细，穿着露踝的短袜和运动鞋，不同的就是头发短了，她把辫子束起来，没有从前长了。

李新民细致地说："你不能再喝饮料了吧？我帮你要杯温水。"

姚逸笑着说："真是学医的，什么都清楚！"

李新民自嘲地笑了笑，说："那也不是。我老婆今年初也怀孕了，不过流产了。所以，你也要当心。现在还工作？"

姚逸关心地问："怎么会流产呢？"

李新民说："大夫说孩子本身发育得就不好，是自然选择掉了。唉，我就想，总比生下来才发现是残疾强吧。"

姚逸看看自己的肚子，说："那倒是。反正你们俩都还年轻，以后日子还长呢。"

李新民问："你什么时候结的婚？怎么这么快，都快生孩子了？"

姚逸不好意思地笑了："我实习的时候就和我老公认识了。他比我大，也是做律师的。毕业之后工作一确定，他就想结婚。他骗我说是怕我工作以后眼光高了，跟别人跑了。反正我爸妈也都同意，而且对他印象也不错，就说结吧。"

李新民想到了很重要的问题："那你们住哪？"

姚逸说："我们买房子了。我认识他那会儿，他自己买了个小户型。后来我们准备结婚，他就把房子卖了，买了一个大些的。今年要生孩子了，我们又买了一处小的，他说以后给孩子当礼物。"

李新民听着这些，宛若天方夜谭。姚逸看着李新民，从一进门就觉得他心神不宁，刚才说了半天自己的家务事，轮到自己问他了："你怎么样？怎么想起给我打电话？"

李新民在脑子里搅了半天，不知道该从何说起，最后没头没脑地说了一句："我妈病了。"

姚逸看着李新民的脸色就知道了问题的严重性。她小心地问：

"什么病？厉害吗？"

李新民眼圈有点发红："很可能是肾病，大夫没说准。今天去做了检查，但是我听大夫的口气，十有八九就是了。还让我做好思想准备，有可能要做透析。"

姚逸不知道该怎样安慰李新民，只能自欺欺人地说："你先别着急，也许查出来不是这个结果呢！再说，就算是肾病，也不是不治之症。现在有医保，你又在医院工作，全家一起努力呗！"

李新民摇摇头，说："你不知道。现在好多药不在医保的范围里，而且，越是自费药越贵。我现在在一家医药公司做兼职，你可不知道，我推出的药尽是一盒好几千的。那都不给报销！"

姚逸皱着眉头说："你为什么要做医药代表呢？你自己是医生，为什么要做这个？"

李新民实话实说："我那个社区医院，一个月到头就给我开两千多块钱。我做一个月医药代表，能挣到八千块钱。"

姚逸说："那你就辞职，专门去做这个不是更好吗？"

李新民笑笑："那可不行。人家找我，就因为我是医生，我在医院里有很多同学、关系。要是没有这层原因，自己拿着药愣往医院里闯，别说一个月八千了，就是八百也挣不着啊！"

姚逸接着说："你也知道正因为你是医生，你才能把这么贵的药推销出去。可正是因为你是医生，你才应该设身处地地为那些患者想想。你都觉得药贵，那得有多少人看不起病、吃不起药？你还帮着这些无良药厂提高药价？"

李新民也没生气，笑着说："怎么是我给提高的？它本来就贵嘛！"

姚逸努力让自己平静，她说："你的月薪、提成，你给那些医生的分成，你们公司高额的利润不都是从药价里抠出来的吗？

不提高药价，你每个月八千块钱的提成从哪来？你自己就是学药的，你看没看过那些药品的成分？真的有那么贵吗？国外的药品我不了解，但我知道很多国外的企业要把高额费用投入到新药研发上，每年几个亿都是有的。可是国内的药厂呢？据我所知，没有几个药厂肯这么去投入的，大部分都是把人家的药拿来，换个名字就生产，然后卖高价。普通的青霉素，换个什么'纳'什么'派'的就变成了高价药。其实成本不过几毛钱！"

李新民笑了："没想到你还挺懂行的，我以为你就懂法律呢！"

姚逸也笑了一下，说："我们日常生活的一切都和法律相关。你别笑我愤世嫉俗，我只是觉得，你这样不太好。早晚有一天，会迷失的。"

李新民叹口气："我跟你没法比，我想不了那么多。我现在，只有缺钱的时候最迷失！你从小就有自己的房间，我是在过道里长大的；你结婚就有自己的房子，我现在还得跟丈母娘住一块儿；你们两口子收入都高，我和我老婆加起来一个月还不到五千块钱……我得努力挣钱啊。我跟你说，要不是我做了这份工作，我每个月能多交钱回家，我老婆对我一直就是爱搭不理。我的日子，是这半年才好起来的。现在，我丈母娘对我客气得很……"

姚逸做了两年律师，知道说服一个人难于上青天。她很自觉地闭上了嘴巴，只是对李新民说："各人有各人的活法，你别太较劲了。"

李新民苦笑："我还较劲？我跟你说实话，要不是我老婆，你上次跟我说考研，我也就考了。她不让我考，说我考研是为了甩了她、目的不纯。把我的书都给撕了！后来说结婚，她要钱我们就得给钱；她说怎么装修就得怎么装修……工资全交、自由没有。我要是较劲，你现在还能看见我？早就离家出走了！没自杀就是好事！"

姚逸看着他，不知道该说什么才好。

三十四

养儿防老

新民妈果然得的是肾病。不过万幸，还没有到需要透析换肾的地步，持续的高烧就是因为得了肾炎。李新民看了看医生给老妈开的药，都是些需要长期服用、控制病情的，有三分之一都是自费药。他大概算了算，以后每个月老妈吃药、检查的费用就要一千五左右，医保能报销一部分，余下的也得有七八百。老妈老爸两个人退休费加起来不过两千多块钱，他能想到，今后的日子会多么拮据。

李新民从卡里取了两千块钱。这是他第一次高额地从小金库里拿钱。他把一沓人民币塞在老妈手里，老妈居然颤抖了，眼泪都流了下来。李新民心里也不好受，可嘴上还要轻描淡写地说："给你你就拿着，这是干吗？"

新民妈说："你一个月就挣两千多。你拿这么多钱给我，你媳妇知道吗？"

李新民跟老爸老妈实话实说："我在一家医药公司做兼职呢，

下了班帮他们推销新药。这是我挣的提成，严小青不知道。"

新民爸替儿子担心："哎哟，那以后小青要是知道了，还不得跟你闹？"

李新民笑笑："爸，没事！我每个月挣的提成数不一样，每个月我都交给她一部分，自己留点。要不，我身上没钱，干什么都不方便。这是我自己的，她不知道，我也不会跟她说。以后，我妈吃药、检查你们别心疼钱，现在我收入还行，每个月拿出千把块钱来没问题。您就给我妈好好看病就行了，其他的别想。肾炎这种事，养不好就麻烦。我是学药的，懂这个，你们就听我的吧！"

养儿子养到了这个时候，新民妈才觉得得了儿子的济了。

回到家，李新民又准备了一套说辞给严小青："我妈得的是肾炎。这病没别的，就是得定期去医院检查，看看指标别高上来，药也要长期吃。咱们干不了别的，我要经常回去看看，至少每周一次吧。你愿意去就去，不过如果去了，就得帮着做做饭、刷刷碗什么的，有点眼力见儿！"

要搁平常，这些话只有严小青说给李新民的份儿。现在不同了，李新民财大气粗，严小青及早认清形势，这些话都接受了。

李新民于是得更卖力气地去推销新药了，他甚至想过要不要再兼一份工作，再找一家公司卖药。后来他算了算时间和精力，作罢了。

严小青不知道李新民经济上的压力，她盘算了一下手里的钱，又开始动员李新民买车。其实，李新民一直想买车，而且想买辆好点的车。当初计划内的QQ已经不在眼里了，最低档次是捷达。当然，要是把自己手里的私房钱都拿出来的话，他想买辆思域或者宝来。

但是现在有了老妈生病这件事，李新民的计划就被无限期搁置了。他掂了掂手里的钱，如果老妈的病情没有恶化、尚能维持的话，这些银子也只够药钱。一旦病情有发展，需要透析甚至换肾，那手里的钱加上老爸老妈全部的积蓄恐怕也不够。

李新民咬咬牙，跟严小青商量，先不买车。严小青听见这话，脸子当时就拉下来了。这小半年，严小青自觉对李新民已经是委曲求全、百依百顺了。但是这些都是有条件的，就是一年之内家里要添上一辆车。本来严小青给自己制定的目标是年底，但是计划赶不上变化。李洁买车了，从看见她那辆福克斯第一眼起，严小青的较劲本能就又发作了，当时就给自己订计划，一个月内必须开上车。

李新民开始是好言相劝："现在我妈病着，说不清什么时候就得用钱。咱们现在手里的钱先别动，万一我妈需要，咱们就得救急！"

严小青不干了："什么叫'救急'？你爸妈也好、我爸妈也好，都是有单位有医保的，用得着你去献殷勤吗？你妈病了，你就得拿钱？我孩子没了、做手术、流产，受那么大罪你们家怎么没见把钱给我？我告诉你李新民，'嫁汉嫁汉，穿衣吃饭'。我嫁给你，一没吃你的，二没穿你的，连房子都是我爸我妈的。怎么着，刚多挣了几天钱就开始扑棱是吧？你现在就出去打听打听，有几个女的结婚的时候不伸手要车要房的？你什么都没有，白娶了老婆你还不说感恩，好好弥补，你还推三推四？咱俩结婚两年多了吧？我买过两百块钱以上的衣服吗？我买过一百块钱以上的化妆品吗？我爸我妈天天给你做现成的，你往家里交过一分钱生活费吗？现在我还没说跟你们家要钱，我就说把我辛辛苦苦攒的钱买辆车，你还有意见了你？你有良心吗？我买车为了谁？还不是给你开？怎么着，我花我自己的钱还得跟你妈请示是吗？"

李新民真是无言以对。他苦笑着说:"我的钱都交给你了,你交不交生活费是你的事!反正我都给你了。你说你没怎么花过钱,我花过吗?结婚快三年了,我买过衣服吗?做人要讲点良心……"

严小青几乎是暴跳如雷了:"李新民,你的良心真是被狗吃了!你把钱都交给我?你不就这半年才挣得多点吗?你一个月就那两千多块钱,全都交给我能有多少?还交不交生活费是我的事!我交个屁!我要不是一心为你着想、想多攒点钱跟你好好过日子,我早就把钱都给我妈了!就你那点钱,够吃还是够喝?你还觍着脸天天白吃白喝呢!"

虽然结婚三年来李新民的心理承受能力在一点一点加强,但是听了这么多人身攻击的话,他一个男人也坐不住了。是,自己不管过日子,自己不知道柴米油盐贵,可自己毕竟是这个四口之家里挣得最多的人,而且收入全部上交,还要让自己怎么样呢?自己怎么就是白吃白喝了呢?

李新民刚要说话,严小青的连珠炮又把他给封堵了:"我嫁给你三年!我连别的男人正眼都没看过!我一心一意跟你过日子,我省吃俭用……这买车的钱里也有我那份工资啊!我凭什么不能花?你不让我花,是不是憋着什么坏心,等哪天借口给你妈看病,从我这儿蒙出去给别的狐狸精花?你给我说,是不是这么想的?"

严小青本是无心乱咬,却在不妨中触碰到了李新民的心事。李新民立刻想起了和梁丽的癫狂之旅,顿时羞愧自惭。严小青说得对,再怎么样,人家品行无缺,没做过对不起自己的事。可是他自己就不一样了,毕竟背着老婆在外面和别人有了一腿。

李新民心虚地闭上了嘴巴。他没办法装作什么都没发生过一样再去和严小青争辩。他的阿Q精神再次迸发:"不就是买辆车嘛,买就买了吧。买了以后,自己还能拉着老妈去医院,省得她老心疼钱，骑自行车去。"

想到这儿，他长吁了口气，说："算了算了，我不跟你争辩了。买就买吧，你攒了多少钱？"

严小青不知道自己哪句话触动了李新民，反正管用就行。她顿时有点得意，刚才的火气立刻丢到了爪哇国，她白了李新民一眼，说："从咱俩登记那个月我就开始攒钱。咱俩人的工资搁在一块儿，我一个月存三千，到今天为止，我手里一共九万九！"

李新民不得不佩服，严小青手还是挺紧的，钱存的不少。他问："那你想买什么车？ QQ？"

严小青"呸"了一下，说："你少拿这种车糊弄我！我要买福克斯！"

李新民惊讶从来对车没研究的严小青怎么会看上这么一辆车。严小青接着说："三厢的、深灰的那种。我看着就喜欢！"

李新民试探地问了一句："你们单位有人开？"

严小青不太高兴地说："李洁刚买了一辆！嘁！臭显摆什么啊！我也买得起！"

李新民这才找到了前因后果。他耐心地告诉严小青，她老人家看上的这款车，最便宜的也要十二万，他们手里的钱不够。更何况，买车不能就买个裸车，还要上税、买保险什么的，这几项加起来也得要两三万，所以……

严小青没想到，李洁能买辆这么贵的车。看见的时候尽顾着暗自生气了，也没想着问问。她以为，凭借李洁的实力，也就能买个十万以内的车呢。

她立刻想，以最快的速度想对策，李新民就那么看着她，等着她指示。严小青看着自己的老公，咬了咬牙，说："你去借！要么就去银行贷款。反正，我就要买这车！"

李新民有些不知所措了，问："借？朝谁借？"

严小青咬着下嘴唇说："我爸我妈、你爸你妈！还有你那些大爷姑姑，一家借个三五千，那么多人，我就不信凑不上这三万块钱！"

李新民觉得从后脖颈子上蹿出一股寒气。

三十五

借钱也要买车

李新民周末一大早就坐在了梁丽的床边上，确切地说，他前一个晚上就没回去。

他奉了严小青之命，出去四处借钱，准备买车。可他心里清楚，如今老妈病着，自己再怎么缺心眼、怕老婆，也不能在这个时候找爸妈伸手借钱。丈母娘那儿，他也不想借。本来住在老丈人的房子里就够跌份儿的了，还张嘴跟人家借钱！李新民说不出口。他自己都不知道，当初是怎么想的，看见人家一套小三居就鬼迷心窍，立刻决定结婚、跟丈母娘老丈人同住！自己那个时候怎么就不能有点骨气，打定主意自己挣房子挣车呢！如今吃人家嘴短，啥也别说了。

至于自己那些叔叔大爷姑姑，人倒是挺多，可家家过得都跟自己父母相差无几。借钱？他们不跟自己借钱就阿弥陀佛了。李新民不得已又把自己的银行卡拿出来去银行的柜员机上看了看，里面一共有一万两千三百二十六。这是小半年来，自己辛辛苦苦推销药、藏匿下来的存款。这些钱就算都拿出来，也不够。

李新民左思右想，只好去找梁丽。他是晚上去的，找个借口说谈业务，晚回家；结果到了那儿他就知道回不去了，只好又给严小青发短信，编瞎话说被公司统一带到了怀柔，请客户吃饭泡温泉，晚上就不回家了。严小青没有理由不相信，就回了条短信"嗯"。

李新民从见着梁丽的第一时间起，就被梁丽挤在了宽大的皮质沙发里。李新民心潮澎湃、心跳过速地激荡了一个夜晚，弄得整宿都没机会提借钱这档子事。好不容易天亮了，李新民的生物钟准时地叫醒了他。

李新民习惯了每天早上一起来，豆浆油条已经摆上桌子的生活。在梁丽这儿没这出儿，他起身穿好衣服，看了看一旁还睡着的梁丽，蹑手蹑脚地走到厨房，打开冰箱找吃的。

梁丽家里摆着的是 LG 双开门的大冰箱。李新民头一眼看见它就激动不已。他一直觉得，大冰箱、大彩电才是高水平生活的标志。家里那台老冰箱、27 寸的老彩电，早就该淘汰了。

李新民几乎是怀着朝圣的心情，拉开了大冰箱。那手感，太舒服了。里面的东西也让李新民很兴奋。一水儿的瓶瓶罐罐，一水儿的外国进口。李新民拿起一个粗圆口的瓶子端详了半天，用记忆里仅存的单词拼了拼，才弄明白这是一瓶榛果巧克力酱。他又翻出一沓面包片，是全麦的。还有一小瓶蓝蓝的果酱，看上去像宝石的颜色。李新民夹着这些东西，一股脑地放在厨房的大餐台上，从橱柜里翻出一把汤匙，从罐子里舀出酱来就往面包片上抹。

香浓的巧克力味道顿时弥漫到了整个厨房。李新民迫不及待地咬了一口面包，虽然刚从冰箱里拿出来，凉冰冰的，但是甜滑柔丝的巧克力酱在口腔里的滋味太美妙了。李新民顿时觉得，有了这玩意儿，谁还吃油条啊！

梁丽睡眼惺忪地发现李新民正在往面包片上涂蓝莓酱。她正想提醒他涂抹得太多了，李新民却已经迫不及待地咬了一大口。顿时，李新民的眉毛眼睛都拧到一起了，梁丽看着他的窘样哈哈大笑起来。

李新民看着她在门口大笑，张着嘴说不出话。梁丽走过来拧上了蓝莓酱的瓶盖，笑着戳李新民的头说："傻子！这是蓝莓酱！你也不怕酸倒了牙！"

李新民急急忙忙地又往嘴里塞了一片白面包，这才把牙齿巩固住。这时候李新民才知道，他喜欢的、蓝得像蓝宝石一样的果酱是蓝莓酱，是能酸倒牙的。

李新民看着梁丽熟练地把面包片放在面包机里加热，然后又从冰箱里拿出一大盒橙汁，给自己和她各倒了一杯。李新民吃着烤热的面包，发现刚才自己涂抹的巧克力酱实在太糟践东西了，热着吃才有更丝滑的口感啊，温热的巧克力味道才更香浓啊。

梁丽穿着比巧克力还丝滑的真丝睡衣，坐在李新民对面，笑眯眯地喝着橙汁。李新民沉思很久，终于很心虚地问了一句："能借我点钱吗？"

梁丽看着李新民比刚才酸倒牙还囧的表情，又"呵呵"地笑了。她笑过之后问："多少？"

李新民想了想，严小青手里有十万，自己手里有一万多，车款十二万，加上保险、各种税费再要两万，借三万块钱足够了。他咬牙开口说："三万，行吗？"

梁丽想了想，说："这样吧。这个月公司要重点推一种新药，价格比较贵，但是疗效也不错！老规矩，我给你最高提成！然后，我先给你支三万块钱，算你从公司借的；要是你能在两个月内完成销售任务，这钱你就不用还了。要是没完成呢，就累计，什么时候你的提成够三万了，什么时候就算还清了。最长时限……半年吧！怎么样？"

李新民没想到梁丽能在这么短的时间里想出这么周全的法子来，对梁总的才干不禁又佩服了几分。梁丽看着李新民发呆，以为他对这个方案不满意，就补充了一句："其实按照你现在的业务量，半年之内挣到三万，肯定没问题。"

李新民有点得意，但是又想控制一下，结果，弄巧成拙地笑了。

梁丽见他笑了，放心了。李新民赶紧说："你真是帮了我大忙。要不，我得愁死了。"

梁丽这才问："你借钱干什么？"

李新民苦笑："买车！"

梁丽笑着说："买车着什么急？你是就差三万，还是跟别人也借了？"

李新民说："我就差这三万。我老婆非要买，而且就要那个牌子、那款车。我查了一下，全价是十二万，加上各种税费，差不多十四万吧。我们结婚三年，手里有不到十万块钱。我手里有这五个月攒的一万多块钱，还差三万。我老婆让我去借，我妈刚查出来得了肾炎，一个月药钱就得一千多，他们俩都退休了加起来挣的不到三千块钱。我实在没法张这个嘴。"

梁丽笑着看李新民："那你就有办法朝我张嘴是吧？"

李新民拿出了大学期间的嬉皮笑脸状："咱俩……我不是没把你当外人吗？"

梁丽鼻子里"哼"了一声，说："你老婆也真是的，为了一辆车，瞧把你给挤对的。你就不能有点爷们儿样，如今你挣的比她多，怎么腰杆儿还是直不起来？能不能做一回主啊！别让我瞧不起你！"

李新民苦笑："我也想啊。可是，结婚以后就一直住着人家的房子，我是带着几件衣服上丈母娘家住的，我这头怎么抬啊？我老婆在家理直气壮惯了，没结婚的时候，她爸她妈就都让着她，说点什么都特爱急，一急就嚷嚷。现在跟我也这样。可她跟她妈嚷，她妈能还嘴；跟我嚷我就不能说话，一说话她妈就进来了。弄得我好像老爱跟她吵架似的。哎，算了，我一个大男人，跟老婆计较什么？"

梁丽似笑非笑地看着李新民："你就不能有点志气，自己买房出去单过？什么年代了，还倒插门？换了是我，也得跟你嚷！"

李新民叹口气："不是挣得少嘛！我看见钱，也是这半年的事儿，要不是你给我找了这么个好活儿，我还不知现在怎么样呢！所以，梁丽，还是你对我最好！"

梁丽答非所问地笑着说："我也很奇怪，到底觉得你哪好？当初让你妈都给气死了，你再瞧你当时那怂样儿，连个屁都不敢放！当时恨死你了。可后来跟我老公出了国呢，又时不时地想起你来，又觉得你虽然没本事，可对我倒还是一心一意。平时嘴那个甜，声儿那个柔……我这老公倒是有本事，把我弄出去了，可对我的兴趣也就那么大，满脑子都是他的项目……人啊，没什么想什么。"

李新民笑嘻嘻地蹭过来，说："是不是觉得，还是我好？"

梁丽抑制不住地笑了，托着李新民的下巴："你好？我当年没跟你，那简直是一万个正确！跟了你，你是能给我绿卡，还是能让我做公司？我是有房子住还是有车开？虽说我现在的一切都是自己挣来的吧，可要是没嫁我老公、没去美国，我屁都不是！李新民同学你醒醒吧！当初看你在你妈面前那熊样儿，我就知道你今后是个什么命了。你找这么一个老婆、过倒插门的日子，完全是你自找的。你呀，就别做梦了！"

李新民心有不甘地说："那你还跟我……"

梁丽双手往后拢了拢头发，不屑的笑容又出现在了脸上："你就是个兼职。在公司是，在我这儿也是！"

第二天，李新民到梁丽的办公室，跟财务签署了一纸协议。梁丽为李新民着想，好不容易攒下了万把块钱，这么一折腾又全倒腾光了，就对李新民说："你不是说你妈病了吗？你手里不留点钱？到时候住个院、检个查的，你那媳妇肯让你从家拿钱吗？"

这正是李新民担心的。自己刚刚对老爸夸下海口，以后每个月都给家里补贴药费，这么一来，又要亏空了。

梁丽一看李新民的表情就知道他心里又纠结上了。梁丽对站在一旁的财务主管说："这么着吧，借条上写五万，让他手里宽裕点，家里有病人，多支点儿有点儿富余。期限呢，就写九个月吧。你看行不行？"

李新民顿时觉得靠谱。

财务主管重新打印了两份借款协议，李新民看都没看，就赶紧签字了。李新民自己拿着一份，财务主管收起来一份，然后就给李新民递过来五沓人民币。

三十六

气球泄气

李新民开上车才发现，这辆车比严小青还难侍候。

经常跟他有业务往来的医生，看见他开了辆新车出现，都心照不宣地知道他挣钱了。不过好几个人都不约而同地问他，为什么要买这款车？你倒是有钱还是没钱啊？说有钱吧，这车也就十几万，纯粹的中低档；你要说没钱吧，它烧的可是97号油。如今油价这么贵，看来你还是有钱的。

李新民每每听到这样的问话都哭笑不得。他实在不能跟人家解释，因为我老婆看别人买了这样的车，所以也非要买！97号油？李新民心说，你还没见它多能耗呢！百公里下去，至少十一个，李新民开上一个星期，就领教了汽车的吞吐量。李新民告诉自己，只要新鲜劲儿一过，我立马还骑车。

可严小青的新鲜劲儿且过不去呢。她不会开车，也没驾照，但是这不妨碍她一到周末就揪着李新民当司机。

上牌照的第一天，李新民被勒令晚上一切业务暂停，载着严小青去和杨欣、李洁吃饭。小小的串吧门口，停着两辆一模一样的车。杨欣还没来，两个落座的女人你一言我一语、叽叽喳喳地聊起来。李新民在旁边百无聊赖地听着，还得强打精神，做好随时插话的准备。

李洁那辆车是自己开，说起油耗啊、驾驶啊，人家有心得。严小青完全接不上话，李洁一把问题抛出来，李新民放在桌子下面的脚就要被踢上一脚，李新民就得赶紧接茬。说了十几分钟以后，就变成李洁和李新民两人聊了，严小青不知不觉地就被晾在了一边。

严小青心怀不满，不过很快坐在窗口的她就看见一辆宽大的白色轿车缓缓地停在了店门口。严小青原本对车没有任何概念，但是白车停靠的位置就在自家车的旁边。两辆一比，差距来了。人家这车怎么就这么大、这么气派呢？严小青就坐在窗口，眼看着车过来，怎么就一点声儿都没有呢？

严小青打断李新民刚刚聊起来的兴致，问他："那是什么车？"

李新民和李洁一起回头看。李新民说："宝马。宝马五系，豪车。"

李洁惊呼："杨欣！杨欣坐宝马来的！"

严小青和李新民不用她提醒，三个人都看见了。穿着时髦、拎着皮包的杨欣，笑容可掬地从宝马车里下来。下车后，杨欣并没有直接进店，而是绕到宝马的另一侧、司机坐的位置，背对着严小青她们，跟开车的人说着什么。

杨欣半弓着身子，挡住了串吧店里三个人的视线。李新民隐隐看见，司机位置的玻璃降了下来，杨欣似乎往里面伸了伸脖子，两个人似乎是在吻别。完成了这一系列动作后，杨欣恢复站姿，宝马车缓缓启动，但是立刻速度就提了起来，绝尘而去了。

杨欣这才回过头，梳理了一下头发，往店里走。三个人立刻收回眼神，端正坐姿，各自心里都不是滋味。

杨欣一进门就用目光找，李洁回转身向她招手，杨欣笑容灿烂，夸张地喊了一句："亲爱的们！我来了！"

　　李新民看着自己的老婆勉强整出一副笑容，迎接她的闺蜜。

　　一落座，李洁就说："刚才我们就看见你了。跟谁呀？腻腻歪歪的！"

　　杨欣抿嘴一笑："我男朋友。交往时间不长，还没来得及告诉你们呢！"

　　严小青不满地说："'不长'是多长？要结婚的那种？"

　　杨欣夸张地说："我可没你那么着急！你找的是大医生，现在又干着什么外企的'代表'，一个人挣两份钱！我们俩基础还没打好呢，不急！"

　　李洁插话："都开宝马了，还没打好基础？差不多行了吧！"

　　杨欣拍着李洁的胳膊说："哎哟，姐姐，你也是在公司的你还不知道？他们这些做公司的，身上的钱都在外面飞着呢，全是流动资金，可不是想花就能花的。开宝马，也是为了谈业务方便，省得被人家看低了。"

　　严小青问："他是开公司的？卖什么？"

　　杨欣夸张地笑了："谁说开公司就得卖什么？他是做装修公司的。不过他不做民宅，接的都是整栋写字楼、酒店的全部装修。你们有业务可以给我们引荐啊！不过，今年就算了，他们的活儿已经接到年底了。"

　　严小青觉得胸口闷得慌。

　　杨欣兴致勃勃地接着说："李洁，门口那车是你的吧？怎么还有一辆一模一样的？"

　　李洁指指严小青："小青刚买的，也是我这款。"

　　杨欣这才开始正眼看李新民，热情地说："小青你也喜欢这款车啊？你们俩真棒，车都买了。"

李新民心说，也不知道谁棒，您连大款都傍上了。

李洁笑着说："你都坐宝马了，还好意思夸我们。你恶心谁呀？"

杨欣赶紧做谦虚状："什么呀！你们这是自己劳动所得。我这八字还没一撇呢！再说了，就算是我们结婚了，他给我买了车，那也是他的呀。你们俩多好，这车好歹是自己的吧！李洁，你还没结婚呢，连车都置下了；过两年再买个房子，你得找个什么样的男人啊！"

李洁觉得这话不像是夸自己，就聪明地找补了一句："嗨！我这也是闲的。反正是从股市里赚来的，空手套白狼，不花白不花。房子我是不买的，都买齐了，要男人干吗？我妈说了，你自己买辆车，就当是玩具了；回头找个有房的，咱们也不跌身份！"

杨欣拍着李洁的手腕，说："没错！我妈也是这么说的。看吧，我们俩这才处了一个多月，他那天跟我说了，公司那么多车，让我找一辆先开着。我说不要，还没嫁给你呢，我才不占这个便宜！你要真想结婚过日子，就赶紧把房子置下！我要开什么车，我自己买！不就是辆车吗？谁家还买不起呀！我妈我爸这点嫁妆还是拿得出来的。"

李新民这才听明白了。李洁的车，是做股票挣来的。杨欣如今找了个大老板男友，每天有宝马接送，似乎随时都可以挑选辆车开开。只有严小青，是淘干了家底儿，还饶上了外债，强努着买的车。

这三个女人，虽然还坐在一张桌子上吃饭，但是已然不是一个档次了。李新民觉得，如果以前三个人聚会说话还能分庭抗礼的话，现在杨欣已经是绝对的主导者，李洁相对平和。只有自己的老婆，已然成了褪了色、泄了气的气球，想上上不去，想下下不来。

三十七

又怀上了

　　在车的问题上，严小青既没能像李洁那样，成功做成"第一人"；也没能像杨欣那样，未来有无限可能。严小青满腔郁闷砸在心底，快要抑郁成疾了。李新民能体会到老婆的郁闷。以前，他老是觉得严小青好高骛远、爱攀比的心态没有来由，且虚荣得很。这一次饭局就让他领教了，人在江湖，身不由己。他不由得同情起严小青来，在这样的圈子里，真是想平和都做不到。

　　李新民这一感慨，就不由自主地多体贴了一下老婆。这一多体贴，两个人就多了亲密的时间和频率。其实，总共没多几天，李新民还得忙着卖药挣钱还外债呢。可就是多了的这几次，严小青居然又怀孕了。

　　距离上次流产已经过了一年的时间，严小青自己都不相信，好运降临了。她得知怀孕之后的第一个反应，是得意。她掐指头算算，李洁目前还是单身，杨欣就算是立刻结婚也来不及了，这回，自己终于能当一回"第一"了。

李新民也很高兴。和上一次怀孕相比，李新民这次是真的高兴。结婚三年，李新民除了偶尔迸发出对严小青感激或是感动之外，已经没有什么激情了。别人都说"七年之痒"，显然，李新民的婚姻已经提前进入了疲劳期。以前还觉得要个孩子是累赘，自己每个月就挣那么点钱，养什么孩子？现在觉得，有个孩子，两个人才能有点话说。

李新民本想给他爸妈打电话，让老爸老妈也高兴一下。自从老妈生病，人的精气神儿都少了，心理负担越来越大，总把"生死"挂在嘴边。李新民想着，要是知道快当奶奶了，兴许老妈心里更高兴些。

但是严小青说"不"，她说要周末的时候面对面说。自从婆婆病了，每周末都是李新民自己回去。他从来不强求严小青，他知道，上次的流产事件让严小青心里结了疙瘩，看见公公婆婆就不顺眼。还有一层，李新民自己去了，还能时不时地放下点钱；严小青去了，就太不方便了。

这回严小青说去，那就去呗。严小青想着，车还没显摆够。如今对那两个女朋友是没什么可显摆的了，我回婆家显摆还不行吗！我也得让你们看看，你们一分钱没出，我也买得起车了。

两个人喜滋滋地把车停在了老楼房的院子里。严小青心里埋怨来早了，大周末的早上，进进出出的人还少呢，邻居也看不见自己是坐车来的。

李新民不管不顾，先跑下来给严小青开了车门，小心翼翼地扶着严小青下车。一共就那几层楼，严小青慢悠悠地歇了三起儿，这才算到了家门口。

一开门，李新民愣了，严小青也愣了。

新民爸妈不知道儿子今天还带着儿媳妇回来，也愣了，赶紧往里让。可是严小青的脚就跟钉在门外似的，死活不往里迈。原因是她看见了一只猫，一只瘦小枯干、满脸可怜相的黄白相间的花猫，卧在李新民以前用过的写字桌上，正看着她。

严小青连"爸妈"都没来得及叫，先问："这是什么？"

新民爸不知道这只猫触动了儿媳妇哪根神经，赶紧说："一只猫，刚养的。"

李新民看着严小青没有往里走的意思，也问了一句："什么时候养的？我上周来还没有呢！"

新民妈慢慢从里屋出来，对儿子媳妇说："我星期一看病回来，走在门口，这只猫就冲我叫，一看就是饿了好几天了。你爸就上楼给它找了点剩饭。结果晚上我们往外放垃圾，一开门，它就卧在咱家门口，就这么眼巴巴地瞧着我，也不走。我说算了，就让你爸把它抱进来了。小青，你进来坐，外头风大。它不脏的，昨天刚给它洗了澡。"

李新民看着老婆："你不怕猫吧？进来吧？"

严小青往后面狠抻了一下胳膊，扭着的身子分明就是说"不进"。

李新民不知道严小青又怎么了，就问："怎么了？干吗不进来？"

严小青瞪了李新民一眼，高声说："你不知道怀孕了家里不能养动物吗？"

新民爸妈面面相觑，问儿子："小青说什么？怀上了？"

李新民点点头，说："今天就是来告诉你们这个的。她怀孕了，检查也做过了，大夫说一切正常。"

新民妈顿时笑了，刚才还病恹恹的脸一下就被笑容带出了红润。她过来拉着儿媳妇的手说："真好！小青，这回咱们精点心，肯定行的。"

严小青嘟囔："连猫都养上了，还精心呢。"

李新民平常对严小青言听计从，什么都可以忍，但是唯独不能忍受她对自己爸妈横挑鼻子竖挑眼。李新民有点上火了："你又怎么了，看见只猫连门都不敢进了是吗？"

新民妈赶紧拦儿子："我让你爸把它轰厨房去！进来说进来说，怀着孩子可不能老站着，腰疼。"

新民爸都没等老伴吩咐，急着忙着把不明就里的猫抱到了阳台改建的厨房。

严小青不情愿地进来了，她也确实站累了。这如今有了车，她连周末去早市都叫上李新民当司机，真是一步都不愿意走。站了这么半天，腿都酸了。

进来了可是进来了，严小青进门就问："那猫不让它上床吧？"新民妈赶紧用手胡噜了一把门厅里李新民那张拼接起来的单人床，说："不让不让。别说床了，椅子都不让它上。你们坐这儿，小青想吃什么？我这就让你爸去菜市场，给你炖点汤，做点好吃的。"

李新民说："妈，你歇会儿吧。你们中午做什么我们就吃什么，别忙活了。你也坐吧，怎么今天没有上周脸色好？"

新民爸一边拿菜篮子一边说："这次去查，有两项指标又有点高。你懂这个，一会儿你给你妈看看。"李新民点头，正要跟着老妈进去拿化验单，严小青突然对新民爸说："爸，你别买菜了，我们不吃饭，这就走。"

新民妈刚站起身一听这话又坐下了，问儿子："一会儿有事？干吗不吃饭？"

李新民也不知道为什么，来之前还说吃了中午饭再回去呢，不知道为什么严小青突然就变卦了。

严小青提高声音说："妈，我看了医学书了，人家专家说，家里有孕妇就不能养宠物。我不知道你们养猫了，还是流浪猫。我要是知道，就不过来了。"

老两口这才知道问题出在哪里了。

严小青接着说："猫啊狗啊的，身上都有寄生虫，毛里还有脏东西。那些东西肉眼都看不见，跟空气在一起。我要是吸进去了，生出的孩子是要畸形的！还有，你们这猫也没打疫苗吧？一只流浪猫，在外面什么脏东西不吃？什么动物不接触？要是再被疯狗咬过，那保不齐还有狂犬病呢！万一它抓了我，我再把病传给孩子，我怎么办哪？"

几句话说得老两口汗都下来了。生病之前的新民妈也算是伶牙俐齿，跟严小青可以说是旗鼓相当；可是如今底气不足，想说也没话。新民爸更是一针下去扎不出声儿来。李新民心里觉得严小青危言耸听、小题大做，但是又不得不承认，她说的都有道理，并不是空穴来风。

新民妈磨叨了一下，赶紧表态："那什么小青，我这就赶紧找人家儿，把猫送走。没事啊！"

严小青已经站了起来，看了一眼李新民："那咱们走吧。对了，妈，猫送走了，你们别忘了给家具、衣服都消消毒。"

老两口恭恭敬敬地站在门口目送儿子搀着儿媳妇下楼。

俩人坐在车里，李新民正要发动车，严小青劈头盖脸就来了："你们家什么意思啊？不想要孩子直说！"

李新民好脾气地说："我妈又不知道你怀孕了。我说打电话，你不让啊！你没听见这猫是偶然捡的吗？我妈现在病着，心软，看不得可怜的小动物。"

严小青气呼呼地说："那就看得了我跟孩子有个三长两短是

吧！上次流产那事我就不说了，要不是你妈你爸，我孩子都生下来了；这回又弄这些幺蛾子……我告诉你，这猫在一天，我一天不登你们家门儿！"

李新民不耐烦地说："行行行！随你，不来就不来！"

严小青不依不饶："你什么态度啊！我身上是你的种，你不说替我们娘俩说两句话，还对我吆五喝六的！我告诉你，我不来，你也不许来！你身上也能传播病菌，你每天跟我吃住在一起，你把寄生虫带回来也不行！"

李新民有点急了："我妈都说了，赶早儿就把猫弄走。你有完没完啊？再说了，就你事儿多！那么多家儿都养猫养狗，也没见谁家生的孩子缺胳膊少腿！人家老外家里，孩子还让狗给看着呢！怎么到你这儿事这么多啊？"

严小青瞪着李新民，要不是车里空间小，她恨不得给他一耳刮子："你有本事找老外去！你去呀！你要是敢私自回你妈家，身上带回来一根猫毛儿，你看我让你进门儿！"

三十八

嫁汉嫁汉，穿衣吃饭

猫，最后也没给送走。新民妈问遍了亲戚朋友，喜欢猫的，家里条件不好，老的老小的小，不是有卧床的老人，就是有给儿女带的孩子，没法养；不喜欢猫的，当然连"猫"这个词都懒得听。

自从得了这个病，新民妈的性子、情绪都发生了变化。往日的快人快语、对老伴的连珠炮数落都没有了，多了好些伤感和对死亡的恐惧。新民爸每天早上一睁眼，最先听见的一定是老伴的叹气声。被老伴拿了一辈子主意的新民爸，此时依然没有主意。

后来遇见了这只猫，新民妈说是缘分。因为猫的眼神里全是乞求和哀怨，老太太顿时有了同病相怜的感受。一辈子都嫌弃这嫌弃那，看见这只病歪歪、脏兮兮的猫反而心软了。抱回来就给洗澡，好吃好喝地养着，老太太冥冥中似乎得到了某种暗示，若是猫健健康康的，自己的身子骨就有望好起来。

这些机缘巧合和心里面错综复杂的情感交织在一起，李新民这个做儿子的当然无从知晓。但是母子连心，看着老妈看猫的眼神，李新民心里就明白，老妈对这只猫挺爱的。既然爱，就养着吧。只是没想到严小青会有那么大的反应。

第二天上班的时候，新民爸给儿子打来了电话。这是新民爸少见的、没有经过老伴允许跟儿子私下里商量事情。李新民看是老爸打来的电话也很意外。

新民爸说："新民啊，我跟你商量个事！"

李新民认真地听着，说："爸，你说吧。"

新民爸说："你妈自从病了以后，干什么都觉得没劲。一天到晚数日子，老是觉得自己日子不长了……"

李新民说："那你得多陪陪她，别让她瞎想。她这病我问了，没有那么严重。"

新民爸说："是，我知道。我就是跟你说啊，现在你媳妇怀孕了，你呢也难两头都顾着。我们这边，你就少来点，多陪陪你媳妇。"

李新民觉得老爸这是话里有话，就问："爸，你怎么了？是不是昨天严小青惹你们不高兴了？回去我说她了，她那人就那样，跟我横惯了。"

新民爸赶紧说："没有没有。你们走了以后你妈还说呢，要是知道她怀孕了，我们说什么也不敢把猫抱回来。可是呢，昨天晚上你妈打了好多电话，没人能领养这猫。你想想，这猫是我们捡来的，不能再给扔出去吧！而且你不知道，这猫养了不到一个星期，你妈每天这话都见多。平常跟我说不上两句，说多了，她嫌烦；说少了，她又往别的地方瞎想。可自从有了这猫，你妈唠唠叨叨那劲儿又回来了，见天儿把它洗干净了抱在怀里。那猫也听话，就爱在你妈腿上卧着……我看呢，有这猫在，能给你妈就个伴儿。我跟你商量商量，我们就先养着它了。小青那儿，你给做做工作，我这是偷偷跟你说，你抽空给你妈打个电话，跟她说说，这段时间就甭回来那么勤了，省得小青有意见。万一像上次似的……"

李新民全明白了。他打断老爸："爸！你们就养着，我就不信了，养只猫怎么了？上次的事我跟她们家解释一百遍了，那是受精卵不健康，自己掉的，跟别人没关系。你们别老把责任揽自己身上，什么'我们要是不来就不会流产'吧，他该掉还是会掉。我还没赖她呢，她瞎赖谁去？"

新民爸赶紧说："儿子，你可别这么说。如今住在人家家里，凡事都学会忍耐。老婆嘛，肯定是要让着的，更何况你还跟人家爹妈在一块儿过日子……"

李新民气息壮壮地说："那又怎么了？如今我一个人挣的是他们全家的总和！我不满世界说我养着他们一家子就不错了。"

新民爸叹口气："说来说去还是我没本事！要是我和你妈手里宽裕些，怎么也能给你买间房。结婚娶媳妇，住在自己的房子里，那才有底气啊。"

李新民听着这些，心里直泛酸。他在电话里安慰他爸："爸，没事！我现在挣得多了，买房是迟早的事。等攒几年我够了首付就买，完了我们就搬出来，省得现在说什么都不敢大声，吵个架都不痛快！"

在得到了儿子的口头支持后，新民爸开始动员老伴先养着这只猫。李新民的电话晚上也适时地打过来了，说的是跟老爸商量好的一系列词儿："这些日子严小青有反应，我又多接了点推销业务，就不每周都回去了。你们有事就给我打电话，猫也先养着吧。我跟严小青也说了，反正也不住在一起，没那么要紧。"

新民妈的心这才落定。

跟严小青那儿，李新民是这么说的："这些日子我得多推销新药、多挣钱，要不借了好几万外债怎么还啊？我跟我妈说了，家里你这儿一摊子事，外头挣钱一摊子事，我也没时间回去了。我不去，你也不去，那只猫什么时候找到人家就什么时候送走，你也别管了。"

严小青翻了个白眼，说："谁稀罕管你们家的破事！要不是为了孩子，我连理都懒得理！"

李新民吁了一口气，心说，你最好连我也懒得理。

可是，猫的事过去了没几天，严小青又整出了幺蛾子。大周三的，李新民一大早起身上班，看见旁边睡着的严小青没有起床的意思，就赶紧推她："起来了，要迟到了。"

严小青蒙着头、闭着眼，含糊地说了一句："我不去了，歇了。"

李新民没明白，接着问了一句："你请假了？怎么了？"

严小青还是闭着眼，说："我昨天跟园长说了，我不干了。"

李新民早上那点迷瞪全被这句话给惊吓跑了，他一猛子跳下床来，光着腿、光着脚站在冷冰冰的地上面对着严小青，扒拉着她的肩膀说："你别睡了，醒醒！你说什么呢？什么叫'不干了'？"

严小青睁开眼睛看着李新民，一改常态地露出了好脾气："大清早起，你嚷什么？不干了就是不干了，我辞职了。你听明白了？大惊小怪的！"

李新民也顾不得上班要迟到了，说："你疯了吗？好好的辞什么职？现在找工作多难啊！你以为你是谁啊？有学历还是有背景？你不干这个了能干什么？"

听见这话严小青"腾"的一下坐起来，说："我什么也不干了！我跟你说，昨天，我们园长，那老太太又跟我犯浑，说什么我责任心不强，找碴儿说我！我跟你说，我在这破幼儿园忍了不是一天两天了。一个小破地方，天天把自己当全国优秀示范园，工资没多少，要干的活儿一大堆！我早就不想干了，本来想再多待几个月，临生孩子的时候再辞。昨天她又跟我这个那个，我一生气，姑奶奶这就不干了。反正我老公现在挣得多，一个人挣的是两个人的钱。你一个月多拿回来那两千块钱就顶我工资了，我还受那气干吗！"

李新民气得一屁股坐在地板上，一句话都说不出来。过了好半天，李新民憋出一句："那你现在有什么打算？"

严小青接茬又躺下了："我先在家安胎，好好生孩子。生完了孩子我还得带吧！上幼儿园怎么也得三岁呢，我得等到我儿子上了幼儿园再说！没准那时候也不行，那就上学再说吧！我告诉你李新民，我这是给你省钱呢！你算算，就算我上班，一个月满打满算两千块钱，够请月嫂的吗？够请保姆的吗？我上班，谁照顾孩子？我妈忙里忙外要做饭收拾屋子，你妈我指得上吗？病病歪歪不说，你们家那巴掌地儿，怎么带孩子啊？就算他们肯，我还不干呢！我在家，这些事就都有人管了。我一个月替你省了几千块钱月嫂钱，省了几千块钱保姆钱，你不说谢谢我，还嚷嚷！你嚷嚷什么！"

李新民从来就没能说赢过严小青。他郁闷了半天，看得出严小青的辞职报告应该已经递交，辞职是板上钉钉的事了，他只好再一次采用阿Q的精神胜利法，安慰自己说，就这样吧，她说的也不全错。

"可是，你昨天怎么不跟我说啊？怎么着事先也应该通知我一下吧！"李新民可以说服自己服从严小青的决定，但是他仍然觉得自己这个丈夫应该有被提前告知的权利。

严小青翻了个身，用后背对着李新民，甩了一句："跟你说有个屁用！跟你说了，我还辞个屁！"

三十九

高价药

李新民现在只能更卖力气地去卖药了。还没跟严小青说过这五万块钱是从哪借来的、怎么借来的。严小青一直认为，李新民是按照自己的指令，找他们家的亲戚借的。李新民把钱拿回来的那天，严小青就问了一句："跟你们家人借的？"

李新民当时含混地"嗯"了一声，这事就过去了。至于跟谁借的，什么时候还，严小青才懒得管。反正是自家人，什么时候有就什么时候还呗。

李新民现在后悔了，还不如当初坦白地告诉严小青这钱是怎么来的。为了还这个债，李新民至少有六个月拿不到提成，都用来充债了。可是严小青不知道，每个月还美滋滋地等着李新民拿回来两千块钱呢，那边老妈那里也等着一千多块钱的药费。李新民心里急啊。

心里急，行动上自然也急。李新民以前一个月来公司两趟，拿药、对数据；现在来四趟，多拿药、多对数据。梁丽碰见过他两次，都没时间说上几句话。终于有一次，李新民刚气喘吁吁地跑上车，梁丽的电话就跟过来了，问他："这些天为什么这么忙？"

李新民抱怨地说："我老婆也不跟我商量就辞职了，现在我一个人养家；那边我妈又病着，我还得按月给钱。我老婆一直不知道钱是你借给我的，还以为我每个月能挣两份钱呢……"

梁丽禁不住怒斥："你还是不是男人？老婆说辞职就辞职，你就不能说句话吗？"

李新民委屈地说："我说她也得听啊！她还给我算账，说她回家以后能省下不少钱，以后她在家带孩子，能把请保姆、月嫂的钱省了……"

梁丽冷笑："她可真是丫鬟的身子小姐的命啊！找着你算是什么都有了。她以为自己是谁啊？不也是胡同里人家的孩子吗？还想学大款家的闺女，生个孩子，月嫂、保姆都配齐了！我要是你，早早儿我就告诉她，月嫂、保姆这些人的活儿本来就应该是她干的，不辞职也是她干。她真把自己当小姐啊！"

李新民只有苦笑。

梁丽警告李新民："我不是吓唬你，你老婆这样下去是要被你惯坏的。你还不打算告诉她，你是向公司借的钱是吧？就打算让她这么由着性子闹下去是吧？早晚她能把你辛辛苦苦挣来的给你败光了！"

李新民笨嘴拙舌地向梁丽解释，不是自己不想说，而是一旦说了严小青必然要刨根问底，她会问李新民，凭什么公司会借这么多钱给他？凭什么？这么问下去，三问两问，李新民的心理防线就会被攻破，难保不把梁丽给供出来。那样的话，后果不堪设想。

梁丽听了李新民颠三倒四的解释，冷笑了一声，就挂了电话。李新民也顾不上梁丽生气不生气了，急着忙着出去挣钱去了。

李新民手里拿到了梁丽借钱的时候跟他介绍过的新药。他一看价格，果然不菲，而且不在医保报销范围之列。他仔细研究了一下药品的说明和成分表，依照他的所学知识，他能分辨出，这药就是普通的治疗肝炎的药。但是确实如当初姚逸说的那样，换了一个名字，加了一些无所谓的成分，药价就扶摇直上了。李新民坐在驾驶座上，看着一盒二十粒、标价一千八的药，不禁咂舌。这里面的利润实在暴上加暴啊！

在推销这款药的时候，李新民也明显感受到了压力，确实不好推。你让一个大夫，成年累月地给病人开这么贵的药，他自己也要掂量掂量；病人也不是每个都吃得起的。

在那些大医院，跟李新民已经处得不错的医生，包括李新民原来的同学校友，看见这款药都肝儿颤。有人直接就说："兄弟，不是我不想挣这个钱，是实在不好挣。你想，这药是肝病患者要长期服用的药，不是阶段性的。你是学药的你明白啊，哪个肝病病人吃药不得吃个三年两载的？你这药这么贵，谁吃得起啊？要是偶尔搭着开呢，我怎么跟病人说？什么时候吃？吃了它是管什么用的？不好办啊！"

李新民当然知道这里面的难处，但是他自己的难处更大。他问过梁丽，这药的价格还有没有降下来的余地，梁丽一口回绝了他，而且明确告诉他，公司下半年的业务就指着这药呢！李新民如实说了大医院里医生对这款药的态度，梁丽想了一下，指示李新民："大医院不行，你可以试试小医院。现在那么多民办医院做广告，他们的医疗水平怎么样咱们不管，但是他们有钱。能在当下开医院的，背后都有大老板、大资金撑着。他们的医生好多都是兼职聘来的，这些人在三甲医院有身份，歇班的时候就到小医院来坐诊。你就找这些人，反正都是出来挣钱的，我就不信你拿着猪头还找不着庙门！"

李新民犹豫地说："可是那些医生一般都是些老大夫，我跟他们说不上话啊！"

梁丽说："你那么多三甲医院都磕下来了，还办不了这些老家伙？不行就塞钱，找个中间人给递句话，你别心疼钱，有的是你挣的！"

李新民想来想去，似乎也没有别的办法。他只好按照梁丽说的，通过已经建立起来的关系，寻找中间人，拐弯抹角地找到这些广告上曝光率挺高、但是医疗水平不好说的医院。找到医院，再找那些坐诊的大夫。

李新民跑了两趟就发现了，在这些医院里看病的大夫的确不考虑药价，而且还有药价越高他越敢开的架势。到这些医院里看病的病人也比较奇怪，基本上没有什么本地人。找外地病人多的医院卖药是李新民他们这些医药代表的共识。那些社区医院啊、二甲医院啊，主要都是为当地社区的北京人服务的。这些病人都精得很，很少同意医生给开自费药，即使开了，也得反反复复调查清楚。

三甲医院就不同了。来的都是全国各地慕名的患者，基本上医生说什么就听什么，还挑挑拣拣？你能挂上号、看上病就不错了，啥也别说了。所以，什么新药、贵一些的药，在这些医院基本上能开得出去。

但是这么贵的药，又不一样了。

李新民注意了一下，这些名不见经传的小医院，往往都打着专治疑难杂症的旗号。很多患者，尤其是从外地来的患者，都是因为挂不上大医院的号，在长途车站、火车站，甚至是别的医院门口，被医托儿给弄到这儿来的。这些人大多对北京的医院很崇敬，又不了解，骨子里都认定越贵的药越有效。

　　了解了这些，李新民就从两家打着专治肝病的特色医院下手了。他听取了梁丽的意见，该出手时就出手，给钱的时候绝不手软。他买车剩下的那点钱花得都快差不多了。可是也真有效，没出一个月，两家医院的三四个大夫都开出去好几万的药了，还跟他要呢！

　　李新民月底去公司对账的时候，又看见了梁丽。他跟主管主任那里核对完数据，又拿走了一部分新药，之后就赶紧借机会溜进了梁丽的办公室。梁丽仿佛知道他要来似的，提前就把百叶窗放下了，开着门等他。李新民一进去，就赶紧关上了门。

　　梁丽坐在老板桌后面笑盈盈地看着李新民："怎么样？收成如何？"

　　李新民兴奋地说："真不错！你那主意真好！我这个月就磕了两个小医院，可是他们真敢干啊，这一个月下来就卖出去好几万！这不，还要呢！"

　　梁丽站起来走近李新民摸着他的下巴，笑着说："主要是你能干！我没看错，说了你九个月能挣出五万，你肯定能！努力吧！"

　　李新民嬉皮笑脸地揽过梁丽的腰："我还得好好谢谢你啊！"

　　梁丽推了一把李新民："你别闹！这是公司！"

　　李新民仍然保持着笑容："那你说在哪儿闹合适？"

　　梁丽笑着拉开了李新民的手："下星期我老公就回来了，你还是回家侍候你老婆吧！"

　　李新民落寞地收回了自己的胳膊。

四十

招待客户

　　李新民两个月没回父母家。一是因为那只猫，他确实害怕被严小青发现他身上沾了猫的痕迹以后，他进不去家门。二是因为他也确实很忙。小医院的大夫倒是容易搞定，但是胃口也大。除了高额的分成，他们还会提很多在李新民看来简直是匪夷所思的要求。

　　这些大夫大多都五十往上了，可还青春不减。李新民要拜会他们，不能单纯地请吃一顿饭，还得请他们去个歌厅、桑拿什么的。有几个老头酷爱洗浴中心，一个月里要是不去个一两次，就会跟犯了毒瘾一样。李新民为了巴结他们，只好埋单。好在他们挑的地方都还不算高档，一般档次的就可以满足了。

　　李新民第一次陪着他们去的时候，换好了衣服，李新民提议去蒸桑拿。俩老头互相看了一眼，一起摇头，说要去做足疗。李新民这点眼力见儿还是有的，那就陪着呗。可人家含含糊糊地说，你是年轻人，去游个泳、蒸个桑拿吧，就不用陪着我们了。

李新民本来对足疗就毫无兴趣，听见这话，客气了两句，就各自忙活去了。等到李新民桑拿蒸完了，又酣畅淋漓地游完了泳，再看那俩老头，还没出来。李新民就顺着指示牌子找过去。这个地方，李新民是头一次来，俩老头可不是，他们选的地方他们熟啊。李新民问了半天才知道，这里的足疗不单纯。他一头扎进按摩区，里面是一个大厅，齐刷刷地坐着十几个小姐，个个都穿得薄露透。看见他裹着浴巾、裸着上身进来，小姐们的眼光一起聚过来。

李新民当时就愣了。请那些三甲医院的年轻大夫们应酬，他们顶多是找地方吃饭，再不济，就是来趟钱柜。这回请老大夫出来潇洒，李新民真算是开了眼。

有小姐过来跟他打招呼，问他需要什么服务，是足疗呢还是全身。李新民看着那位小姐大大方方地迎着他过来，边说话边拿眼睛扫他的上半身，李新民的脸都红了。

人家小姐带着职业的笑容，轻轻用手在他的胸前拍了一下，很友好地跟他打招呼。李新民心里"扑腾"一下，站在原地也不知道说什么。另一个小姐笑着过来，说："先生是第一次来吧！我们这儿服务的项目挺多的，楼上就是单间包房，要不，我们先带您上去，给您介绍介绍？"

李新民不傻，当然知道这话里是什么意思。他犹豫了一下，往后退了，跟小姐极其客气地解释："对不起，我走错了……"

李新民不敢看小姐们的眼神，赶紧扭身就走。后面传来了一个小姐从鼻子里发出来的笑声。

李新民快步往外走，疾步前行，差点都把腰上的浴巾给甩掉了，直到又走回桑拿区，看着周围都是和自己一样，光着上身、裹着浴巾的男性了，这才吁了口气，一屁股坐在休息区的长椅上。

李新民扪心自问，不是自己是铜墙铁壁、禁得住诱惑，是自己实在胆怯。一来，长这么大，还没见过这阵仗。自己到目前为止只有两个女人，一个梁丽，一个严小青，但是这两个都是先认识、再上床啊。这里面的次序是一样的，得有先来后到。刚才这出儿，实在消受不了。二来，李新民内心深处对这些职业的性工作者还是带着点嫌弃的。学医学药的人多少会有点洁癖，想想这些人每天要应酬那么多男人，李新民从心里面膈应。

最重要的，是刚才被小姐轻拍的那一瞬间，严小青的脸突然之间就冒了出来，在李新民的眼前摇晃着，李新民都快窒息了。这真的很奇怪，跟梁丽的时候，李新民从来没有过心理障碍，从来没有这么适时地想起老婆来。可是就在刚才那一瞬间，他想起来了，他觉得怕了。

坐在长椅上休息了片刻，刚才因为逃离现场而出的那一身汗已经挥发得差不多了。李新民回想着那一刻，不由自主地笑了，他对脑子里那个假想的严小青说："你就是看我看得再紧，我想干什么，你也拦不住啊！"

俩老头在楼上的包间里耗了一个多小时，心满意足地出来了。李新民看了看最后的账单，还行，尚能承受。重要的是，这两位人老心不老的老大夫很满意李新民的全程陪同服务，当即应允从本周起就大力推荐李新民的药。这让李新民踏实了不少。

灯红酒绿地过了两个多月，李新民才抽出空来回了一趟父母家。这次回去，李新民看见老妈明显瘦了，那只猫却明显肥了。老爸的白头发也跟着多了很多。

新民妈看见儿子回来挺高兴，抱着那只猫坐在床上和儿子说话，可死活不让儿子坐她旁边，说是得让他离猫远点儿。

新民爸默默地翻出了药方和化验单，李新民接过来一张一张地看着，陡然发现自费药一栏里又多了四百多块钱。李新民皱着眉头问："怎么又开新药了？各项指标不是控制得还行吗？干吗要加药？"

新民妈说："我也不清楚。给我看病的那个大夫给加的，刚加了两个星期。就是这药特别难买，他们医院里还没有，得去专门的一个药店，在一个什么胡同里，还挺难找。"

李新民一听就明白了。他愤愤地跟他爸说："爸，下次他再给开这个药，你就跟他说，我就是卖药的，什么药我都能买。你们别去他那地方。"

新民爸赶紧摆手："不行！我们问了好几个病友，都说现在的大夫就指着开药挣钱呢。你不去他说的那个地方，回头他不给你好好看！"

李新民觉得胃里像吞了个苍蝇，问他妈："他怎么知道你是从哪儿买的？"

新民妈拿出一张单子，给儿子看："我每次去，都得说是这刘大夫让我来的，买多少。然后他们药店给我开一张收据。我拿着这收据，下次去检查的时候再给刘大夫。"

李新民强忍着怒气给老爸老妈解释："他这就是变相卖药。且不说这药到底管用不管用，单说这价钱，你们买一次花四百多，其实这药连一百块钱都不到。你们通过我买，或者去别的大药店买至少能便宜一半，别老听那大夫的，他就是变着法儿蒙你们钱呢！"

新民妈一改往日生病之前的暴脾气，息事宁人地说："算了算了，你爸也去别的药店问了，这药确实不好买。你又不认识我那医保的医院，跟那大夫也说不上话，我就听人家的吧。这个大夫是你爸好不容易给我约上的，头一次挂号，你爸在医院里打了一宿地铺呢。人家是专家，我们寻思了，人家不差这点钱。万一处不好，人家到时候不给看了，我再找别的大夫更麻烦！"

李新民这是头一次听说，老妈看病竟然如此曲折。他眼圈有点红，埋怨老爸："你们怎么不跟我说呢？我找找同学、找找人，也不用你去医院打地铺挂号吧！"

新民爸笑了一下："咳！第一次检查就是你给找的人。我们想了，那家医院倒是真好，你又有认识人。可是离家远啊，你妈去着不方便。这个医院呢，离着近，我们去一次，骑车也就是二十分钟就到了。这个大夫也不错，挺认真的，也是人家给介绍的。都挺好，就是第一次挂号的时候难点，挂上一次，以后的就约上了。我那会儿想来着，要是没挂上号再找你；都挂上了，就别折腾你了。"

李新民低下头，背对着他们抹了一下眼角。

新民妈没察觉到儿子的难过，还兴致勃勃地问严小青和孩子的情况。李新民调整情绪，告诉老妈："每个月检查两次，都挺好的。孩子发育得也不错，严小青胃口也不错，就是体重长得太快，她老吃，嘴闲不住。"

新民妈笑着说："这会儿不吃什么时候吃？我还怕她害喜呢，反应大不大？"

李新民努力笑笑，说："看人家怀孕，都说吐得稀里哗啦的。严小青什么事都没有，有时候也嚷恶心，可只要一吃就好。你们没看见，现在她那脸吃得跟脸盆似的。"

新民爸笑着说："那好！你妈怀你们哥俩的时候，吐得那叫一个厉害，什么都吃不下去，只能喝点米汤……"

新民妈顿时泪花又上来了："那时候想吃也没的吃啊！要不怎么你哥哥生下来就没了呢，孩子在我肚子里就没享着福，啥营养都没跟上！"

李新民赶紧往外扯话头："也不在乎那些！我不也什么都没吃着，我现在不也挺好！"

　　新民爸也赶紧说别的："你们去照那个 B 超了吗？知道是男是女了吗？"

　　李新民笑着说："你们就想要男孩是吧？现在刚五个月，还不好看呢。回头我找找同学，得六个月的时候才能看得最清楚。"

　　新民妈也笑着说："什么男孩女孩，有一个就行。你们俩都是独生子女，回头再生一个，咱生俩！"

　　李新民打趣地说："行了吧，我看一个就行了。什么男的女的，我都行。就是严小青，一天到晚'儿子、儿子'不离口，我真是无所谓。是男是女我都不生了，一个严小青，再来一个孩子，够我忙活一辈子了。"

　　新民妈笑着说儿子："人家也挣钱，不靠你养。孩子一工作，就也不靠你了。哪有那么多忙活的？"

　　李新民这才想起来，严小青辞职的消息老爸老妈还不知道。他坚决地闭上了嘴巴，不再给他们添堵了。

四十一

剖！

严小青终于要生了。李新民看着体重暴涨了五十五斤的老婆直发愁，他想着，临盆的时候自己怎么才能把严小青弄出门去。

小青妈催李新民给严小青联系好病房，让闺女提前住院。李新民托了一溜人，人家好不容易给找了一个四人间。严小青收拾好东西，提前一个星期就住进去了。

病房里住着四个人，预产期都差不多，严小青是最后一个进去的。那三个人已经同住了几天，聊得挺好。严小青一进去，看见了三个都比自己苗条的准妈妈，有点不乐意了，揪着李新民要换病房，还要换单间。

李新民好脾气地给解释："现在都满着，人家这还是加塞儿给咱们找的四人间，后面好多人都住不进来呢！要是不托人，咱连八人间都住不上，你就别挑了，将就一下就完了。"

严小青如今行动不便，但底气依然很足。她数落李新民："让你早点找，你就不去，犯懒！你看看，这四个人住一块，回头再加四个孩子，怎么住啊？吵死了。"

李新民自从严小青辞职以后，就不再跟严小青冲突了。他脑子里有一大堆事，没时间跟严小青揪扯。严小青怀孕六个月以后，李新民干脆就在客厅里睡了。严小青天天在家里无所谓作息，每晚上可以看韩剧看到夜里两点。李新民不行，他要想着医院的活儿干了多少，公司的活儿干了多少；想着这个月能给老妈多少钱，还差多少债务要还……偶尔，他还会在临睡前给姚逸发个短信。因为严小青要生了，每天都会跟李新民念叨一堆自己这个那个的反应，李新民纵然有一些医学知识，但是也无法全面应付。他熟悉的人里，只有姚逸生了孩子，而且已经两岁了，所以，这些事情就只好请教姚逸了。

现在严小青又发威了，李新民只好低三下四地陪着："生孩子之后顶多住三天，孩子黄疸一退咱们就出院了。单间、两人间我都问了，人家说了，只要有空地，就给咱们。你就再忍忍吧，知道你受罪了啊！"

严小青嘟嘟囔囔地又跟老妈说："那我生之前不是还得住吗？那不得住一个多礼拜吗？干脆我剖了吧，省得在这儿受罪。"

李新民和小青妈都赶紧拦着："生孩子当然是自己生最好，咱们一切正常，干吗要剖啊？"

小青妈更是强调："生孩子是瓜熟蒂落，我们那会儿都是出了危险、难产了，实在没办法了才剖呢，你别乱来啊！"

严小青嚷嚷："那得在这儿住到什么时候啊？烦死了。李新民，你就不能找个好点的大夫，赶紧给我剖出来得了！你是不怀孕、不受这份罪，我这天天连气儿都喘不匀！"

李新民耐心劝解："这事咱们得听大夫的。人家要说可以剖，就剖；人家要说你能自己生，咱就自己生！"

严小青看看自己的妈，瞪了李新民一眼，不说话了。

小青妈忙活了半天就回去了，闺女嫌医院的饭不好吃，小青妈回家给做饭去了。李新民跟严小青商量，自己得回去上半天班，这不还没生呢吗，每天陪你半天行不行？

严小青斩钉截铁地说："不行！你还上什么班啊？你们医院没人了？就指着你？你们都走了，我有个好啊歹啊的我找谁去？"

李新民悄悄指指病房里那三个孕妇，说："你看她们，不都是一个人吗？人家老公就每天下班才过来，人家中午就在医院吃。你没事的时候和她们说说话，有事就叫医生。再说了，咱们天天早上都检查，能有什么事啊？"

严小青虎着脸说："你走！你走了就别再来！我生了孩子也跟你没关系，你最好连家都别回，你就住在你们医院，孩子大了我让他管别人叫爹！"

李新民眼见严小青的嗓门一波高过一波，赶紧做认输状："行行行，你别嚷了。我这就打电话，我不去了，在这儿陪你。行了吧？"

李新民叹口气走出病房，拿出手机刚要向单位请假，老爸的电话就打进来了。电话里老爸的声音有点儿不对："新民！"

李新民说："怎么了？爸。"

新民爸着急地说："你妈这两天老是觉得自己身上不对劲。我问她她也说不出来，我陪她去医院检查了，每周都去，连续两周那报告都说没问题。我问了刘大夫，他也说没问题。你是不是再找个医院给查查？"

李新民皱着眉头说："爸！要是两个星期的检查都没事，那就是没事。你去别的医院，检查的项目也是这些。是不是我妈又疑神疑鬼了？她生病以后心理负担太重，我一去就跟我说谁谁又死了，谁谁又没了的……你得多劝劝她，不能这么自己吓唬自己。"

新民爸在电话里叹口气，委屈地说："我怎么没劝哪。说多了，你妈那脾气你又不是不知道。"

李新民安慰老爸："等过几天我回去，我好好跟我妈说说。严小青今天住院了，我这一时半会走不开，需要我陪床。"

新民爸赶紧说："你怎么没告诉我们啊？你妈昨天还让我给你打电话呢，她说算算快到日子了。"

李新民说："本来没想这么快住院，离预产期还有一个多星期呢。可是我跟她妈都担心，如果突然要生了，我们弄不了她。你们大半年没看见她了，她现在都一百六十斤了，紧着跟她说少吃点少吃点，就是不听。"

新民爸说："生完了就下去了。那大夫说了会什么时候生吗？"

李新民皱着眉头说："我看早着呢，一点儿动静都没有。还不让我上班，真是烦死了。"

新民爸反过来安慰了儿子几句，说："那我们得去看看啊。可是你妈她……"

李新民赶紧说："你们先别过来了，等生了我立马通知你们，那会儿再说。这会儿先别来了，你先陪着我妈吧。"

李新民挂了老爸的电话又给单位打了请假的电话，就这么会儿工夫，再回来，严小青就下令："你去找大夫，我想好了，约日子做剖腹产。"

李新民一脑门官司："不是刚说好了吗？怎么又变卦了？"

严小青指着外头那三个孕妇说："刚才她们聊的，说生孩子还得宫缩二十四小时。那不得疼死？她们还说，要是疼了也没生下来还得动产钳，那不把孩子夹坏了！回头疼也疼了，要是还生不下来，就还得再挨一刀！我疯了！直接打上麻药拿出来不就得了！我才不受那罪！你现在就去，给我找大夫去。趁着我妈不在，赶紧把这事定了。"

李新民实在懒得再向严小青解释自然生产比剖腹产有多么多的好处，他发现自己现在已经惧怕跟严小青交流了。他越来越像自己的老丈人，老婆说什么就是什么，已经失去了对话的乐趣；他也越来越像自己的老爸，做什么事就直接等着老婆发号施令就行了，指哪打哪，省得打错了。

李新民奉命去找了大夫，人家大夫只有一句："你爱人这情况，完全可以自己生，你们想好了，确实要剖？"

李新民把大夫带到病床前，直接问严小青。严小青躺在床上，跷着腿，手里捧着一把瓜子，坚定地说："剖！"

大夫说："那你们约时间、约大夫吧。我们的医生名单都在楼道的墙上贴着，你们想约谁就跟护士说，给你们排上时间。还有一点我要提醒你们啊，剖腹产是一项手术，手术都是有风险的，手术之后的恢复也是需要时间的，而且会比自然生产要痛苦。这些都想好了，你们就约吧。"

李新民看着严小青。严小青看着李新民，说："你还站着干吗？赶紧约去呀！"

四十二

孩子出生了

　　严小青从手术室里被推出来，胸部以下还没有任何知觉，但是她一眼就看见了等在门口的李新民。他空着手，在那里等着，孩子呢？

　　李新民俯着身凑过来，问严小青："怎么样？疼不疼？"

　　严小青虚弱地说："孩子呢？男孩还是女孩？"

　　李新民笑容可掬地说："男孩！在病房里呢，你妈抱着呢。"

　　严小青眼角流出一滴泪水，但是很快就笑了，说："这回你们老李家有后了，你得怎么感谢我？"

　　李新民哈着腰，谄媚地说："是是，我老婆劳苦功高，我爸我妈正往这赶呢！你先休息会儿啊！"

　　严小青喘着气命令李新民："一会儿你爸你妈来了，看看就行了。别让他们抱孩子。你们家那只破猫一直不送走，人身上也不干净。你听见没有？不许让他们抱，看一眼就赶紧打发他们走！"

　　李新民心里不是滋味，可还是点头答应了。

老爸老妈来了。李新民惊讶地发现，老妈几乎已经走不动了。她的难受和不便不可能是心理原因导致的。李新民在楼道里等着他们，看见老妈被老爸搀扶着，一点儿一点儿蹭过来，他的眼泪都要下来了。

　　李新民迎上去，没说话，迅速蹲下来撸起了老妈的裤管。老妈的腿肿着，有二指高。李新民有点着急地对老爸说："你不是说去检查了，都正常吗？"

　　老爸委屈地说："是正常啊。可是昨天这腿开始肿，今天就走不了路了。我不让她来，她非要来。"

　　老妈喘着气说："没事没事。我儿媳妇生大孙子，我能不来吗？我孙子呢？胖不胖？我看看去！"

　　李新民和老爸一左一右地搀扶着老妈，三个人慢慢地、蹒跚着朝病房走去。病房里，严小青已经昏昏沉沉地睡着了，小青妈在一边陪着，和老伴一起爱不释手地抱着外孙子。看见亲家来了，赶紧小声地往里让。新民妈看见孙子闭着眼睛、露着红扑扑的小脸蜷缩在亲家的怀里，眼泪当时就流了下来。她伸出双手，很自然地想接过来抱抱孩子。李新民蓦然想起了严小青的叮嘱，赶紧上前说了一句："妈，你就别抱了，你身子不舒服……"

　　小青妈不明就里，还把孩子往亲家臂弯里送呢，说："没事没事。来都来了，抱一下吧。看看您这大孙子，六斤多呢！"

　　李新民看见老妈眼睛里噙着泪花，双手伸开，舍不得收回来的样子，也不忍再说下去，只好扶着老妈的胳膊帮着她接过孩子。新民妈用自己的脸贴了贴孩子的脸，孩子还在沉沉地睡着，新民妈的泪水滴在了孩子的脸颊上。老太太赶紧伸手给孙子抹去眼泪，抚摸了一下小脸。

　　李新民心里怦怦跳，偷眼瞄着病床上熟睡的严小青，生怕她不经意间醒来看见这一幕。新民妈抱了一会儿，新民爸又接过来，嘿嘿笑着，也抱了一会儿。李新民很怕严小青醒过来，赶紧说："爸，妈，你们看一会儿就回去吧。我妈腿肿着，不能站这么长时间。"

新民妈也确实面露疲惫。小青妈看了一下新民妈的气色，问候了一句："是不是不太舒服啊？那先回吧。我们在这侍候着，没事的。你们想看，等回头出了院，上家看去！"

新民妈颤巍巍地拿出一个信封，塞到小青妈手里，一脸歉疚地说："小青给我们生了个大孙子，可我这身子骨太差，什么忙都帮不上。全靠您家里辛苦了。"

小青妈一边接着信封，一边客气："您看您说的，这是自己闺女，我们受累还不是应该的。"

新民妈的信封已经送到，缩回了手说："一点儿心意，您跟小青说，别嫌少，就算是我们给她补身子的。出了院好好养着，想吃什么跟新民说，我们给弄去。"

小青妈一边往兜里揣信封一边说："有我们呢，想吃什么我们就给弄了，您看您，都是一家子，客气什么……"

李新民目送老爸老妈蹒跚离去，又回过头来坐在床边，仔细地端详着儿子。折腾了一整天，他刚刚才能定下神来看儿子的小脸。他有点惶惑，自己都当爸爸了？自己能给这个小生命带来什么？儿子的五官缩在一张肉红的小脸蛋上，那模样跟自己小时候如出一辙。他什么时候才能意识到自己是他的爸爸？什么时候才能开口叫他？他会像自己还是会像妈妈……

李新民突然之间想到了姚逸，想起之前姚逸嘱咐过自己的话。生完孩子以后，女性的身体、心理都发生了重大的变化，特别是情绪，会易怒、抑郁、起伏不定。李新民看看熟睡的严小青，听着她轻微的鼾声，苦笑。她还要情绪化？还要易怒？那得什么样啊！

李新民又想起姚逸说的关于孩子的准备。要不要请保姆？要不要请月嫂？虽然当初严小青辞职的时候自己打了保票，说是有她在，这两样任务就都能承担。但是就生孩子之前的表现来看，李新民基本上可以肯定，严小青不行。她自己还需要人照顾呢！要是按照姚逸说的，一宿给孩子喂三次奶，严小青不得疯了！严小青疯了，他自己也就离疯不远了。

李新民又想到了以后。想到孩子都有了，难道自己还跟老丈人、丈母娘住在一个屋檐下？以后孩子会不会想要自己的房间？上幼儿园之前，严小青和丈母娘能不能应付得了这个小东西？还有，儿子的名字要叫什么？

李新民望着床上的母子俩发呆、冥想。严小青睡梦中想翻个身，硕大的肚子没有了，她终于能畅快地翻身了。但是麻药劲儿也在睡梦中缓缓退去了，翻身的一瞬间，严小青被一阵剧痛折腾醒了。

她不情愿地睁开眼睛，看着老公发呆的脸。她想大声说话，但是声音从胸腔中发出来却是虚弱无力的。她叫李新民："我伤口疼……"

李新民从自己的冥想中惊醒过来，赶紧站起来看严小青，柔声说："怎么了？疼啊？"

严小青很想说一句"废话！"但是她没力气，她说："是。你叫大夫。"

李新民赶紧出去找医生，医生过来查看了一下，笑着说："麻药劲儿过去了，可不是得疼吗！正常的，一会儿护士会送点儿止疼片过来，实在疼得受不了了就吃一片。"

严小青痛苦地说："不是说剖腹产不疼吗？"

大夫笑着说："你生的时候不疼，生完了得疼。生孩子就是遭罪的事，疼是免不了的。"

严小青不甘心地看看床外面，那三个产妇也已经生完了孩子。有一个已经下地走了。她指着她们问："那她们怎么不疼？"

大夫看了一眼，说："人家是自己生的。生完了第二天就可以下地行走了。你这个不行，得等到伤口彻底长好，慢慢来吧。"

严小青无奈地闭上了眼睛。李新民冲到嘴边的话给咽回去了，他想说："谁让你不听我的，不自己生？"但是看着媳妇难受的样子，他什么也说不下去了。

严小青哪知道，关于"疼"的噩梦才刚刚开始。晚上该喂奶了，婴儿闭着眼睛准确地找到了妈妈的乳头，裹着小嘴上来就吸。没有经验的严小青第一口就被孩子吸哭了。那是针扎一样的疼啊，严小青胸腔里萌生了一丝凉气，她大口地深呼吸，想把这种疼痛赶走，但是一吸一呼，小腹上的伤口又开始猛烈作疼……这个傍晚，严小青是哭着过来的，初为人母的喜悦只有那么短短的几分钟，余下的就是无休无止的疼。

第二天，严小青被婴儿洪亮的哭声惊醒。孩子饿了，自然要哭。李新民睡在旁边的长椅上，也一骨碌爬起来，抱起孩子往严小青怀里送。严小青一宿之中被孩子折腾了好几回，眼睛肿着、筋疲力尽，她鼓起最后一点儿力气骂李新民："要你是干吗用的？你不能抱抱啊？"

李新民委屈地说："他是饿了，我又没奶。"

严小青无奈地接过孩子，解开衣扣，孩子一张嘴，严小青的眉头就皱成了一团。她骂着怀里的孩子："就知道吃，也不管你妈的死活！"

李新民默默地听着，也不敢搭茬儿。

吃了奶，孩子被护士接走洗澡去了。严小青刚想躺下，查房的医生来了。她让严小青平躺好，双手相叠，使劲地向下按着严小青的肚子。严小青没有任何思想准备，哭喊、号叫一股脑地、不受控制地爆发出来。李新民吓得不知所措，一个劲拦大夫："您……您别按了……"

大夫一点没有收手的意思，一边按一边提高声音对李新民说："必须要按。生完孩子子宫里面有很多不干净的血液，还有别的东西，只能给她按出来。每天都要按几次……"

严小青哭喊："你别按了！疼死我了！"

大夫就跟没听见一样，继续着自己的工作，李新民在严小青凄厉的哭喊中手足无措。严小青满脸泪水，最后连喊的劲都没有了。

李新民看着那几个自然生产的产妇，有说有笑地聊着天；有一个被大夫按着，似乎还很享受，仿佛在做按摩……他真不知道自己应该如何去安慰病床上的严小青。

四十三

起个啥名好？

　　出院之后，李新民发现严小青似乎几天之内就老了好几岁。

　　虽然小腹上的伤口已经愈合了、线也拆了，但是严小青在下地走路的时候还是不自觉地弓着身子，似乎一伸直了腰，就会扯破伤口一样。为了她这个姿势，李新民和小青妈说了好几次。小青妈说，肯定已经不疼了，你要是再这么罗锅着走路，后半辈子这腰就别想直起来了。

　　李新民也说，她这是心理问题在作祟，伤口明明已经长好了，不会疼的。但是严小青的腰依然直不起来，再说，她就急了，冲着李新民嚷嚷："生孩子不是你是吧！你是没挨那一刀！疼不疼我自己知道，用得着你说！"

　　李新民只要听到严小青骂自己，就闭嘴，这是唯一能让严小青停止的办法。李新民也委屈，自己明明是好意，怎么回回都是这个结果？一委屈，李新民就想找人说话；一想找人就只能找姚逸，只有姚逸能安慰他。他试着跟梁丽说过两次，每次都被梁丽斥责"窝囊"；他跟姚逸说，姚逸还能帮他想想办法。

转眼三个月过去了，李新民的儿子快要过百日了。可是名字还没有取好，这着实让人伤脑筋。新民爸专门给老家的亲戚打电话，问了一下家谱。李新民的名字就没按家谱上排列，当时实在没这个想法；现在的人都有闲情逸致了，就把祖宗给想起来了。新民爸问了一圈，到李新民这儿，应该排"福"；李新民儿子这一辈，应该排"贵"。

新民爸兴高采烈地把这个消息告诉儿子，儿子又告诉儿媳妇，结果招来了儿媳妇的鄙夷不屑和坚决否定。严小青气宇轩昂地说："什么'福'的'贵'的啊，难听死了，还这么俗，听着就是农村里没文化的人给起的，不行。姓你们老李家的姓，名字得我们家人起，叫你爸别瞎忙活了。"

李新民无奈之下当然不能把原话转告给老爸，只好做老爸的工作："我都没按着家谱排，我儿子忽然排上挺奇怪的。再说，这个'贵'也不好起名字。现在小孩的名字都那么洋气，咱给起这么一个名字，以后也不好叫，上学以后同学会笑话的。"

新民爸的满腔热情被泼了一盆冷水，儿子大了，自己说什么也不好使了。

这边，当姥爷的小青爸一连给列出了不下十个名字，说是让严小青和李新民挑。李新民只瞥了一眼，就失去了挑选的热情。什么"云峰"、"志伟"之类的，比70后的名字还老套。李新民对自己的名字就一万个不满意，但是没辙，爹妈给起的，不叫也得叫。如今轮到自己有主动权了，当然要千挑万选。可是自己琢磨出的那些字怎么都不响亮呢？

严小青在家里翻了几天字典也逐渐失去了热情。她失去热情之后唯一的举动就是命令李新民，如今那么多起名公司，拿着孩子的出生日期、具体时间，找起名公司的高人给算一个名字去！

李新民现在已经成了彻底的行动派——老婆动嘴他动腿。他得了严小青的命令，在网上搜了几家起名公司，他还真是很虔诚地一家一家去了。去了才知道，这种事情只能拜一个庙门，拜多了，神仙之间也乱了。

第一个大师拿着李新民带去的生辰八字，掐指一算，说："贵公子命里缺金，我送您一个'鑫'字。但是看这时辰，公子命硬，恐怕要克爹妈。所以这中间的字嘛，需要柔软一些，我送您一个'若'字。倘若用了我这两个字，保您全家平安，孩子健康。"

李新民听着云山雾罩，就听了个"李若鑫"，觉得还不错，就给了人家一百块钱离开了。

到了第二家公司，这位更狠，屋子里摆着条案，一个半大老头穿着皱皱巴巴的唐装，坐在后面。屋子里四个角都摆着香，李新民一进去就闻到了浓烈的香火味，就跟到了雍和宫似的。

人家条案上还摆着一个小方木盒子。老头打开盒子从里面拿出三枚铜钱，他先问了孩子的生辰八字，又问了李新民和严小青的名字以及出生日期，这才开始念念有词。之后把三枚铜钱交给李新民，让他攥在手里往天上抛，一连抛了三次。之后大师在纸上写写画画，这回说的跟前面那位又不一样，说："贵公子命里缺水，而且根据你夫妇两位的名字、命相来看，您儿子这名字中间那个字得是十一画，第三个字得是十画。"

李新民毕恭毕敬地听着。

大师微微颔首，闭着眼睛憋出了仨字：李深哲。李新民琢磨这三个字，似乎也不太顺口，但是这也是大师给算的呀，交钱拿着走吧。

从几处大师那里出来，李新民来之前那点神秘、那点儿敬畏全没了。他想了一下，给姚逸打电话，姚逸一听他一上午的遭遇就乐了："你的儿子，你愿意起什么就起什么，问别人干吗？"

李新民解释说："我不是想不出好听的名字嘛。"

姚逸笑着问："那些大师想出来的就比你想得好？"

李新民说："人家那是用生辰八字算的，总比我有讲究吧！"

姚逸笑的声音更爽朗了："你儿子是剖腹产，自己定的日子剖出来的，这还有什么生辰八字？"

李新民想想，也笑了。之后他又问姚逸："李若鑫、李深哲，哪个好听？"

姚逸想想，说："都还好吧！反正就是个名字，你和你太太觉得哪个顺口就叫哪个呗！"

李新民就拿着这两个花了二百块钱请回来的名字回家去给严小青过目。严小青叫上老爸老妈一同研究，最后决定折中，大名叫李深哲，小名叫鑫鑫。这回省得缺这缺那，水啊金啊的全都有了。

起好了名字，小青妈开始和李新民商量孩子的户口问题。这个时候李新民才意识到，自己这么多年来，户口本上还是"未婚"。结婚以后，他和严小青的户口都搁在各自父母家的户口本上，各自都是"未婚"。如今，有了孩子，落在谁家是个问题。

小青妈问李新民的想法。李新民想起了之前姚逸提醒过他的，谁家附近的教育资源好，就落在谁家。李新民想了想，如今自己住的地方、也就是严小青的户口所在地，小区里就有配套的幼儿园，而且是新建的，以后儿子上幼儿园很方便。他就跟丈母娘说："我看还是落在这儿吧，咱们这楼下就是幼儿园，以后方便。"

小青妈笑着跟女婿商量："要我说，还是把鑫鑫的户口落在你爸妈那儿。不管怎么说，也是你们李家的苗儿，我们给看、给带都没问题，户口要是也落在我们这儿了，你们老家儿该有想法了。我这么说，你能听着就行了，也别回家问去。我知道你是实诚孩子，可你父母也是要面儿的人，你一问，他们也不可能说什么。我们觉得还是不好。现在你妈身体也不好，要我说呢，不光鑫鑫，你的户口不原本就在吗？我跟小青说说，你们一家三口的户口都迁回去，把小青的也迁你们家。好歹你们是三口人了，你们小家的户口也应该在一处。小青嫁给你，户口进你们家也是应当的。"

李新民觉得丈母娘的说法冠冕堂皇，心里觉得还挺受听，就答应了。

第二天李新民上班，严小青跟老妈嘟囔："你没事瞎出主意！我好好的迁什么户口？孩子的也迁？他们家那儿就是个破地儿，连个幼儿园学校都没有。我去干吗？去了不还得在咱家住着？弄得跟我下嫁似的！"

小青妈正给外孙子收拾尿片，听了闺女这么说，就放下手朝着闺女额头戳了一下子，说："你这个傻丫头，都当妈了，怎么还这么笨呐！他们家那是老破楼，你看看如今这形势，二环里面有不拆的房吗？我跟你说，他们家早晚得拆迁，而且拆得越晚补偿越多！哪像咱们家，拆了半天就给了一套房，还得自己花钱填补！他们家那房子，你看着小，可地段值钱。只要拆了，挣个几百万不成问题！我现在让你们过去，多一个户口多一份钱！你怎么就那么傻呢？到嘴的肉不吃、到手的钱不拿，你跟钱有仇啊！你那婆婆，不是我咒她，你看她那身子骨，能不能坚持一年都不好说。回头她一走，那房子里就你公公一个人常住，还有李新民的户口，两口人，能分多少？趁着现在还没启动，户口没冻结，你们都进去，多一个人就多一份钱，闹不好，还多一间房呢！这也就是不能迁亲家的，要不然，我连我跟你爸的都想迁进去！"

四十四

世上没有老实的男人

　　李新民的宝贝儿子要过百日了。李新民告诉了姚逸，两家准备找个饭店好好办一下。姚逸觉得自己应该表示一下，就准备了一些孩子的衣服、纸尿裤、玩具什么的。李新民可不敢请姚逸参加，这个宴会上所有到场的亲友都是严小青亲自圈定的。长辈亲戚们一定要请，是因为他们不能空手来；朋友嘛，严小青只请了杨欣和李洁，她要隆重地推出自己的劳动成果。

　　姚逸很清楚自己不在被邀请的名单里，她也压根就没想去。她接到李新民的电话，告诉她最终孩子用了哪个名字，还有哪天要办百日。姚逸就跟李新民说："我给你儿子准备了点儿礼物，你要是方便就来拿一趟吧，不方便我就给你递过去。"

　　李新民算了算，自己已经很久没见过姚逸了。严小青怀孕以来，两个人几乎每隔一两周就要通个电话，李新民在很多不知所措的时候都是依靠着姚逸的指点和安慰过来的。李新民也想见见姚逸。

　　两个人约在了一个在李新民看来还算安全的地方，是严小青平时不会涉足的区域。姚逸先到，递给李新民一大包东西，告诉他："这衣服应该能穿，我是照着四五个月大的婴儿买的。你回去给下下水，洗过之后再给孩子穿。纸尿裤我买的是大号的，应该能用。现在不能用再过几个月也差不多了。"

李新民感激地说："多谢了。你现在还那么忙吗？"

姚逸笑笑，李新民注意到她的眼睛有点浮肿，一副没睡好的样子。李新民关心了一下："是昨天没休息好？眼睛肿着呢。"

姚逸含糊地笑了一下，说："嗯，有点失眠。"

李新民条件反射地在脑子里闪了一下，自己这段时间正在推一种安神药。他问："我这有一种新出来的安神药，效果还不错，我给你拿点试试？睡不好觉很伤身的。我媳妇睡不好就要发脾气，尽找碴儿！"

姚逸被李新民的认真劲头逗乐了，说："没事！我没那么大脾气可发，也不用吃药。"

李新民拿出了推销药的劲头说："你别小看失眠，真的得注意。是不是工作压力太大了？"

姚逸看着李新民眯成一条缝的小眼睛、诚恳又憨厚的五官，冒出了一句："跟工作无关。"

李新民很难得地反应快了一下："那就是家里有事？怎么了？我能帮上忙吗？"

姚逸苦笑了一下。她本不想说，但是看着李新民的小眼睛执着地看着自己，她动摇了。也可能是一件事情在心里郁结了太久，总要找个机会冲破牢笼一样，她冲口而出："我老公有外遇了，你怎么帮？"

李新民一下子愣住了，姚逸也愣住了。姚逸发愣是因为自己这一句没头没脑的话，她搞不清楚自己深藏了半年之久的秘密，为什么会对李新民说出来。

李新民发愣是因为，他从来没想过，在姚逸的生活里也会遇到这样的困境。自己和姚逸比起来，他一直以为姚逸过的是幸福的、美满的生活，她的工作顺心、体面，老公条件好，家里不愁房子不愁车，连孩子都有了，怎么会有这种事？

姚逸先说话："没想到是吧？我也没想到，而且不知道怎么办。"

李新民回过神来，说："你老公承认了？"

姚逸摇摇头，说："没有，但是我发现了。你知道，女人的直觉是很可怕的，而且很准确。"

李新民说："那，你老公怎么说？"

姚逸说："我没有告诉他，我一直在等他跟我说。但是，他好像没有告诉我的意思，也没有要解决问题的意思。我现在很矛盾，每天回到家里，不知道应该怎样面对他，好像做错事的是我，不是他。"

李新民看着姚逸慢慢闭上的眼睛，觉得很心酸。他说："那你打算怎么办？"

姚逸说："我想离婚。我觉得这样拖下去对谁都没有好处。我带孩子走就是了，成人之美。"

李新民脱口而出："姚逸，你别干傻事！干吗要离婚？就算离婚了，凭什么是你带着孩子走？他一个男人，为什么不是他走？"

姚逸看着李新民，很认真地说："如果我离婚了，我唯一要争取的就是我女儿。别的我都可以放弃，我有能力把孩子单独抚养大。况且，就算他把房子给我，我也没办法再住在那里。那房子里全是他的气息，我受不了。"

李新民开始劝姚逸："既然你老公没主动说，那就证明他还不想离。没准……他就是个一夜情，就是逢场作戏，你不用那么认真的。"李新民在说这几句话的时候，很自然地想到了他和梁丽的往昔。他也做过这样的事情，同样，他从来没想过要离婚。

姚逸有点愤怒地说："他如果真的这样想，我就更要离婚！这算什么？对我算什么？如果他告诉我，他已经不爱我了，他爱上了别人，我或许会自责，或许会反省，我会好好想一想，是我哪里做得不对……但是他这样，让我一点留恋之心都没有。李新民，你也是男人，你告诉我，如果你在外面跟别的女人上了床，回家之后，你还能坦荡地面对自己的老婆吗？"

姚逸的问题把李新民逼到了墙角。但是因为是面对姚逸，李新民没办法不实话实说："姚逸，我只能告诉你，如果是我，我可以。因为，我在外面做了什么，不代表我就不爱我老婆了。你知道，我和我老婆之间……我们没谈过那么多年的恋爱，我们俩结婚也挺偶然的。我记得你还说过我，别为了房子结婚。可是我现在想想，我确实不是因为特爱她，才跟她结的婚。可就算这样，结了婚，她就是我老婆了。我估计一般的男人，除非真是碰见特好的，或者真是跟自己老婆过不下去了，才会在外面爱上别人。一般情况，就算跟别的女的有那么几次，也不算什么。只要别让老婆知道，就没事。我跟你说，男人很胆小的，不敢轻易离婚的。"

这几句话，把李新民在姚逸心里的印象全都打破了。之前的李新民是那么憨厚淳朴，还有那一点点窝囊。怕老婆、怕老妈，姚逸以为这个男人一辈子都不会出圈儿。现在看来，老实如他，都会有这等想法。

姚逸盯着李新民看，问："那你出过轨吗？"

李新民话赶话到这个地步，想不说也藏不住了。他不太敢看姚逸的眼睛，小声说："有过那么几次吧……不过，那都是当时感觉好，就……在一起了。之后，两个人谁也不会当真的，所以不会影响到家庭。"

姚逸叹口气,李新民听得出,这一声叹息里充满了失望和不解。姚逸真的不知道该如何评价,她问:"你干吗要这么做?是你和你老婆之间不幸福?还是你们当时吵架了?"

李新民觉得这个问题好笑,他反过来问姚逸:"你还帮人打离婚官司呢!这和家里的老婆没关系。我觉得,可能男人天生就是这种动物,你非给他固定一个人,他就会觉得别扭。"

姚逸不依不饶地问:"那就是说,世间没有男人不出轨?"

李新民吐了一下舌头,如实交代:"所有男的……我不敢说。但是,大部分吧。这年头,就算你不找她,也有女的硬往上靠呢。没准你老公就是没办法了,被别人缠住了。你想,他也是律师吧,挣得多,工作又好,肯定有好多小女孩盯着呢。你别太往心里去。我觉得吧,只要他没说离婚,就证明他还是想着你、想着家里的,你别太逼他……"

姚逸觉得这简直是天大的笑话,说着说着好像是自己犯了错、自己做了对不起家庭的事!这种事出来了,居然第一个知道的人给自己的建议是"隐忍"和"宽容"!

李新民继续以自己为例子设身处地地说:"姚逸,我真的劝你别轻易提离婚。你说,你一个女的,再带一个孩子,以后怎么办啊?你再犯傻,还要什么'净身出户',什么都不要,你这不是傻到家了吗?要是你老公真有这事,你这不是成心成全他们吗?咱们上了大学、当了律师,可不能在自己的事情上犯傻啊!对了,姚逸,这事你跟你爸妈商量了吗?你可不能自作主张。你想想,你孩子刚上幼儿园吧,以后没有爸爸的日子可怎么办啊?你怎么跟她说呀?还有,你带着孩子,以后还怎么结婚?再找这么条件好的,可难了。"

姚逸彻底被李新民说傻了。按说，她自己是律师，在作这个决定的时候自己应该想好的，可是这些细节以及后果，确确实实自己一分钟都没有想过。在她发现了老公有外遇之后，她的心里只有愤怒和委屈，后来是恶心。姚逸并没有被李新民今天苦口婆心的劝解说服，但是，她还是被触动了。

　　望着李新民离去的背影，姚逸坐在座位上原地没动，眼泪喷涌而出。此时此刻，她最真实的感受就是失望，是对全世界男人的失望。不知道为什么，她固执地觉得，如果连李新民这样的男人都能出轨的话，这个世界上就没有老实的男人了。

四十五

百日

　　严小青给儿子办了一个热热闹闹的百日。在小青妈的操持下，李深哲的褓褓里成功地收入了两千多块钱。但是新民妈没有来。在操持宴会的头一天，新民妈很少见地给李新民打了一个电话。李新民当时正在外面采购，左右手都占满了，手指头被沉重的塑料袋勒得生疼。手机在裤子口袋里噼里啪啦作响，李新民不情愿地找了个台阶，把两大包东西码好了，用小腿挤着、不让它们掉出来，这才腾出手来接电话。

　　新民妈虚弱地对儿子说："新民，妈觉得快不行了，你抽空回来一趟，我有些话想跟你说……"

　　李新民在嘈杂的环境里听到这两句话，第一反应就是老妈又犯疑心病了，而且还很夸张。李新民低头看着就快从塑料袋里滚落出来的婴儿罐头，有点不耐烦地说："妈，你又胡思乱想了，瞎说什么呀？明天就是鑫鑫百日，我忙完了就回去看你。你们明天来了再跟我说呗！"

电话那边沉默了几许,缓缓地说:"那你先忙吧。明天⋯⋯我争取去。"

结果,新民妈没能来;李新民忙完了儿子的百日也没回家——他直接就去医院了。办百日,孩子八竿子打不着的亲戚都到了,就是爷爷奶奶没来。李新民给家里打电话,没人接。他以为他们出来了,在路上堵着,就没在意。都开始切蛋糕、吃饭了,爷爷奶奶还没到,李新民又打,还是没人接。他才有点着急了。

都快吃完了,新民爸给李新民打手机:"儿子,你那快完事了吗?"

李新民有点急了:"你们在哪呢?怎么还没来?都吃完了!"

新民爸弱弱地说:"那你来趟医院吧,你妈⋯⋯情况不好,早上叫的120。"

李新民都傻了,说:"那怎么不早告诉我?"

新民爸说:"你妈不让,说你今天正忙⋯⋯"

李新民顾不上换下身上那件西装,跟丈母娘说了一声,急急火火地跑到医院。老妈已经躺在病床上了。李新民看见躺在那里、形容枯槁的母亲,眼泪当时就下来了。他埋怨老爸:"你怎么不早点告诉我啊?我妈这是怎么了?"

新民爸用手背擦着眼泪说:"你妈给你打电话了呀!你不回来呀⋯⋯"

李新民真想抽自己几个嘴巴。他擦干了眼泪想找大夫,就问他爸:"大夫呢?谁是大夫?他怎么说?我妈到底怎么了?"李新民声音越来越高,护士站的护士都被他吵来了。新民妈意识尚还清醒,睁开眼皮看着四处乱嚷的儿子,张开嘴想说什么又说不出来。

新民爸和赶过来的护士一起,拽着儿子出了病房。护士瞪着李新民说："你喊什么？有话不能好好说？有问题找大夫，办公室在那边！"

李新民甩开胳膊就要去，新民爸亦步亦趋地跟着，小跑着说："刘大夫休假了，不在。你妈这是临时住院，负责的大夫姓关。你跟人家说话客气点！"

李新民喘着气，推开医生办公室的门，迎面坐着一个四十多岁的女大夫，戴着眼镜，正在看着什么。新民爸抢先喊了一声："关大夫！"

姓关的女医生站起来，看着新民爸，说："我正看您爱人的检查报告呢，来，进来吧。"

新民爸拉着李新民向医生介绍："这是我儿子。"

关医生向李新民点点头，给他们拉了一把椅子。新民爸坐下了，李新民还是站着，他坐不住。

关医生看了他们爷儿俩一眼，说："看样子，情况不好。你们得有心理准备。"

新民爸当时就哭了。李新民暴跳着说："我妈这一年多都是在你们医院看的，一直就说是普通的肾炎。前半年还好好的，怎么这几个月就成这样了？"

关医生耐心地说："因为我不是她的主治医生，有些情况我不了解。今天病人被送来的时候已经大面积水肿了，而且几乎不能说话，意识也不太清楚，我们是给做了急救的。现在看来，应该是肾衰。你刚才说的情况我还不清楚，你父亲只告诉我了她之前的负责大夫，但是刘医生现在在马尔代夫度假，刚走，一时半会儿回不来。这样吧，我去看看病历，了解一下情况，然后咱们再说怎么办。但是，我还是那句话，要有思想准备。"

关医生后面又说了什么，李新民已经听不到了。

晚上，李新民坚决留下来要陪床。新民爸看了一眼儿子的穿着，说："那我回家给你拿件衣服吧。你这身西服在这揉巴一宿，该糟蹋了。"

新民爸走后，李新民颓然坐在床边的椅子上。一个病房里四个人，那三个病友都能坐能卧，能吃能睡；只有新民妈，时而清醒时而糊涂。李新民坐在床边，经历着人生中最漫长的等待。他双眼紧紧盯着老妈的眼睛，期待着它们能睁开。他现在最怀念的就是老妈对自己的数落，小时候、结婚前，那些密如雨滴、又句句带刺的数落，虽然当时听上去不好受，但是至少在自己面前的是一个健康的老妈。

现在，老妈就躺在自己面前。在李新民的记忆里，他似乎就没见过老妈躺着的样子。每天早上，老妈一定是先他起床的，一定会在他刷牙之前把早饭摆在饭桌上。晚上，老妈几乎是最后一个上床，就算在李新民应对高考的那段最忙碌的日子里，每天夜里十一点，老妈也会躺下再起来，给儿子送来一个面包或是一杯牛奶。

李新民看着躺在床上、合着眼睛的母亲，觉得是这样的陌生。他想去为她做点什么，但是却无从下手。李新民看看老妈，又看看输液瓶，站起来又坐下去，那个时候的时间似乎是停滞的。

夜里十一点，李新民的眼皮开始打架的时候，老妈的眼睛却慢慢睁开了。病房里并不黑暗，墙角的射灯亮着，柔和的黄色光束让新民妈很清楚地看到了身边坐着的儿子。

新民妈虚弱地叫："新民……"

李新民已经模糊的意识里听到远方传过来的一声呼唤，猛然睁开了眼睛。娘儿俩四目相视，李新民一激灵挺直了身子，马上又趴到老妈面前，悄声说："妈！你醒了！"

新民妈动了动自己的胳膊，手背上还扎着点滴。一整天的输液，新民妈的身体被不断涌进的液体弄得冰凉，手心里也没有血色。她伸出手，想抬起来。李新民赶紧握住了老妈的手，对老妈说："妈，你想要什么？手上有点滴，不能动的。"

新民妈的鼻子里也插着管子，她艰难地说："我就想摸摸儿子。"

李新民哭了。他用力抓住老妈的手，在自己脸上摸索。新民妈又抬起另一只手，抚摸了一下李新民的头发。李新民控制不住地趴在老妈胸前，闷声哭了起来。

新民妈问儿子："鑫鑫的百日，热闹吗？"

李新民哽咽着回答："热闹，都去了。我大爷、二姑他们都给鑫鑫红包了。她们家的亲戚也没少给。"

新民妈努力笑了一下，说："这就好。看着你成家立业，儿子也有了，妈心里也没什么挂念了。"

李新民哭得更厉害了，说："妈你没事，你真的没事……"

新民妈没有安慰泣不成声的儿子，而是自顾自地说："等我走了，估计你爸一个人，不好过。你们看，跟你们一块儿过，肯定都别扭；我跟他说过，要是我走在他前头了，你就给他找一个好点儿的养老院，你们经常去看看他。他要是想再找一个老伴儿，你们也别拦着……"

李新民觉得自己快崩溃了，他哭着埋怨老妈："你别瞎说……"

新民妈喘口气，说："还有一件事，儿子，咱们如今都有孙子了，再住在你丈母娘家就不合适了，以后，难免会有矛盾。等我走了，你爸去了养老院，咱家房子就腾出来了。你们装修、收拾，还是住在咱家的房子里吧。不然，我这心里老是不踏实……"

李新民抹了一把眼泪说："妈，我现在挣得多了，我肯定自己买房。妈，你别瞎想了，你好好养着，明天我让严小青抱着鑫鑫来看你。你别胡思乱想，我问大夫了，你没事的。等那刘大夫回来，让他好好给你看。你没事的。"

新民妈嘴角露出了一丝勉强的笑容。昏黄的灯光下，看着老妈的笑容和浑浊的眼睛，李新民心里有了很不好的预感。他不知道该让老妈睡还是就保持着这样的清醒。他生怕老妈睡去了，就不会再醒来；但是他也怕，怕这样的清醒，会耗尽老妈生命中那最后一滴灯油。

四十六

人走了

　　新民妈走了。就在严小青打电话跟李新民大吵，责问他为什么夜不归宿的时候；就在李新民躲在楼道里，向老婆颠三倒四地解释老妈病得很重，今晚要陪床、不能回家的时候。新民妈在半梦半醒中突然就扭曲了五官，她晃动双手，没有人；她的胸口发出了恐惧的声音，也没有人。在她最难受的时候，旁边床的病友被惊醒了，下意识地按响了护士的呼唤铃。

　　李新民在楼道的那一头，看到值班医生、护士奔跑着冲进他刚刚离开的那间病房的时候，他忽然听不到严小青在电话里大声的斥骂了。他好像听到老妈在叫他，他也跑进去，他跑得很慌张，连手机都没有关。严小青的声音从话筒里传出来，冲进漆黑冰冷的楼道，医院的病房深夜里显得更加凄冷。

　　……

　　李新民办完老妈的后事之后见到了姚逸。姚逸听完了整个过程，建议李新民去调查一下老妈的死因。姚逸是律师，有职业的敏感，李新民听从了姚逸的建议，找人弄出了老妈的病历，把老妈服用过的所有药物都留样、留了方子……

在毕业多年之后，李新民又一次回到学校。他先去找了学校里肾病方面的专家，拿着病历一点一点听人家给分析；然后又去自己的学院，找药学的权威，一张一张地去看老妈服用过的方子。

折腾了一个月，调查的结果出来了。新民妈果然是非正常死亡，姚逸的推测没有错。但是问题不是简单的误诊或是医疗事故，问题出在药上。李新民找的教授明确告诉李新民，之前新民妈服用的药物一直是对症的、没有问题的；问题出在临去世前几个月，刘大夫新开的药物上。这种名叫"肾之荣"的西药不能和新民妈一直服用的药物共同服用。如果用了"肾之荣"，其他的药物就要停。而且，最严重的是，刘医生把剂量开大了。这个药，长期服用的话，一天只能服用一粒；但是给新民妈的医嘱上，让她一天服用三次，每次一粒。

李新民按照老教授说的，又上网仔细查阅了药物说明；他又去查药典……一切都搞清楚了，李新民的眼泪又一次控制不住地涌出来。他抓起电话，哆哆嗦嗦地打给姚逸："姚逸，我去查了，我妈吃的药有问题……"

姚逸听到电话里李新民泣不成声。她只有安慰："你先把材料收好，到我这儿来一趟。我可以帮你，咱们得向医院讨说法！"

李新民在家里，确切地说是在老爸老妈的房子里，哭着、擦着眼泪收拾所有的东西。老爸不在，他受不了熟悉的房子里没有了熟悉的人，去李新民的大爷家暂住了。李新民收拾好所有的材料来找姚逸。

姚逸已经约了专门负责医疗官司的同事，一起在等李新民。他们一起听李新民讲述了新民妈之前的所有症状、服药情况，以及医学院的教授给出示的情况说明。姚逸听完了，问她的同事："张淼，你看，他这情况该怎么办？"

张淼，律师，一个四十出头的中年男人，在一张一张地看完资料之后，对李新民说："这件事看你想怎么办，是要为死者讨一个说法，还是委托我们私下和医院接触，也就是说私了。"

李新民不懂："什么叫私了？"

张淼耐心地给李新民解释："现在医患之间的纠纷很多，对于大多数患者来说，即便是出了医疗事故，只要没死人，很多人还是采取私下里协商的手段来解决。我必须告诉你，在医院面前，患者永远是弱势，你要打官司，就得作打持久仗的准备。"

李新民说："我懂！我就在医院里上班。可是我妈都死了啊，我妈不能死得这么不明不白呀！"

姚逸也说："我们做最坏的打算，如果打官司，胜算大不大？"

张淼说："姚逸，这个你也知道，这种官司无所谓输赢。关键是，你们的诉求是什么？希望能达到什么样的目的？"

姚逸看着李新民。李新民说："我要讨个说法，是他们把我妈治死的，主治医生、医院都要承担责任。"

张淼接着他的话头说："是啊，可是你想要他们承担什么责任呢？我必须告诉你，像这样的情况，最好的结果，是法院的判决对你有利，判医院负责。那样的话，也就是民事赔偿，以我的经验来看，赔偿款不会超过十万。但是如果咱们和医院私了的话，可能也会拿到八万左右。我建议你回家去跟家人商量一下，看看到底采取哪种途径。打官司，需要时间和精力，要半年到一年。私了可能要快一些，但是，你所希望的，主治医生负责的想法就实现不了。他还会当他的医生，医院顶多罚他点钱。"

姚逸还是看着李新民，这种选择只能他自己作。李新民想了一下，说："我想打官司。我妈死的时候，身边只有我在。只有我知道她那个时候有多难受。我一定要给我妈讨一个说法！"

张淼点点头，说："行。那我就回去作准备。你有什么新的发现或者想法，随时跟我沟通。我跟姚逸是多年的朋友、同事，她拜托的事我一定会尽力，你放心吧。"

张淼离开后，姚逸问李新民："你要不要回去跟你父亲再商量一下？这事得让他们知道，还有你爱人。"

李新民点点头："我回去说。姚逸，张律师的律师费……"

姚逸打断他："这个你别管了。你什么都不要想，只要配合张淼的工作就行了。"

连日的伤心、劳累，已经让李新民的眼睛肿成了一条缝，更小了。他努力睁了睁眼，看着姚逸，问："你怎么样？家里还好吗？"

姚逸摆摆手，说："我已经决定离婚了。协议我都写好了。"

李新民叹口气："姚逸，你还是再想想吧，能不离就别离。你一个女人，带着孩子，日子会很难的。"

姚逸苦笑了一下："顾不了那么多了。"

李新民回到家里，先跟严小青和丈母娘丈人说了连日来调查的结果。丈母娘也陪着李新民掉了几滴眼泪。李新民最后说了自己的决定：打官司，告医院。

老丈人先是表现出了不安。他对女婿说："老话儿说'气死不告官'。咱普通老百姓，跟这么大一个医院打官司，咱们能打得赢吗？"

李新民摇摇头，说："律师也说了，时间会很长，结果也不一定。但是我妈实在死得太不值了，我咽不下这口气。"

小青妈抹了抹眼角，说老伴儿："你怎么还这么窝囊！亲家母都没了，还不能告啦！这是他们给治死的，没让他们偿命就便宜他们了。"

严小青听着三个人说话，冷不丁冒出一句："告赢了会怎么样？赔咱们钱吗？"

李新民老实地说："律师说了，最好的结果是赔偿十万左右。"

严小青推了一下李新民，说："告啊！能告出一辆车来，为什么不告？反正咱们也没什么事，才不怕跟他耗呢！告他！万一能告出二十万来才好呢！"

李新民心里冷得直打寒战。

这边家庭会议取得了一致，到新民爸那边却碰壁了。一听说儿子要打官司，新民爸，一辈子没发过脾气的老头，突然没有来由地怒了。老头冲着儿子嚷嚷："不许告！我不管这个那个，你妈就是你给气死的。让你回来你不回来，你说你陪床，晚上你就没影儿了……你还好意思赖医院、赖人家大夫？"

李新民耐心地给老爸和大爷一家子解释，老妈吃的药出了问题，自己就是学药的，自己知道这里面的利害。

新民爸怒气冲冲地说："你还敢说你懂！你妈的药方子又不是没给你看过，你那会儿也没说有问题啊！那会儿没说，现在又说！我丢不起那人！你说，你是不是就想讹人家钱啊你！我再穷，我也出得起你妈的医药费，你甭想……"

大爷一家子赶紧拦着老爷子，生怕再气出个好歹。李新民没料到老爸会是这个反应，颓然地从大爷家出来了。他想着老爸说的每一句话，字字都戳在心上。李新民说自己，老爸说得没错，老妈的死一半是因为庸医，一半是因为自己。想到自己，他忽然明白了，那个刘医生，一定是因为要多拿药厂的回扣，才拼命多开这个"肾之荣"给老妈的。不顾剂量，不顾药物之间相互反应，这哪里是医生，分明是唯利是图的黑心商人。

想到这儿，李新民看了看自己的脚尖，自己的心也不白净啊。

四十七

我要打官司

　　张淼的办事效率很高。在李新民呈交了材料的第三周，张淼就以代理律师的身份接触了医院。一切都如张淼预料的那样，因为之前李新民在姚逸的提醒下，已经复印了病历，掌握了处方和服药明细，医院一方见到这些证据的时候就被动了。

　　在和张淼交涉的过程中，院方始终强调自己的应急处理没有问题。张淼笑着回应："我们并没有强调是抢救过程的问题，而是为什么病人会出现需要抢救、生命垂危的情况。这是和你们院方刘医生的诊断以及所开药物有直接关系的。病人正是因为听从了刘医生的医嘱，在其指导下增加、服用了新药，从而产生了不可逆转的后果。"

　　院方代表又强调给病人所开的新药也是对症的，并且药本身是国家药监局批准使用的合格产品，药物本身没有问题。

　　张淼依然临危不乱："是，药物本身是没有问题。但是，两种药物加起来相互作用就有了问题。"张淼并没有把相关专家提供的实验数据以及签字证明直接提交给医院,他只是告诉院方:"如果我们没有拿到有力的证据,我是不可能坐到这里来和医院商讨这起事故的。"张森把"事故"两个字说得异常清楚,他有意无意间给医院施压:我方已经掌握了相关证据,足以证明病人的离世是由于院方的医疗事故造成的。

第一仗,张森赢得干净利落。院方觉得再坐下去谈也不可能有什么结果,只能告诉张森,还要回去再商讨一下。张森当然明白这里面的事情,今天来谈判的只是一个代表而已,名片上写的是"处长",可实际上做不了多大的主。

按照张森的预想,这场官司打下来应该是场持久仗。他提醒李新民要做好充足的思想准备和体力准备,一旦进入司法程序,李新民就要随叫随到,隔三岔五地往法院跑了。

李新民是铁了心要打这场官司。他觉得这是让自己心安的唯一办法。姚逸说得对,这件事情自己即使有责任也不是主要责任人。害死老妈的是医生和医院,不是自己。但是,怎样才能证明不是自己呢?老爸始终认定,如果当晚老妈出现突发情况的时候自己守在身边,没有去楼道打电话、发短信的话,老妈就不会死。

只有通过法律手段,迫使医院出具相关的证明,承认自己应该承担的责任,李新民内心的愧疚才能减轻一些。当姚逸提醒李新民走法律渠道的时候,李新民就对自己说,这样做是为了对活着的人,尤其是老爸有个交代。但是现在他知道了,他更想给自己一个交代。

这次难能可贵的是,虽然老爸不同意他打官司,认定他是转移目标;但是严小青却出人意料地站在了李新民这边。严小青给李新民打气:"咱有的是时间,跟他扛!"李新民知道,让严小青下定决心打官司的最主要原因是赔偿款。那个可能的数字彻底征服了严小青的心弦。李新民每每想到这里就有些苦涩，但是想着想着他就顾不上了。有严小青支持就已经是意料之外的惊喜了，哪里还管得了是为了什么。

但是，夜深人静的时候，李新民也想过，一旦官司打赢，拿到了这笔赔偿款，又会怎样？严小青的态度很明确："既然你爸不同意你打官司，你就别告诉他。反正从头到尾是你一个人在忙活，官司输赢也跟你爸没关系。咱们谁都不说，就得了呗！"

李新民当然听得明白严小青话里的意思。这场官司即使输了，李新民也只是搭上了时间而已；但是一旦赢了，李新民手里就会得到一笔钱。这笔钱无论是对于严小青还是对于新民爸，都是一笔十足的巨款。那时候怎么办？姚逸提醒过李新民，对于那笔很可能拿到的钱，他心里要早作打算。李新民当时脑子里冒出来的第一个想法，是都给老爸。李新民知道，自己结婚、生孩子这么多年来，老爸老妈手里那点家底儿已经所剩不多了。老妈这一病，检查、吃药又花了不少钱。现在老爸手里能用的钱已经不多了。

可是，这只是李新民自己的想法。他一回到家、一看到严小青，就知道这不可行。严小青如果知道李新民的想法，家里是要地震的。最好的结果是，她能同意拿出一半给老爸；但是现在看来，严小青恐怕连一半的一半都不想给。

都交给严小青？李新民想，如果这样，那只能一辈子都不让老爸知道打官司的事。否则的话，老爸会怎么想？一定会认定自己，为了钱，拿死去的老妈做交易。如果这样的话，老爸一定到死都不会再认自己这个儿子。

李新民越想越心窄。

在张淼和医院沟通之后的第四天，李新民接到张淼的电话。张淼告诉他："医院希望能和你直接沟通。我旁敲侧击地探听了一下，他们有私下里和你和解的准备。你心里怎么打算？要不要和他们见面？"

李新民坚定地说："见了面我也不知道要说什么！反正我的要求都告诉你了，你跟他们说的就是我要说的。我真的不想见他们，见了我一定特生气，肯定控制不住。算了吧。"

张淼接着说："如果他们开出别的条件呢？根据我的经验，大部分医院遇到这样的事情都希望能私下调解。尤其是咱们这个案子，证据都是对院方不利的。如果调解的话，一定会在赔偿款上讨价还价。你要不要回去跟家里人商量一下？尤其是跟你父亲？"

李新民在电话这边苦笑了一下，说："我爸到现在都不同意我打这场官司，跟他说了只能惹他生气。讨价还价？他们有什么权利？我妈都被他们害死了，还有脸跟我讨价还价？我巴不得让他们医院关门、那个大夫下岗、一辈子都不得再行医才好！"

张淼劝李新民："你别太激动！我是不是可以这么理解，你更希望医院出具相关声明，以此证明你母亲的死因；另外希望相关主管部门，比如卫生局、卫生部等对医院和当事医生作出处理和处罚。在这个前提下，赔偿款的数目并不是主要问题。"

李新民坚决地说："对，没错。"

张淼也坚定了口吻，说："那好！如果这样，我就明确答复他们，应该已经没有私下调解的必要，之前我们的接触都是对医院礼貌的告知。如果他们不接受我们的条件，不出具声明、不公开道歉、不处罚相关医护人员，我们就坚持走法律程序，法庭上见。"

李新民还是那个口气："没错！"

张淼回去就去准备上庭的材料了。姚逸知道了情况也给李新民打来电话："你准备好了？普通人打官司是一件很耗心血的事，你心里要有准备。"

李新民说："张淼都跟我说了。我光脚的不怕穿鞋的，打算跟他们耗到底了。"

姚逸浅笑了一下，说："你放心，我会时时刻刻支持你。张淼这边有什么问题我都会帮忙，你注意身体就好。上次见你，你憔悴多了。"

李新民也不忘问候了一句姚逸："我还好。现在家里该处理的都处理完了，倒是你怎么样？上次见面，你眼睛也是肿的。你老公怎么样了？"

姚逸叹口气："我在犹豫，离还是不离。毕竟有了孩子，我不想看着她没有爸爸。可是我心里又过不去这道坎儿。我不能当做什么都没发生。"

李新民小心地问："你跟他谈了？"

姚逸在电话里"嗯"了一下。

李新民更小心地问："那他怎么说？"

姚逸笑了一下，说："他说，只要我当没发生，这件事就没有发生过。"

李新民本想骂一句，但是，他脑子里突然冒出了自己和梁丽的床第之欢。他犹豫了好一阵，电话里两个人沉默了好久。李新民鼓足勇气说："姚逸，他说得对。这件事，只要你不知道、不追究，就什么事都没有。姚逸，你再想想……"

四十八

拒绝私了

　　医院想通过张淼直接接触李新民，被张淼断然拒绝了。委托书上写得清楚明白，张淼是李新民的全权委托人。张淼对院方所说的每一句话都代表了李新民。

　　但是，医院不这么想。当一个权力机构想做事的时候，它的能力还是很大的，有时候甚至会大到不可预测。医院几乎没怎么费劲就查到了李新民的底细，当院方发现李新民也是一名医生、并且就在直线距离并不遥远的社区医院任职的时候，院方负责人的眼睛都亮了。

　　李新民在浑然不觉的情况下被监控了。

　　本来就是一个平静的星期一，李新民整理日渐轻松下来的心情，正在试图慢慢回到原来的轨道。他觉得家里的事情处理得差不多了，自己能做的都做了，现在剩下的只有等。他把车开进医院的大门，他拿好钥匙往熟悉的药房里走。他看见了院长，那个慈祥的老太太、并不经常出现在医院里的老太太，正在大门口、挂号室的门前笑盈盈地迎接他。

李新民狐疑地看着院长的笑容，院长却立刻迎上来，拉着李新民的手，说："新民啊！上班了！怎么样？家里的事情都处理好了吗？"

李新民本来已经平复的心情又波荡起来。他鼻子一酸，赶紧掩饰，说："好了，好了。"

院长拉着李新民的手就往他的药房里走，进门之后就很自然地关上了门。李新民看见院长很自然地坐在了自己的那张椅子上，他就只好靠着药柜站在一边，等着院长说话。

老太太逐渐收敛了笑容，用同情和悲切的语气说："新民啊，你妈妈的事我们都知道了。咱们虽然是小医院，可是大家都还是很团结的。你看，家里要是有困难的话你就提啊，经济有困难就更要说，跟我提出来，咱们能帮一定要帮的。"

李新民感动得一塌糊涂。他第一次觉得，组织是如此的重要，如此能让人温暖。他礼貌地摇摇头，说："没有困难，我还行。"

院长话锋一转，说："那新民啊，我听说你妈妈那件事还不太顺利？你跟医院还有些不愉快？"

李新民实话实说："我妈死得不明不白，现在基本上可以认定是医疗事故。我找了律师，正在打官司。"

院长看着李新民，眼睛对着眼睛，问："你家里同意你打官司？"

李新民低着头说："其他人还好，主要是我爸，他不太同意……"

院长舒了一口气，说："新民啊，你知道你爸为什么不同意你打官司吗？你应该好好了解一下老人的想法。你母亲走了，你应该更尊重你父亲才对，可别让你爸再伤心了。"

李新民看着院长，不知道她要说什么。

老太太自顾自地说："你想啊，当初为了你能到咱们医院来工作，你父母那可是托了不少人、做了很多工作的。你能端上铁饭碗、旱涝保收，都是你妈你爸托人托来的。可是你知道吗，咱们这个医院，当初为什么能同意接收你？那还不是因为街道领导是你们家亲戚？你妈妈看病的那个医院，也属于咱们这个街道，我也不瞒你，昨天人家医院就把电话打来了。先打到街道，正好是你那叔叔接的。我跟你说啊新民，你叔叔跟人家医院是很熟的，逢年过节，街道和医院走动得也是很勤的。你这么一来，你叔叔多被动！你给他添了多大麻烦啊！"

李新民很不爽。他遏制着自己的复杂心情，尽量客气地对院长说："我妈是他们医院给治死的，到现在，连个说法都没有。我只能告。他们要是心里没愧就直接到法院说嘛，这样打电话找人的算什么！"

院长叹口气，站起身拉着李新民坐下，苦口婆心地说："新民啊，你知道你这样一告得给多少人带来麻烦吗？远的不说，就说你叔叔吧，当年也是跟你们家、你父母关系好，这才费劲巴力地把你弄进来。原本说呢，让你先在咱们这个小医院里锻炼几年，以后找个机会，还给你调到那家医院去呢！你这么一来，让你叔叔为难，跟医院的关系搞砸了不说，还耽误了你自己的前程啊！啊对了，咱们这个小医院，每年都需要三甲医院的支持，医生啊、专家啊，我刚跟人家谈妥，人家刚答应明年开始，每周派一个专家来咱们医院坐诊，支持咱们工作。你看你这一来，咱们这小医院可有点吃不消啊……"

李新民一脸的莫名其妙。他实在搞不懂，这原本就是自己的家事，怎么会牵扯出这么多瓶瓶罐罐来。他不知道该如何应对，好在院长也没有让他立即表态的意思。但是他一直听着，并没有说话；院长就那么一直说着，也没有要走的样子。李新民心里明白，只要自己不说话，院长就不会停下来。

李新民开始想怎么办，他第一个想到的是给张淼打电话，给姚逸打也行。他完全糊涂了。原本，他只想过自己要为这场不可预知的官司耗上无限的精力和物力，但是他没想到，牵一发动全身，他还能影响到这么多人。

院长不知道李新民在想什么。她一边滔滔不绝，一边拿眼睛扫着李新民的表情。李新民的木讷在脸上一览无余。院长不知道这样一张脸里蕴涵的意思是什么，她不熟悉眼前的这个年轻人，她以为这是他冷漠和反抗的表现。说了快一个小时以后，院长累了，她最后总结陈词："新民啊，我建议你回去再跟你父亲商量一下。我还是那句话，你太年轻，太意气用事，做事不考虑后果。这件事，于公于私，你都得征得你父亲的同意。孝顺孝顺，你得顺着他啊。你母亲走了，你就剩父亲了，你不听他的意见，一意孤行，非告不可，你想想，你爸爸跟你叔叔——虽说是远房的，可也是一门子里的亲戚，以后怎么处啊？你父亲在家里，怎么处呢？还有你自己的前途、咱们医院……都在你的一念之间啊……"

李新民都不知道院长是什么时候走的，走的时候什么样。他颓然坐在椅子上，空荡荡的药房里只有他一个人，可是院长高频度、高密度的声音还在他耳朵边萦绕着，挥之不去。他看了一眼挂在墙上的大钟，指针已经指向了中午十二点。他打开门，听到了旁边诊室里大姐们敲击金属饭盒的声音，他开始觉得头疼。

等楼道里所有声音都没有了，一切都静下来的时候，他给姚逸打电话，颠三倒四地诉说着上午的遭遇。姚逸用安慰的语言尽力平复着李新民的心情。她对李新民说："只要你确定，自己做的是正确的，就坚持下去，不要动摇。你一定要明白，这个世界上没有任何人、任何事能比你妈妈的生命更重要。"

李新民做了一个深呼吸，他对着电话点点头。

姚逸看不到李新民的动作和表情，提醒他说："还有，既然医院能找到你的工作单位，就能找到你本人。你要有思想准备，今天的谈话只是一个开始，后面还有更多的东西等着你呢！"

在这件事上，姚逸的未卜先知是正确的。医院似乎是摆明了要跟张森抢时间，他们要在法院正式受理这件案子之前用尽办法、找尽关系。如今，李新民在明处，医院在暗处，李新民的一举一动医院都知道。但是医院在私下里做了什么，李新民却一无所知。

从班上回来，李新民在回家的路上就接到了大爷的电话，让他先去家里一趟，新民爸有事要跟他说。李新民掉转车头，一猛子来到大爷家。谁知，一进门，老爸的一记耳光就狠狠地挥了过来。

李新民一只脚还在门外，他右手捂着火辣辣的脸颊，疼得说不出话来。父亲被大爷大妈拉着，很多人的声音瞬间冲了出来，一直冲到楼道里。李新民听着几个人的声音一起在说："有话好好说嘛，您这是干什么？""新民年轻不懂事，您别生气啊！"

李新民站定了，没动。大妈一把把他拉进屋里，摸了摸他红肿起来的脸，问："新民，没打疼吧？你这孩子啊！真是！怨不得你爸生气啊！"

大爷拉着李新民坐下，嘱咐老伴："去，给新民弄块凉毛巾，擦擦。"然后又推新民爸，"你有话不能好好说吗？"

新民爸哆嗦着，指着儿子，语无伦次："你……你气死你妈，你还要气死我是吧！你说！谁让你去告医院的！谁让的？！"

李新民无怨无悔地挨了一巴掌，他咽了一口气，说："爸，你能不能信我一回。我都找了我们大学的专家教授，都已经认定了我妈是被医院给治死的。你信我，咱们一定能告赢的。"

新民爸的手更哆嗦了，指着他说："你……翅膀硬了，我说什么都是放屁了，是吧！人家医院给我打电话了，你以为人家是那么好告的？就算你说的是，就算你妈是吃错了药吃死的，我问你，你告赢了打算怎么着？"

李新民缓缓放下捂着脸颊的手，看着老爸的眼睛说："我想让医院承认，我妈是死于院方的医疗事故。他们要认错，要承担责任！"

新民爸拉着大爷的手说："你们说，这孩子怎么这么糊涂啊！他怎么就不明白啊！"

大爷拉着新民爸的手说："你别着急，别着急，我跟他说。"大爷坐在李新民和新民爸之间，现在放开了拉着新民爸的手，又拉上了李新民的手，"孩子！今天医院都跟我们说了，就算是你打赢了官司，也赔不了你们多少钱。人家医院说了这件事呢，是个意外，就算人家医院有责任，你当天夜里陪护的家属就没责任了？还有，人家说，如果私下里协商的话，可以把你妈住院、看病期间的花销减免。你爸算过了，你妈光自费药、自费检查这一块就花了三万多。人家这么一减免，这笔钱就省下了。就算你打官司打赢了，能不能给三万都不好说。就算给，也得等个猴年马月。如今你妈已经没了，你还死捏着这个理儿干吗？开始呢你说你要和医院打官司，我们没吱声。可是我们心里头跟你爸是一个想法，那官司是好打的？咱们平民小户，跟一个大医院怎么打啊？你爸是心疼你！这不，医院前脚来电话，你叔叔后脚就来电话了。人家费了半天劲、看你爸的面子，给你找了个好工作。人家跟我们都实说了，街道和医院是共建单位，医院的头儿和你叔叔关系特好，你这么一弄，人家医院没费劲就打听出来了，一个劲跟你叔叔说好话。新民啊，现在是医院求咱们，医院跟你叔叔说的还是客气话；

你叔叔跟你爸爸说的，也是客气话；可要是你再这么告下去，等到法院真开始判了，咱们可就客气不了了。你爸的心思你还不明白吗？别的都不怕，万一把你这叔叔得罪了，你这饭碗是说砸就砸啊。你得体谅你爸，我们这都是为了你好啊！孩子，杀人不过头点地，你就要给道歉不是吗？你是孝顺儿子，我们都看在眼里了，你妈在那边也肯定看见了。人家医院也说了，咱们要是接受调解，人家就当面给你和你爸道个歉，那个刘大夫，也得来，给你们鞠躬、道歉。咱还要怎么着啊？依我说，这也就可以了吧！人家这么大一个医院，钱也答应赔、错也答应认，咱们见好就收吧！你妈走了，你爸除了你，啥都没有了，你可得听你爸的，不能惹他生气。你想想，要是你妈还活着，她能同意这么闹吗……"

大爷一边说，一边看着李新民。新民爸和李新民的大妈都哽咽着，新民爸更是老泪纵横。即使是在新民妈火化的那一天，老头也没有这么伤心、流过这么多眼泪。

李新民眼睛里含着泪水，什么也说不出来了。

四十九

没辙了

　　眼下，李新民身边只有严小青了。严小青无从知道李新民内心的挣扎，她听了李新民的转述，听过之后轻描淡写地说："你就跟你爸说，告了之后肯定不止三万。到时候人家赔了钱，大不了给你爸三万就是了，别那么小家子气。"

　　李新民是想愤怒的，但是已经没有了愤怒的激情和力量。他无言，独自一个人躺在客厅的沙发上，听着卧室里严小青对着鑫鑫自说自话，眼泪一滴一滴地从眼角滚落下来。

　　李新民好久没去公司拿新药了。连日来，他一直在忙活家里的事情，连医院都请了将近两周的假。算起来，他已经一个月没去公司了。办丧事的时候，他给梁丽打了电话告诉了她事情的原委。梁丽似乎说话也不太方便，她之前已经告诉过李新民，自己老公回国了，这些天也没怎么去公司。李新民听得出电话那边梁丽的口气是冰凉客套的，他没有心情去纠缠梁丽和自己说话应该是一种什么样的语气。但是今天一大早，梁丽打来了电话，声音娇媚依旧，约他来公司，说有事情跟他商量。

应该说，当天的梁丽是容光焕发的。她化了比往日更精致的妆，穿上了更显腰身的连身裙。裙子领子开得很低，露着锁骨和乳沟。但是这一切，对于此时此刻的李新民来说，已经没有吸引力了。

梁丽早就把百叶窗放了下来，把大玻璃遮得严严实实。李新民心情并不好，但是进来以后，梁丽身后的玻璃窗折射进来了户外的阳光，温暖的光芒先于梁丽给了李新民一个大大的拥抱，让李新民的心情也跟着开朗了一些。

梁丽笑盈盈地拉着李新民坐下，她自己一扭身就坐在了李新民怀里。李新民还不太适应和梁丽在办公室里亲热。他下意识地回转头，去看门是不是关上了，窗帘是不是拉严了。梁丽霸道地扳过他的头，轻声说："外面看不见。你怎么样？怎么瘦得这么厉害？"

听了这两句话，李新民有一种久违的冲动，他把头埋在梁丽高耸的胸脯里，鼻子和上唇就在梁丽衣领的开口处和她的肌肤亲密相依。李新民觉得自己又要哭了。

梁丽轻抚李新民的头，五根手指在他的头发里穿梭，让李新民备感安慰。梁丽在李新民耳畔柔声说："下周我老公就走了，到时候我好好安慰你。"

李新民难得地露出了笑容。梁丽接着说："你现在都忙完了？家里还有别的事吗？需不需要我帮忙？"

李新民满怀感激地说："不用了。我找了律师，正在和医院打官司。这是一起医疗事故，我要维权。"

梁丽沉吟了一下，继续抚摸着李新民的头发说："新民，能不能不告了？"

李新民把头从胸脯里拔出来，看着梁丽问："为什么？你也不支持我告？"

梁丽浅笑了一下，双臂环绕着李新民的脖子说："看你紧张的！我不是不支持你，我是为你想。你是一个人，他们是一家大医院，有后台。你这么折腾下去，对你、对你们家都没有好处。"

李新民愤懑地说："那我妈就白死了？她死得可难受了你知道吗！"

梁丽赶紧捂住了李新民的嘴巴，悄声说："你小点声！我当然知道你的感受。可是这里面的道有多深、水有多浑你根本就不清楚。"

李新民继续慷慨激昂："我怎么不清楚！那个给我妈看病的大夫，你知道他多无良！他就为了多开药、多挣钱，他不管不顾，根本就没有仔细看药物说明，没有查药典，给我妈大剂量地开了一堆药。这些药他不仅要求我妈必须服用，还要加量服用，还要和以前的药一起用……我妈是活生生地吃药吃死的。换了是你，你怎么办？你不告吗？"

梁丽看着李新民，沉默了好几秒，才说："新民，我刚回国那会儿，我也跟你一样，经常意气用事，觉得黑的就是黑的，白的就是白的。但是我告诉你，如果我一直那样，我根本就开不起来这间公司，我还做什么代理、还卖什么药……那个医生，你想想，他为什么会开那些药？因为他拿了钱。他拿了谁的钱？不就是我们这些公司、你这些医药代表给他的钱吗？你想过没有，你跟他们是一样的。只不过，收你钱的那些大夫没有治死过人罢了。或者，就算他们治死了，你也不知道！见利就会忘义，你卖药的时候也没想过道德吧？你想过人命吗？你要是想了那么多，你的车从哪来？你的小金库从哪来？你老婆是不是还是会给你气受？"

李新民认识梁丽这么多年来，从未说赢过梁丽，今天也不例外。但是李新民仍然愤怒，他挣脱了梁丽的胸脯，站起身来说："可那死的是我妈！"

梁丽也收起了笑容，说："那又怎么样？人已经没了，你现在闹出大天也挽救不了了。你想想，你到底想达到什么目的？赔钱？多少？"

李新民真的生气了："我不是为了钱，我是要一个说法！"

梁丽的表情开始鄙夷了："你以为你是秋菊吗？你想要什么说法？人家非得给你跪下、让你枪毙是不是？你觉得可能吗？"

李新民突然觉得脑子里一片空白，不知道该如何反驳。

梁丽接着说："李新民，我实话告诉你，今天找你来我就是想说这件事。我不知道你为什么这么铁了心要打这个官司，我猜是你老婆逼的，她是不是想要钱？我告诉你，第一，就算给了钱，第一受益人是你爸，还轮不着她拿这笔钱；第二，医院给不了你们多少。相反，现在医院已经摆出了姿态，愿意做出让步。我劝你，好好想一想。"

李新民彻底糊涂了。他嗫嚅："你怎么知道的？"

梁丽舒缓了口吻，又添了几分娇媚说："我实话告诉你李新民，那家医院也是咱们的合作单位。你不跑那里所以你不知道……"

李新民更加愤怒了："那个药是你卖给医院的？"

梁丽拉李新民："你冷静一下好不好？那个药不是咱们公司的产品，但是，它也是合格的呀，也是国家允许使用的呀！而且，那个刘医生，也卖过咱们公司的药，况且合作得还不错。咱们公司重点的医药代表名录，人家手里也是掌握的。人家医生只认上面的名字，只有这些名字给他们药他们才买。你也在那个名单上，人家医院三查两查就找到你我了。李新民，我回国做到现在不容易，你知道我一个女人要承担多少风险、付出多大牺牲才能到今天吗？

很多事情，不是我努力、我花钱就能办到的。我出卖过自己、出卖过身体……这些事情你根本不知道。现在，你也是公司的受益者，你也拿着我们的钱，可只要你一意孤行，你去告了，医院就要和我断绝合作。你知道吗，在这个行业，医院之间相互牵连，我得罪了这家，别家就也会弃我而去。你要眼睁睁地看着我毁于一旦吗？"

李新民彻底呆住了。

梁丽根本不给他反应的时间。她接着说："我再跟你说，现在医院给了台阶，我也想过了，毕竟死的是你妈，换了是我，也会很难过。医院答应减免你妈妈的自费部分。我这边也表示一下，我刚才让会计查了，你欠的款项，还有一万九没还，我给你免了。但是这一切的前提是，你别告了，接受医院的私了条件。我还听说，那个刘医生，愿意拿出一部分作为补偿，这笔钱的数目你们可以协商。你要是不好说，我去出面。我估计，只要不超过五万，他都能同意。新民，你好好算一算，这样一来，你能拿到的钱肯定比打赢了官司能拿到的多得多。新民，算我求你了，别打了，这场官司没有赢家。你何必鱼死网破呢？"

李新民快绝望了。梁丽接着说："回去跟你爸商量一下吧。还有你老婆，她想要钱，你就给她钱，反正这个数目也可以了。如果还不行，"梁丽咬了一下嘴唇，"差几万，我补给你。我心里明白，这么多年，我一直就忘不了你。我让你来公司，让你做医药代表，我都是为了能见到你、跟你在一起……"

五十

不告了

    李新民都不知道自己是怎么从梁丽的办公室里走出来的。他晃晃悠悠地出现在大街上的时候，身边汽车刺耳的鸣笛一声一声冲破了他的耳鼓。他猛然打了一个激灵。他是开着车来的，车呢？

    他这才想起，车还停在写字楼的停车场里。他又返回去，把已经走过的路又走了一遍，回到了写字楼下刚才出发的原点。他看见自己的车就停在那里。

    李新民像看见救星一样跑到车里。他努力回想，刚才梁丽究竟跟他说了什么、做了什么。他想不起来梁丽具体的措辞了，他只知道梁丽最后看他的眼神，里面全都是乞求。李新民被老爸甩那一巴掌的时候、被院长老太太揪到面前谆谆教导的时候，他的心里依然是坚挺的。他告诉自己，没有什么人可以动摇他的信念。对于别人，他不在乎；对于自己的老爸，他相信时间能证明一切。他知道老爸一定会体谅，一定会理解。

    但是，就在刚才，李新民动摇了。不是动摇，是坍塌。他可以面对老爸浑浊的眼泪而无动于衷，但是他面对不了梁丽的。他发现，原来这么多年来，梁丽对他的吸引不仅仅是身体上的，他还爱她。初恋的情结始终纠缠在自己的心里，只是身边多了严小青以后，他不得不把自己那扇记忆的门关闭了。

就在今天，他清楚地听到了梁丽的恳求。梁丽娇媚的语气在今天变成了哀怜，李新民听到最后的时候心都碎了，他不忍再听下去。他想不起来自己是如何请求梁丽别再说下去的，他好像是用自己的嘴堵上了梁丽的嘴。

李新民努力回想，梁丽用自己的身体和泪水呼应了他的举动。他们彼此相拥在一起。李新民记得，自己当时在哭，梁丽也在流泪。两个人的泪水交织在一起，他们的身体也交织在一起，就在梁丽的办公室里、沙发上……

李新民穿好衣服以后，拿着梁丽给他开具的"借款已还清"的收据，还有自己签名的那张欠条，身心疲惫地走出了梁丽的办公室。他手上还有一张纸，是梁丽给他开出的明细，那上面详细写着医院减免的费用有多少，医院愿意补偿给李新民的有多少，刘医生自己的赔偿有多少……

李新民听话地把这张单据拿回家。严小青很奇怪，为什么一早上刚出去的李新民刚过了上午又回来了。李新民拿出这张纸，摊在茶几上；他自己也瘫倒在沙发上。严小青狐疑地看着他，问："这是什么？"

李新民仿佛半天里就苍老了很多。

他有气无力地说："医院通过我同学找到我了，说想私了。这是他们开出的条件。"

严小青回头喊自己的妈："妈，你给看一下鑫鑫，又哭了。"然后她一屁股坐在沙发上，拿起这张单子研究，一边看，一边念念有词："减免三万，这是给你爸的吧？跟咱们没关系。医院赔两万，医生自己掏四万……这才六万啊，咱们告不能告出十万来吗？"

李新民眼皮都不想抬了。他慢慢地说："那是最好的估计。而且，即使是十万，也会包含里面减免的那三万自费部分，余下的，应该不超过七万吧。跟这个数目差不多。"

严小青想了想，说："那医院干吗非要私了？对他们也没什么好处啊？"

李新民忽然觉得，自己每天要跟老婆说话简直是一种痛苦。他尽量耐心地说："医院不想把事情闹大，咱们一告，对医院的声誉不好。而且，现在这个赔偿里面有刘医生自己掏的部分，医院实际上赔的只有两万。这样他们的损失小。"

严小青想了想，又问："你那律师怎么说？他还能不能再给多要点？"

李新民不耐烦了，说："已经说过很多遍了。国家有文件的，这种事情，最多赔十万，多不了了。"

严小青低头琢磨了一下："那要是咱们答应了，他们什么时候给钱？"

李新民斜着眼睛看着严小青的脸，说："随时！"

严小青一拍李新民大腿："那就赶紧吧！反正钱一样，告不告也就这么回事。咱先拿着钱再说，反正也六万呢！"

李新民想着梁丽说过的"严小青看到这个数字就会同意"的话，他闭上了眼睛，把头放在沙发背上。

整整一天，李新民都在想，怎么和张淼说。就在几天前，自己还和张淼坚定地表示不会放弃，要坚持到底。现在，自己做出了这样的选择，太不仗义了。这不是把张淼撂在里面了吗？李新民想到了律师费，姚逸说过，张淼的律师费他不用考虑，难道是姚逸帮自己支付了？还是张淼压根就没打算收他的钱？

一直拖到晚上，李新民才给张淼发了一条短信：张律师，医院直接找到我了，同意给我总额六万元的赔偿款，还答应减免我母亲三万元自费部分的医药费。我想跟您商量，同意私了，官司就不打了。给您添麻烦了，您的律师费用是多少，我尽快给您支付。李新民。

短信发出去二十分钟以后，张淼的电话进来了，李新民接的时候很紧张，他很担心张淼会生气。但是，张淼的语气出乎意料的平静："李新民是吧？对，我张淼。我刚才看见你的短信了，医院直接找你了是吗？"

李新民老实地回答："是通过别人找到我的。他们现在开出了这个条件，我觉得，跟您之前和我说的打官司能得到的结果差不多。所以我就想，要不……"

张淼平和地说："一般会是这样。很多医疗纠纷最后都会以私了的方式解决。之前我不是问过你吗，是不是要坚持打这场官司？你的心情我理解，对普通老百姓来说，打官司的确是被逼无奈的选择。没关系，只要你觉得可以，就可以私了。三天之内你告诉我最后的结果，我这边已经进入程序了，如果你跟他们达成一致，我这边就要撤诉，你尽快通知我。"

李新民满怀歉意地说："我一定。还有，张律师，这么长时间您一直在帮我，虽然官司不打了，但是您的代理费我是要付的。这个我懂……"

张淼打断李新民说："这个你就别管了。当时姚逸找我的时候就都说好了。我跟姚逸是很好的朋友，从一开始我就没打算收钱。而且我也有预感，很可能这个官司打不了。我经手的像你这样的医疗纠纷，私了的能占到百分之七十。我跟姚逸说过，如果你不想打，千万别勉强。因为死的是自己的亲人，在事发的那一刻都是接受不了的、都是冲动的，都想让医院付出最大的代价，恨不得判医生死刑……可是一过了个把月、半年，人冷静下来，就会想打官司的利弊。很多人就开始退缩了。这个时候只要医院做出让步，表现出诚意，绝大多数的受害人家属都能同意。所以，你不用觉得不好意思，这个结果跟我预期的差不多。"

李新民心里的一块石头落了地。

随后，李新民又给老爸、大爷打电话，告诉他们自己不打官司了，接受调解。老爸听说是李新民打来的电话，原本都不想接；听见大爷转告，说是李新民决定不打官司了，才拿过电话。李新民这边刚说了一句："爸，我听你的，不告了……"新民爸和李新民两人的眼泪就同时流下来了。

然后是院长，老太太接着李新民的电话高兴得不行，一个劲儿夸他懂事，明年一定推荐他去三甲医院进修；自从工作以后就没再联系的远房叔叔——街道的主任也闻讯给新民爸打电话，确认了消息之后，满口许诺："这才是明事理！回头我就跟医院说，把新民调过去！他们一准同意，给了他们多大的面子啊！"

最后，李新民想到了姚逸，他觉得应该也必须告诉姚逸自己的决定。姚逸或许会生气，但是李新民觉得自己也有自己的苦衷。这些事情，老爸可以不知道，严小青可以不知道，但是姚逸一定要知道。

李新民也没看时间，也顾不上是早是晚，冒冒失失地把电话打过去了。姚逸的声音在电话里显得很空旷、很遥远，没等李新民开口，姚逸就说："刚刚张淼告诉我了，你不打算起诉了，想私了。"

李新民像孩子接受提问一样，怯懦地说："是。今天刚决定的。"

姚逸问："为什么？"

李新民沉吟了一下，说："我们家不同意我打官司。还有，医院找到了我们单位的头儿，还找到了我兼职做医药代表的公司……医院说，要是我坚持打官司，他们就不再和我们社区合作，明年就不派专家来坐诊；还跟公司说，要是我打这个官司，就再也不让医生卖我们公司的药；还有我那个叔叔，当初帮我找的工作，是街道的领导，医院跟他说，只要我不打官司了，就把我调到他们医院去……姚逸，我也是没办法。我谢谢你，我妈的事情出来以后，只有你，是全心全意地帮我。我刚才跟张森说，想把律师费付给他，可是他说和你说好了，不收我的钱……姚逸，对不起……"

姚逸还是很平静："干吗要说对不起？这是你自己的决定，你想好了就行。"

李新民说："我想好了。"

姚逸说："你真的不打算给你妈妈一个说法吗？"

李新民叹了口气："我想过了，给了说法我妈也听不见了。人死不能复生，我做什么都没用了。我爸说，他认了。我也认了。"

姚逸挂上了电话，眼睛回到了桌上。三张打印好的 A4 纸就在那里放着。姚逸回想着几天前跟老公的谈话。姚逸告诉他自己已经知道了他的秘密，他的外遇、他的女人。老公没有掩饰、没有回避，只是平静地告诉姚逸："只要你不知道，这件事就没发生。你干吗那么较真？我又没有想离婚。"

姚逸当时沉默了，她起草好了离婚文件，但是一直没有勇气拿出来。她不想亲手拆了这个家。几天来，她一直在纠结，要不要忍；要不要当做什么都没发生；要不要迫使自己睁一只眼闭一只眼……

放下李新民的电话，姚逸再看看那几张纸。她笑了。她拿起笔，以最快的速度在文件上签上了自己的名字，然后她给老公打电话："我把离婚文件放在桌子上了。我已经签字，希望你签好后通知我。"

五十一

结局

姚逸再见到李新民是一年以后了。李新民破天荒地要请姚逸吃饭，挑的地方还是个西餐厅，价格不菲的那种。姚逸坐在高背的沙发里，看着对面的李新民，他脸上的晦暗和憔悴一扫而光，面色红润，还胖了。

姚逸笑着说："看来这一年过得不错，气色很好。"

李新民一边熟练地点菜，一边笑着说："是啊！我庆幸当时和医院私了了，没有坚持打官司。要不，我什么也得不到，还得跟医院无休无止地耗着，这会儿没准还没了结呢！"

姚逸问："那你得到什么了？"

李新民有点掩饰不住自己的得意："我现在就在这家医院。他们当时答应的，只要我不告了，就可以调进来。现在，我在三甲医院的药房，原来那个破医院跟这儿没法比，收入也多多了。"

姚逸又问："那你现在还兼职卖药吗？"

李新民得意地说："不卖了！现在我们关系反过来了。你知

269-

道现在有多少家公司、多少个医药代表天天要请我吃饭吗？我现在多少也能说上点话，虽说不是领导吧，可'县官不如现管'。以前是我求他们，现在是他们求我。姚逸，你知道被人求、被人哈着的感觉吗？真好！"

李新民一边说，一边抄起服务员端上来的红酒，"咚咚咚"地给自己倒了半杯。然后他又去给姚逸倒，被姚逸挡住了。姚逸轻声说："我开车来的，不能喝。"

李新民满不在乎地说："怕什么？真要被警察拦了，我帮你铲单子去！我认得好多警察呢，警察也得看病吃药、也得求我！"

姚逸笑了一下，说："你还是留着这份面子，给别人用吧。我喝水就好。"

李新民拍了拍姚逸的胳膊，说："姚逸，我一直就想跟你说，我要谢谢你。"

姚逸狐疑地看着他，问："谢我什么？我什么也没做。"

李新民不好意思地摸了一下自己的脑袋，低下头，那个神态让姚逸似曾相识，仿佛又回到了中学时代。李新民耷拉着脑袋低声说："我不傻，我知道，这么多年来，甭管遇到什么事，只要我跟你说，你都能给我鼓励。尤其是我妈这事，是你帮着我找律师，鼓励我打官司……"

姚逸打断他："可是最后你也没打啊！我这不算添乱吗？"

李新民真诚地说："不是啊！如果不是你坚决地支持我、让张森帮我，医院怎么能服软呢？怎么能跟我私了呢？是你帮我搜集证据的，是你第一个对我说，我妈妈的死有可能是事故的。要不是你，我肯定一辈子都不知道真相，我一辈子都得认为我妈是被我给害死的……还有，要不是你，医院怎么可能知道这个世界上还有一个我？还能跟我谈条件？还能答应赔偿，答应给我工作？"

姚逸静静地说："你没必要这样。当时，我只是凭借职业敏感，怀疑这里面可能有问题。你搜集到的证据证实了这一点，我也只是站在一个律师的立场上，告诉你可以这样做。最终的选择还是你自己做的。不过，我要是你，我可能会把这个官司打到底，直到医院公开承认他们的过失。"

李新民抬起了头，笑了一下。他看着姚逸说："姚逸，通过这件事，我明白了一个道理，做人要审时度势。真的，姚逸，我觉得你有点太较真了，会不会太宁折不弯了？我觉得，你老是这样，做人会吃亏的。"

姚逸笑了："性格决定命运，改不了了。"

李新民关心地问："那你现在过得怎么样？你家里……好了吗？"

姚逸平静地说："我离婚了。和女儿一起过。"

李新民叹口气："姚逸，你干吗非要把自己逼到墙角呢？要说婚姻不幸，我觉得我比你不幸多了。我都能忍，你有什么不能的？你老公又不想跟你离，你何苦逼他呢？"

姚逸笑着说："我可没逼他。是我自己不想忍了，我觉得我不能当什么都没发生过。我心里这个结已经存在，无法消除。我不知道后半生我应该怎么去面对他。回到家，看见他，我觉得陌生，我难过，我不知道该和他怎么相处。这是我的问题，是我无法克服，跟别人无关。所以，是我提出离婚的。"

李新民忽然像一个过来人一样，开始开导姚逸："你说，你这不是意气用事吗？你不是把胜利果实拱手相让吗？你老公那小三儿，正愁你不腾地儿呢，你就给人家让出来了。你要房子了吗？"

姚逸笑了："我就要了女儿。"

李新民拍着桌子说："这不是犯傻吗？姚逸，以后再结婚咱可不能这么傻了。"

姚逸接着笑笑，说："我不打算再嫁了。至少目前没有这个打算。"

李新民有点不屑，说："那不可能。没有男人的日子，你怎么过啊？"

姚逸不服地说："有个男人，他不肯尽义务，还不如没有。我要那个名分有什么用？"

李新民笑着说："你就是不肯睁一只眼闭一只眼。我跟你说了，这个世界上没有一个男人会一辈子忠于自己的女人。只要他肯娶你、不主动跟你说离婚，就是爱你了。你不能要求太多！在外面有个一夜情、小蜜什么的，你装不知道就完了。要是实在心里不平衡，你就把他的钱都攒过来；再不，你也在外面找一个，不就得了？只要俩人不撕破脸，就能过。"

姚逸抿了一口柠檬水，说："这是你多年婚姻生活的心得吧？"

李新民不好意思地笑笑，不置可否。

姚逸又问："那就是说，你跟你老婆现在已经达到这个境界了？"

李新民笑着说："对嘛！做男人的，只要知道自己老婆想要什么、尽量给她就行了。我以前不知道，老觉得我老婆瞧不上我，可又找不着原因。后来我知道了，她就想要钱，那就挣钱呗。我卖药的时候她就不敢对我颐指气使了，我一个月拿回来的比她们一家三口挣得还多……现在她就更不敢对我怎么着了，我说不回来就不回来。生孩子之前，我一直窝囊着；现在，轮到她了。可是她乐意啊，我给她的钱还多了呢！所以姚逸，你得务实，你得知道自己想要什么，得着行……"

姚逸打断他："那你那些情人呢？我记得你说你也出过轨的。"

李新民笑了，没有不好意思，反而有点炫耀："也没有很多，就一两个，现在还处着呢。比我老婆漂亮、温柔，有时间有机会就聚聚，没有就拉倒。人家也有老公，俩人谁也不会离婚，互相帮助，多好。"

　　姚逸一口气喝完了杯子里的水。杯中的柠檬片滑进她的嘴里，一股青涩的酸味袭击了她的味蕾。姚逸细细地品着，在酸涩中，还有一丝淡淡的苦。她回头看看窗外，深秋了，起风了……

（京）新登字 083 号

图书在版编目（CIP）数据

男人 34 ／宗昊著 . － 北京：中国青年出版社，2015.5

ISBN 978－7－5153－3200－0

Ⅰ.①男… Ⅱ.①宗… Ⅲ.①长篇小说－中国－当代

Ⅳ.① I247.5

中国版本图书馆 CIP 数据核字（2015）第 051027 号

出版发行：中国青年出版社

社　　址 ：北京东四十二条 21 号

邮政编码：100708

网　　址 ：www.cyp.com.cn

编辑部电话：010－57350400

门市部电话：010－57350370

印　　刷 ：北京科信印刷有限公司

经　　销 ：新华书店

规　　格 ：880×1230　1/32

印　　张 ：8.75

插　　页 ：1

字　　数 ：195 千字

版　　次 ：2015 年 6 月北京第 1 版

印　　次 ：2015 年 6 月北京第 1 次印刷

定　　价 ：29.00 元